U0068284

越南新移民
跨文化語言學習
策略研究

◆江芷玲 著

序

　　作者因業務之便，與新女性移民能有近距離的接觸，結交了不少外籍配偶的好朋友，長時間的相處，甚至培養出如姐妹般的深厚情誼，深切對新女性移民學習者的學習態度與學習熱忱表示感佩；而在感佩之餘，希望更深入了解「她們是如何辦到的」？對於這些年輕而且又充滿活力的新女性移民，她們非常有潛能，學習力強，倘若能針對每個人的特質加以培訓，提供她們更多學習管道與機會，影響的層面既深且廣；影響所及，除了新女性移民本身之外，包括她的下一代，未來甚至牽動臺灣社會、經濟、教育等各個層面。

　　外籍配偶的研究雖已逐漸受到重視與關切，但尚無針對她們在第二語言學習過程中所使用的策略及需求做深入的研究。在作者所辦理的研習課程及活動現場中，發現她們不會主動表達她們對於語言學習的想法，而對於教師所教的內容也都抱持讚許不批評的態度，因此想從她們身上直接探詢她們的語言學習策略與需求，並不容易。如果想要深入了解學習者的生活世界與學習成效，絕非傳統的問卷調查或訪談方式可以達成的，需透過互動與深入訪談而覺察。

　　本書選擇的三個個案：阿鳳、阿慧、阿水（以上皆為化名），她們是我非常好的朋友，作者藉由她們原生母國受教經驗到臺灣的跨文化語言學習歷程中所運用的策略、使用的情形，整理出第二語言成功學習者的成功學習策略。進一步再探究學習策略的運用是否影響學習成效、成功語言學習者的策略運用是否有個別差異、成功學習者的學習策略可複製到其他學習者身上及學習策略訓練的可行性等。另外，作者也關心新女性移民本身是否因語文能力的提升，

進而可以自我發聲，爭取應有的權益；對於這些學習較有成就的新女性移民，政府相關單位應如何規畫教育課程，才能真正符合她們的需求。

　　經過兩年研究結果發現新女性移民成功語言學習者在學習第二語言時具有下列特質：（一）對聽說讀寫各項學習活動沒有偏廢：既認真完成老師交辦的任務，還會安排自己的學習計畫，二者相輔相成，達到全面發展。（二）聽力練習部分：除課堂上的學習外，在課外練習聽力的活動有兩種：一種是半精聽，一邊聽廣播或聽CD一邊做家事；另一種是精聽，一邊聽一邊記筆記，要求自己聽懂每一個字、每一句話。（三）口語練習部分：充分利用一切機會講華語，積極用華語進行交際，且不斷提醒自己對自己講華語。（四）閱讀練習部分（也是學習第二語言最重要部分）：1、對於上課教材，努力讀懂每一句話和每一個字，同時弄懂整篇文章的內容。2、遇有生字或生詞，能區分重要、不重要而採取不同策略。所採取的策略為：根據上下文猜測、問先生及查字典。3、不單獨死背單字，而是記短語，並且想辦法把短語和課文連在一起。閱讀練習過程中運用了自我決策與選擇。（五）寫作練習部分：對她們而言，寫作是最困難的，也是最吃力的。除了完成課堂上老師規定的作業外，堅持用華語做筆記，還將練聽力和練寫作結合起來。值得一提的是，每寫一篇作文都要經過反覆修改，既改內容，也改語法和用詞上的錯誤。（六）在學習過程中，成功管理自己的學習策略，掌握了學習主動權；對自己有反省、有檢討，對語言學習策略有選擇、有評估，一發現問題及時調整。除了以上學習特質、策略的運用外，先生和夫家的支持與否也成為影響其成功的重要關鍵。

　　這本書是我在台東大學語文教育研究所就讀期間堅持與奮鬥下完成的畢業論文。很珍惜學習過程中，曾經指導我的師長及幫助我

的同儕的每一份情誼,最要感謝是我的指導教授周慶華老師,從論文題目的產出,研究架構、目的的確定到論文的撰寫、完稿的過程中,給予指正與協助,使我的研究得以順利進行。周老師學識淵博且勤奮著作,對學生更是關懷備至,總能適時的給予鼓勵並指點迷津,協助學生解決學習時的困境。今日論文得以完成,感謝之意,溢於言表。

此外,也要感謝在論文口考時,母校的溫宏悅老師、新竹教育大學陳淑娟老師提供寶貴意見及鼓勵,發現我所沒有發現的問題並不吝給予指正,使我的論文更臻完善。

另外,非常感謝這本書的三位受訪主角同時也是我的好姐妹不厭其煩的跟我配合,希望藉由她們三人的成功學習經驗有助於新進語言學習者在跨文化語言學習上的成效。

江芷玲　台東2008/07

目次

第一章　緒論

　　新女性移民是近年來臺灣的新興族群，在我們周遭常可見到她們的身影。根據《中國時報》最新民調顯示，有七成四的民眾認為嫁娶外籍配偶很普遍（《中國時報》，2007）。剛開始的時候，民眾對她們的語言、穿著打扮或舉止，會投以好奇眼光，但隨著新女性移民人數逐年增加、新移民之子誕生，跨文化生活適應等問題逐漸浮出，有部分國人對新女性移民懷著極深隱憂（《中國時報》，2007）。如果能透過教育措施，協助她們及早適應本土現代化的生活，並給予改善下一代脫離困苦環境的機會（邱淑雯，2000：197～219；蕭昭娟，2000；鄧中階，2005），讓她們在學習語言的同時，也能適應臺灣社會文化，這應該是眾所期待的。民眾也得敞開心房的接納她們，將她們視為臺灣社會的一員。

　　但目前現有對新女性移民的教育中，那些項目確實能填補外籍配偶的需求？尤其是她們最迫切需求的華語文教學中，除了給予讀、聽、說、寫的基本語言訓練之外，似乎應站在學習者的立場，多關心她們是「如何學」、「如何讓她們學得更好」。新女性移民在第二語言學習過程中，是否使用了策略？使用了哪些策略？這些策略是否有助於第二語言的學習？以上都是研究者亟欲想探究的。

第一節　研究動機

一、新女性移民快速增加，已成為臺灣第四大族群

　　由於全球化趨勢的影響、外勞政策的開放及外籍新娘仲介業的興盛，加上社會風氣的開放，近十年來，國內跨國婚姻的比例快速

增加，尤其在1998年起至2005年的七年間，臺灣每年移入2～4萬名新女性移民，其中2003年這一年新女性移民人數就增加了4萬8474人。根據內政部移民署資料統計顯示，至2007年11月底止，我國外籍與大陸配偶人數已達39萬8720人，人數接近原住民，躍升為臺灣第四大族群。東南亞籍新女性移民（不含大陸港澳人士）的人數為13萬7353人，其中以越南籍人數最多，7萬8611人（57.2%），其次為印尼籍的2萬6716人（19.5%）、泰國的8988人（6.5%）、菲律賓的6139（4.3%）、柬埔寨的4574人（3.2%）、其他國家12865人（9.3%）（內政部移民署，2007）。（如表1移民署外籍配偶人數統計表）

表1　移民署外籍配偶人數統計表（1987年1月至2007年11月）

區域別	總計	各縣市外籍配偶人數（按國籍分）統計表															
		合計		越南		印尼		泰國		菲律賓		柬埔寨		其他國家		大陸港澳地區	
		人數	%	人數	%	人數	%	人數	%	人數	%	人數	%	人數	%	人數	%
總計	398,720	137,353	34.45	78,611	19.72	26,176	6.57	8,988	2.25	6,139	1.54	4,574	1.15	12865	3.23	261,367	65.55
臺北縣	75,914	23,153	30.50	13,043	17.18	3,034	4.00	2,267	2.99	1,084	1.43	449	0.59	2,549	3.36	52,761	69.50
宜蘭縣	6,300	2,702	42.89	1,852	29.40	387	6.14	118	1.87	65	1.03	136	2.16	113	1.79	3,598	57.11
桃園縣	41,257	15,051	36.48	6,729	16.31	3,927	9.52	1,938	4.70	991	2.40	307	0.74	930	2.25	26,206	63.52
新竹縣	9,450	4,701	49.75	1,580	16.72	2,215	23.44	313	3.31	288	3.05	51	0.54	201	2.13	4,749	50.25
苗栗縣	10,612	4,625	43.58	2,228	21.00	1,736	16.36	322	3.03	122	1.15	74	0.70	125	1.18	5,987	56.42
臺中縣	23,253	8,717	37.49	5,563	23.92	1,480	6.36	460	1.98	311	1.34	576	2.48	264	1.14	14,536	62.51
彰化縣	17,121	8,608	50.28	5,624	32.85	1,569	9.16	433	2.53	304	1.78	446	2.60	182	1.06	8,513	49.72
南投縣	8,652	4,375	50.57	2,865	33.11	887	10.25	198	2.29	84	0.97	244	2.82	78	0.90	4,277	49.43
雲林縣	12,315	5,972	48.49	3,609	29.31	1,670	13.56	183	1.49	105	0.85	265	2.15	76	0.62	6,343	51.51

嘉義縣	10,757	5,001	46.49	3,346	31.11	1,148	10.67	147	1.37	101	0.94	185	1.72	62	0.58	5,756	53.51
臺南縣	15,993	6,504	40.67	4,705	29.42	686	4.29	378	2.36	193	1.21	364	2.28	139	0.87	9,489	59.33
高雄縣	22,595	7,366	32.60	5,076	22.47	1,058	4.68	369	1.63	294	1.30	288	1.27	225	1.00	15,229	67.40
屏東縣	16,400	7,261	44.27	4,258	25.96	1,568	9.56	193	1.18	775	4.73	244	1.49	183	1.12	9,139	55.73
臺東縣	3,469	1,324	38.17	866	24.96	232	6.69	33	0.95	78	2.25	44	1.27	49	1.41	2,145	61.83
花蓮縣	7,284	1,783	24.48	941	12.92	486	6.67	105	1.44	42	0.58	59	0.81	119	1.63	5,501	75.52
澎湖縣	1,510	859	56.89	486	32.19	304	20.13	3	0.20	4	0.26	43	2.85	15	0.99	651	43.11
基隆市	8,096	2,059	25.43	1,399	17.28	240	2.96	103	1.27	71	0.88	71	0.88	126	1.56	6,037	74.57
新竹市	6,168	2,203	35.72	977	15.84	592	9.60	195	3.16	138	2.24	29	0.47	204	3.31	3,965	64.28
臺中市	17,523	4,369	24.93	2,278	13.00	582	3.32	260	1.48	144	0.82	222	1.27	644	3.68	13,154	75.07
嘉義市	3,618	1,170	32.34	741	20.48	187	5.17	46	1.27	40	1.11	69	1.91	66	1.82	2,448	67.66
臺南市	9,844	2,800	28.44	1,897	19.27	279	2.83	152	1.54	95	0.97	41	0.42	219	2.22	7,044	71.56
臺北市	42,147	9,877	23.43	4,213	10.00	947	2.25	463	1.10	478	1.13	189	0.45	2,345	5.56	32,270	76.57
高雄市	26,131	6,575	25.16	4,178	15.99	850	3.25	305	1.17	328	1.26	172	0.66	481	1.84	19,556	74.84
金門縣	1,578	273	17.30	143	9.06	111	7.03	1	0.06	4	0.25	3	0.19	10	0.63	1,305	82.70
連江縣	450	25	5.56	14	3.11	1	0.22	3	0.67	−	−	3	0.67	3	0.67	425	94.44
未詳	283	−	−	−	−	−	−	−	−	−	−	−	−	−	−	283	100.00

（研究者製表整理）

　　由於外籍配偶的文化背景不同，語言環境差異大，所以如何適應以華語為生活重心的社會，是外籍配偶在臺灣生活的重大難題。尤其婚生子女的產生，其社會地位、教育及生活適應種種問題，更值得社會關注。在2003年內政部主導的「外籍及大陸配偶生活狀況調查計畫」中，曾實地訪查新移民的生活照顧輔導需求，在接受訪問的外籍配偶101,615人中，有69.4%的外籍配偶將「語文訓練、識字教育」列為「希望接受訓練課程」的第一選擇（陳心怡，2007）。多篇研究外配需求的論文也都指出，語言與文字的學習，是外配進入臺灣後所面臨的最迫切需求（吳美雲，2001；朱玉玲，2002；李萍、李瑞金：4-20，2002；夏曉鵑，2002；李素蓮，2004；王秀喜，2004；鄧中階，2005）。

二、越南籍配偶比例高達七成，語言學習為迫切需求

　　為了照顧新移民的權益及需求，政府已於2003年制定「外籍與大陸配偶照顧輔導措施」，並就新移民的各種需求制定分工表，其中語文識字訓練課程，為執行生活適應輔導的內政部，及負責提升教育文化的教育部的管轄工作。目前內政部指示各縣市教育局規畫進行的外籍配偶生活適應輔導班，就以語言文化為教學重點，而教育部則負責外配語文教材的研發製作，以及將國中小補校的範圍擴及外籍配偶。

　　臺灣是一個以文字為主要資訊傳播的社會，識字能力的具備（指中文的聽說讀寫），對於這些東南亞外籍配偶的個人、家庭、社會而言，都有許多正面的影響（黃正治，2003b）。對外籍配偶而言，識字的確可為其在臺的生活打開另一扇窗，促使學習者能藉由對文字、語言的認識與使用，看清楚本身的生命位置，發揮「知識即力

量」的作用（陳源湖，2002：25～33）。許多跨國婚姻研究指出，語言是所有跨國婚姻面對的主要難題，例如Chikako、Ishii表示亞洲新娘嫁到日本的生活難題中，語言是最主要的問題；Kitano等針對亞、美洲婚姻的研究更指出，因語言能力的不足造成個體與家庭、社會互動不足；Imamura的研究指出，外籍配偶因缺乏當地語言能力，致使無法往外尋求支持網絡（轉引自王瑞宏，2004）。外籍配偶雖有不少是華人後裔，因定居東南亞已久，多數不諳中文，因而造成生活上溝通的不變，所以語言與識字是她們進入臺灣社會所面臨的最大阻礙。在無法運用言語溝通的情況下，衍生了生活適應、子女教養、文化和宗教認同、法律與社會等問題。

為因應新移民的需要，目前語文識字班已成為相關單位的重點工作。政府方面，有縣市政府開設的生活適應輔導班，以及附設於各國小的補校專班，都有大量的語文課程；民間團體如南洋臺灣姊妹會、賽珍珠基金會……等，也積極提供相關的學習資源。根據內政部移民署臺東服務站提供的資料顯示，截至2007年10月底止，嫁來臺灣（臺東縣）未取得我國國籍的867名東南亞籍新女性移民（不含大陸港澳人士）中，除了少數為日本、美國、歐洲國籍之外，幾乎都是來自越南、印尼、泰國、菲律賓、柬埔寨等東南亞國家，以越南籍的70.18%人數最多，印尼籍11.38%次之，泰國籍6.87%再次之。

從數據可以看出，越南籍配偶的人數遠多於其他國籍。但外籍配偶參與學習人數仍舊偏低，目前僅約七分之一接受國內小學附設識字班課程，換句話說，仍有為數不少的外籍配偶在臺灣是處於文盲狀況。排名第二的印尼籍配偶，有許多是會講客家語或華語的華僑後代，因此在語言學習的需求，仍以越南籍配偶最為迫切。

因研究者承辦外籍配偶教育業務，以2007年7月委託臺東縣外籍配偶協會辦理「外籍配偶讀書會——支持多元家庭女性」課程為例，

全班61名學生中，除了10名印尼籍與2名泰國籍、1名柬埔寨籍之外，其餘48名都是來自越南，佔79%，可見其比例之高。

三、文獻的缺乏

　　隨著新移民女性人數的增加，此議題的相關研究與論述也陸續產出，其論述中以外籍配偶生活適應及其子女教養佔多數。近年來研究外籍配偶識字課程的論文不少，碩士論文就有21篇（至2007年11月止），但多以社會心理學角度切入探討外配識字的學習歷程，或以問卷或觀察評估識字課程的進行，缺少以第二語言學習者觀點來進行研究。國外有關第二語言習得研究的重心已逐步從重視「教」轉對「學」的研究，而從學習者的外部因素、內部因素以及學習者個體差異三個側面對學習者進行研究，還略嫌薄弱。中國大陸心理學界做了不少母語為漢語者的漢語認知研究，英語教學界也做了一些外語的認知研究，而漢語作為第二語言的學習者的漢語認知研究，還有待開啟。

　　一個能有效達到教學目標的教材，必定要從了解學習者的先備知識開始，並從學習者的需求來考量。新女性移民雖然不諳華文，但她們在其母國並非完全不識字，絕大多數是因為跨海來臺導致的「功能性文盲」（張正，2004）。她們是心智成熟，有文化、母語非華語的成年人。從學習的目的上看，絕大多數都抱有實用的目的。因此，對於將華語作為第二語言的新移民女性來說，除了考量「教什麼」和「如何教」，以學習者為主體的「怎樣學」更為重要。基於以上原因，研究者嘗試以成功學習者所具有特殊學習的過程、策略與學習者的個性、態度、動機等特徵，探究她們是如何與學習環境相互作用作為本研究關懷重點。再者，對成功語言學習者的特質

描述,提供教學者思考的空間,以促進教與學的精進,也是一併要
自我寄望的。

四、研究者實務工作上的需求

研究者本身為國小教師,借調至臺東縣家庭教育中心服務,主
要規畫設計外籍配偶家庭教育學習課程及活動,因業務之便,與新
女性移民能有近距離的接觸,長時間的相處,甚至培養出如姐妹般
的深厚情誼,並深切對學習者的學習態度與學習熱忱表示感佩。外
籍配偶的研究雖已逐漸受到重視與關切,但尚無針對她們在第二語
言學習過程中所使用的策略及需求做深入的研究。在研究者所辦理
的研習課程及活動現場中,研究者發現她們不會主動表達她們對於
語言學習的想法,而對於教師所教的內容也都抱持讚許不批評的態
度,因此想從她們身上直接探詢她們的語言學習策略與需求,並不容
易。如果想要深入了解學習者的生活世界與學習成效,絕非傳統的問
卷調查或訪談方式可以達成的,但可透過互動與深入訪談而覺察。

目前我國對新女性移民的識字教育提供者不一,所採用的識字
教材的來源也各有不同,大多是教學者自行發展或參考選用,並無
固定的教材;同時課程的安排也由規畫者或教學者研擬,並無一定
的階段課程,對於多數無外國文化經驗的教學者來說,其根據何種
理念來設計課程與教材,值得重視。新女性移民的識字教育為我國
成人識字教育的一環,目前我國成人識字教育已有不少有關這方的
研究。研究者很想知道她們在適應新環境的同時如何還能學習新的
語言?雖然是迫於環境與生活上的需要逼得她們不得不學習新語
言,但究竟她們是用什麼方法與策略可以讓她們在這麼短的時間內
學會新的語言?一連串的問號促成我對於新女性移民語言學習策略

的研究。目前，國內外學術論文中，語言學習策略相關的文獻，大多是以小學生學習國語文或英文、不同國籍留學生學習華語的研究，還沒有針對新女性移民第二語言學習策略進行研究，尤其是對成功學習者的調查應用。

第二節　研究目的與研究問題

一、研究目的

　　根據美國學者Oxford的定義，學習策略為：「學習者採取的特定行為，使其學習行為更容易、更快速、更愉悅、更主動、更有效率、以及更易轉移到新的學習情境。」（蘇旻洵譯，2007）近數十年來，語言教學的趨勢已由「以教師為中心」逐漸進展到「以學習者為中心」。研究學者及教學工作者已經了解到沒有一種教學方法能保證語言教學的成功；而同一種教學方法也會因學習者的學習策略運用的能力不同，而獲得不同的成效。因此，教師在教學時必須重視學習者的學習歷程（廖柏森，2006）。而教學研究的重心，就不只是放在教師如何教，也應考量學習者的學習歷程，也就是學習者如何學。

　　近年來有關學習策略的研究方興未艾，但國內的研究所選定的對象往往都偏重在一般學生及英語系學生，較少針對新移民女性，也尚未見到專門對新女性移民中的成功學習者的學習策略進行研究的報告。然而近幾年來，隨著新女性移民的大量增加，有必要針對這些新族群來進行語言學習策略的研究，以求進一步了解她們的學習行為，並研擬出改善其學習成效的方法。

　　語言學習者學習策略的使用反映出學習者的學習歷程。個人的認知型態、學習風格與學習環境，往往相互交織影響個人的學習，而表現在語言學習策略的運用上。第二語言學習環境中，學習者的個人特質與學習動機，會直接影響學生的學習，並反映在學習者的學習方式和內容上──就是學習策略的使用上（楊淑晴，2000：35-39）。因此，本研究以新女性移民中的成功學習者為對象，試著找出成功的學習者所具有的特殊的學習策略，探討成功的語言學習者學習策略的使用情況，進而把成功的學習策略推介給新進的語言學習者。希望藉由對成功語言學習者的學習策略的研究，有助於教師了解學習者個體學習策略的有效性，並進一步對學習者進行策略培訓。

二、研究問題

　　「外籍配偶」的議題，因研究者抱持的關懷立場不同，切入的角度就不相同。

　　語文能力（指中文的聽、說、讀、寫）的具備，對新女性移民個人及其家庭與整體社會而言，都有許多正面的影響。而新女性移民語文能力的具備不僅在於增進其生活溝通、與人交流互動的能力，更有助於拓展生活視野，引介文化內涵。外籍配偶在臺灣是弱勢的一群女性，飄洋過海到臺灣，她們找到自己的夢土，還是正經歷著為人不知的煎熬？她們的聲音、經驗往往是被忽略的。

　　研究者因工作的關係，結交了不少外籍配偶的好朋友。回想三年前剛開始跟她們接觸時，我對她們而言，只是辦活動的「江老師」，因為不熟悉，彼此是有距離的。2006年教育部辦理第一屆外籍配偶終身學習楷模的遴選，各縣市必須選出終身學習獎楷模，研究者因

承辦該項業務，著手展開遴選工作，從各鄉鎮所推舉的優秀代表中，經過初選、複選，遴選出前三名：阿鳳、阿慧、阿水（以上皆為化名）接受教育部頒獎。因為研究者必須帶她們北上領獎，兩天的朝夕相處中，自然而然拉近跟她們（包括她們的家人）之間的距離，漸漸的她們開始傾訴她們對異地生活的感受、遭受歧視的無奈、人際關係的困擾……等。研究者在審查她們所準備的資料中，略悉她們來臺參與語言學習的歷程，非常感佩她們對學習的熱忱與努力；而在感佩之餘，希望更深入了解「她們是如何辦到的」？對於這些年輕而且又充滿活力的新女性移民，她們非常有潛能，學習力強，倘若能針對每個人的特質加以培訓，提供她們更多學習管道與機會，影響的層面既深且廣；影響所及，除了新女性移民本身之外，包括她的下一代，未來甚至牽動臺灣社會、經濟、教育等各個層面。

　　本研究選擇三個個案：阿鳳、阿慧、阿水（以上皆為化名）為研究對象，主要探究從她們原生母國受教經驗到臺灣的跨文化語言學習，她們認識世界的方式是否一樣？她們在學習第二語言的歷程中，運用了哪些策略？使用的情形？學習策略的運用是否影響學習成效？成功語言學習者的策略運用是否有個別差異？成功學習者的學習策略可複製到其他學習者身上？學習策略訓練的可行性？另外，新女性移民本身是否因語文能力的提升，進而可以自我發聲，爭取應有的權益？對於這些學習較有成就的新女性移民，政府相關單位應如何規畫教育課程，才能真正符合她們的需求？

　　具體言之，本研究探究的問題如下：

(一) 新女性移民母語學習經驗和文化背景對第二語言學習的影響。

(二) 新女性移民學習成功者學習第二語言所使用的學習策略。

(三) 歸納相關研究，找出成功學習者的學習策略運用模式及其差異性。

(四) 對新女性移民進行第二語言學習策略培訓的可行性。

(五) 對新女性移民學習者、教學者及政府相關單位的建議。

　　本研究採質性研究中的個案研究，同時針對三個個案進行研究，著重於個案之間的比較，透過個案的比較分析過程，深入了解個案本身的異同之處。在確立研究問題後，在第二章的文獻探討中，透過女性主義認識論、第二語言學習策略等相關研究報告及文獻的閱讀，使自己能釐清研究的焦點，並對研究主題產生較為清晰的輪廓；研究者還透過與指導教授交換意見的過程中，進一步釐清研究問題的重點。第三章研究方法中，確立質性研究取向、研究對象、研究流程、研究過程中資料收集的方式及對所收集的資料進行分析、詮釋。就質性研究而言，資料分析所代表的不只是研究過程的一個步驟而已，研究者根據所擬定的一個明確的概念架構，藉由詮釋學、符號互動論、混沌理論、複雜理論等觀點運用分析資料，透過有系統的組織方式賦予資料意義，經由對照、歸納、比較，將這些概念逐步發展成主軸概念，作為理論建構的基礎。第四章就本研究選擇三個個案的研究結果進行分析與討論。第五章結論與建議，將三名研究個案認知型態、第二語言學習策略進行比較分析，比較她們在第二語言學習的過程中，所使用策略有什麼不同？有哪些相似與差異的地方？造成這三種不同類型差異的因素為何？並嘗試與本研究所運用的理論架構進行對話。最後並就本研究過程進行檢視及省思，研究結果對學習第二語言新女性移民學習者、教學者、政府相關單位三方面的建言及對未來相關研究的建議。

第三節　名詞解釋

　　本研究以透過跨國婚姻方式來臺的新女性移民為對象，探討新女性移民嫁來臺灣學習新語言時所使用的學習策略，為使研究範圍更明確，茲將本研究中的重要名詞界定如下：

一、外籍配偶

　　臺灣社會對「外籍配偶」的定義十分模糊，計有下列幾項：

(一) 盧美杏（1996）：泛指結婚來臺的大陸與東南亞女子。

(二) 蕭昭娟（2000）：外籍配偶是嫁給臺灣男性的外籍女性，並大多泛指利用不同婚姻管道，尤其是婚姻仲介公司型態進入臺灣地區的東南亞籍或大陸籍女子。

(三) 洪茗馨、林若雯（1995）：大多數人是將外籍配偶的歸屬範圍縮小，為「透過婚姻仲介管道」進入臺灣地區的東南亞女子。其界定還不包括從新加坡、馬來西亞等經濟較為發達的國家來臺與國人結婚的女子。

(四) 夏曉鵑（2002）：指「外籍配偶」現象，是來自低度發展國家婦女嫁往高度發展國家的全球性現象的一環。臺灣所謂的「外籍配偶」，一般是來自東南亞地區，與臺灣籍男子結婚的女子。在媒體的報導裡，她們通常被認為是未受過高等教育，來自貧困家庭，其結婚對象多數在臺灣無法取得老婆的男人，她們的婚姻往往被簡化地定義為「買賣婚姻」，因而被認為是臺灣社會問題的製造者。

(五) 顏錦珠（2002）：其對東南亞外籍配偶的認定是：以原國籍為東南亞地區，包括越南、印尼、菲律賓、泰國、高棉、柬埔寨等地區的女性，嫁給臺灣男性，婚齡在兩年以上，

且目前與臺籍丈夫仍維持婚姻及同居關係。此處的「新娘」並不意味著她們還是新婚狀態，而是到目前為止沒有更恰當的其他稱呼。所以以「外籍配偶」來稱呼這些遠嫁來臺的女性，並無褒貶之意。

本研究所稱呼的「外籍配偶」，專指「東南亞地區」包括越南、印尼、菲律賓、泰國、高棉、柬埔寨等地區的女性（中國大陸地區、日本、歐美地區國家除外），藉由「跨國婚姻管道」嫁給臺灣男性，並辦妥結婚登記，且已入境依親居留或定居的女子，都屬本研究所稱呼的「外籍配偶」。

二、新女性移民

主要針對嫁到臺灣的東南亞女性，除了「吃臺灣米、喝臺灣水」之外，早已既非「外籍」、也非「新娘」，且「外籍新娘」具有明顯的區隔意味；而婦女新知基金會等團體也在正式提出重新命名的呼籲，希望政府能統一命名，替換「外籍新娘」、「大陸新娘」的稱呼。在尚未出現公認的較佳名稱前，婦女新知基金會等團體稱呼其為「新女性移民」。本研究也認同婦女新知基金會等團體的呼籲，暫且以新女性移民替代外籍配偶的稱呼（雖然在內文中會依需「變換為用」）。

三、成功語言學習者

本研究所指成功語言學習者是指本研究的三個案：阿鳳（化名）、阿慧（化名）、阿水（化名）。由於她們三人學有所成，不僅是學習者的楷模，並且還轉換角色為教學者，因此以她們三人為

成功語言學習者代表，探究她們個人獨特的學習特質以及在語言學習過程中所使用的學習策略。

四、語言與文化

語言與文化有著密切的關係，廣義的文化包括語言，同時文化又無時無刻不在影響語言。語言既是文化的載體，又是文化的寫照（胡文仲，1999：57）。美國語言學家Sapir和Whorf他們認為，語言不僅反映文化的型態，而且語言結構部分地或全部地決定人們對於世界的看法（轉引自胡文仲，1999：61～63）。Sapir甚至認為語言與文化不存在因果關係（轉引自魯苓，2004：20）。中國大陸學者魯苓認為，從廣義文化說，語言屬於文化，二者是上下之間包含與被包含的關係；從狹義文化看，語言與文化對立，是一種相對關係（魯苓，2004：21）。

然而，當語言與文化這兩種概念被並列或聯合在一起談的時候，它們究竟是什麼樣的關係？依據學者周慶華的考察，語言和文化所以能夠係聯，絕不只於語言和文化本身有所謂內在理路的相通或某些本質的同一，還要看論述者如何給語言和文化下定義。也就是說，語言和文化之間的關聯最後是要由論述者所作的界義來決定（周慶華，1997：2）。Saussure把語言看作一種符號系統，而Cassirer把文化也看作一種符號系統，這中間必定有重疊或連結（轉引自周慶華，1997：3）。人類學家把語言當作文化行為的模式、社會學家把語言當作社群之間的交互行為、文學家把語言當作藝術媒體、哲學家把語言當作解說人類經驗的手段、語言教師把語言當作一項技能等等（周慶華，1997：3）。

　　探討語言和文化的課題，基本上也要有一些方法和步驟，一般論述者所採取的是對比分析法，而對比分析法是共時性研究，它要揭示語言之間的一致性和分歧性（尤其是分歧性）。但是不論哪一種對比法，它在對比分析的過程中，必定有主體意識和價值觀的介入，不可能純作中性的對比分析。像語言的語音、語詞、語法顯示了什麼文化意涵，就不得不藉助詮釋了（周慶華，1997：7～8）。還有像語義、語境（包括由語言因素構成的上下文和情境（魯苓，2004：181），以及它們所顯示的文化內涵，也需要透過詮釋才可以被掌握。

　　就語言要素與文化的關係而言，關係最密切反應最直接的是詞彙。而其中「文化詞彙」是指特定文化範疇的詞彙，它是民族文化在語言詞彙中直接或間接的反映。直接反應的詞彙，如：龍、鳳……等；間接反映的詞彙，如：紅、黃、白、黑顏色詞及松、竹、梅、蘭等象徵語詞（胡文仲，1999：64～71）。

　　在從事跨文化交際中不僅要注意詞的概念意義，更重要的是詞的內涵意義。新女性移民在學習華語過程中因文化差異引起的誤解和歧見處處可見。例如「松、竹、梅」這三個詞不會引起新女性移民太多的聯想，對我們而言這三詞的聯想可就豐富了。又比如梅、蘭、竹、菊在中國文化中被譽為花木中的四君子，而在新女性移民認知中它們只是植物名稱，並不具有漢語詞彙包含的豐富文化內涵。在中國文化傳統數字詞中，「九」是表示最高、最多的大數，也因為「九」與「久」諧音，人們往往用「九」表示「長久」。歷代帝王也都崇拜「九」，希望長治久安，因此皇帝都穿九龍袍。對新女性移民而言，「九」只不過是個數字，沒有特殊的內涵。此外，在飲食習慣、節慶、習俗甚至肢體文化都因文化背景的不同而有顯

著的差異。面對多元文化時代的到來,文化衝突處處可見,只有學會相互尊重與彼此包容才可能化解歧異,共存、共榮。

五、學習策略

學習策略在第二語言習得中佔重要的地位,根據已有的文獻資料,學者們對學習策略的定義有下列幾種觀點(馬廣惠、程月芳,2003:33-35):

(一) Wenden和Rubin認為學習策略有三個意義:第一,指學習者為了學習二語和調節二語學習而實際從事的語言學習行為。第二,指學習者對其所使用的學習策略方面的知識。第三,指學習者對其語言學習諸方面的了解。

(二) Oxford認為學習策略是指「學習者為了使學習更容易、更快、更令人愉快、更加自主、更有效更容易運用於新的情境而採取的一些新的行動」。簡單的說,是指任何對學習與獲得的這各連續關係有所助益的策略。

(三) O'Malley和Chamot認為學習策略是指「學習者用於幫助理解、學習和記憶新信息的特殊思想和行為」。

(四) Grenfell和Harris認為學習策略是指「學習者在從事二語言學習時所採用的一些習慣或作法」。

(五) Cohen認為學習策略是指「學習者有意識選擇的學習過程」。

綜合各家觀點,學習策略具有下列特點:第一,具體的方法或技能。第二,有程序和步驟。第三,內隱的學習規則系統。第四,可當作是學生的學習過程。歸納而言,學習策略就是指學習者在學習活動中有效學習的程序、規則、方法、技巧及調控方式。學習策略既是內隱的規則系統,也是外顯的操作程式與步驟。

六、語言學習策略

語言學習策略的討論始於1970年代。Rubin、Bialystock、Weinstein和Mayer等人，都為語言學習策略下過定義，Chamot、O'Malley和Chamot則更進一步定義語言學習策略為：「個人用來幫助理解、學習和記憶新知的特殊思考方式」（轉引自廖柏森，2006）。

Cohen認為語言學習策略是指「學習者有意識選擇的學習過程，可以透過儲存、記憶、回想和應用所學語言的信息，產生旨在強化語言學習或使用的行動，包括對學習材料的識別、區別、整理、重複接觸和記憶」（轉引自馬廣惠、程月芳，2003：33～35）。

Oxford提出的語言學習策略是：「學習者用來學習、理解及運用目標語促進溝通所使用的方法。適當的語言學習策略可幫助學習者建立自信，並增進其語言能力（蘇旻洵譯，2007：35）。

綜合以上論述，語言學習策略有以下幾點特徵：第一，為了提高語言學習水準所採取的方法和手段。第二，是內部心理活動或外顯行為。第三，策略的運用是靈活的。第四，策略是多層面、多種類的。語言學習策略應該是一個有機的系統，在這個系統中，策略和策略之間相互關聯，互成體系，構成一個有機的整體（郭惠燕、賈正傳，2005：85-89）。我們也可以說語言學習策略是學習者在學習新的語言時，有意識選擇的學習過程，從母語閱讀、到疑難排解、再到新的語言的學習，都會用到的學習策略。

七、第二語言學習者

第二語言學習者指學習第二語的學習者，學習第二語與學習外國語的差別在於第二語應是在其學習的社會環境中有社會適應與溝通的功能。移民通常需要學會第二語，才能在那個國家生存。因婚

姻關係嫁來臺灣的新女性移民，為了能在其生活環境中直接以所在地通用語言與當地社會進行溝通，除本身的第一語言（母語）外，再學習夫家國語言，而本研究所指的第二語言是指華語。

第四節　研究限制

本研究主要是採個案研究法，蒐集相關文獻後進行三個案的深度訪談，並進入研究場域參與觀察。研究期程從民國2007年3月至2008年5月，研究對象限於臺東市的三名越南籍新女性移民，目的在找出新女性移民成功學習者學習第二語言的特殊學習策略，研究結果期望有助於教師了解學習者學習策略的有效性，關心新女性移民「如何學」、「如何讓她們學得更好」。研究結果是否推論至其他新女性移民不在本研究範圍內。

在研究變項方面，影響第二語言學習策略運用的變項很多，本研究僅就三個案在第二語言學習環境中，母語學習經驗、個人學習特質與學習動機如何反映在學習策略的運用上進行實證研究。智力雖為影響語言學習的重要因素，但探究的層面較為複雜，因而將此變項排除在本研究之外。

此外，本研究主要是在探究新女性移民成功學習者學習第二語言所使用的學習策略，並就三個案的成功策略運用情形進行對比分析，因此研究重點在三位成功學習個案，不成功學習者則不在本研究多作論述。

第二章 文獻探討

第一節 女性主義認識論

認識論，指個人解釋或詮釋社會真實的方式。主要探討有關知識的來源、性質、範圍等問題，它是一個關於人類知識本質及辯證的哲學領域。傳統認識論主要探究的四個主要實體是：（一）認識者；（二）認識方式，包括「知識如何產生」、「認識者如何了解其環境」；（三）探究的主題或是對象，包括「知識的結構為何」、「知識與認識對象之間的關係為何」；（四）生產的知識：「知識如何成長或變化」（陳美玉，1996；朱雅琪，2000；林君諭，2003）。近年來認識論的想像被帶進心理學與教育學領域，主要關注的焦點是道德判斷與發展理論。一些學者運用「發聲」與「位置」兩個概念來解釋知識發展與認識信念。「發聲」，是指人類表達自我意象與觀點、感知到「自己」和他人的存在，同時作為一個認識者，個人是有其「主體性」與「能力」的（陳美玉，1995；朱雅琪，2000）。發聲的比喻不僅是用來命名每天的言談，也更廣泛地被用來呈現有關自我認同，以及個人運用特定概念來表達特定的社會生活；發聲也是個人抒發情感的重要管道，透過發聲，個人尋求真正的自我，獲得自我知識，同時也可以使個人的或社會集體性的內在「壓抑」，經由與他人理性的溝通，或是互為主體性的擬情理解，重新獲得理性的轉移和舒緩。

「位置」，是指探究過程中，認識者與其他實體之間的關係，包括個人是如何地將自我的立場放置在認識方式、探究的主體以及

生產知識的位置，它影響個體間差異的世界觀想像（朱雅琪，2000）。
就女性主義認識論而言，她們認為認識觀點的差異不僅反映認識者
與其他認識實體之間的關聯性，同時也關聯於認識者個人位居的社
會位置與歷史情境。在探究的過程中，認識者必然在探究的領域涉
入自我，同時自我反思性地成為探究的一部分。個人在有意識或無
意識下，將性別、族群、階級、性偏好與其文化符號系統接合，以
產生個人對世界意義的了解，也就是所謂的「立場觀點」。認識者
因為她們置身的位置，不僅在感官上形成個人對結構表象的意象，
而且此意象受到特定歷史與文化生活影響，顯現一種對應認識對象
的特殊價值、情感與觀念。

一、Belenky等人的女性認識論（Women's Ways of Knowing，以下簡稱為WWK）

（一）理論觀點

Belenky等人企圖從女性的生命故事中，尋找屬於女性發展模式
的認識論。

女性認知方式（WWK）的背景，在於促使女性得以在學術研究
中發聲，並強調女性生活經驗的價值，使女性能夠平等地參與男性
世界。Belenky等人研究主要受Gilligan作品「另一種聲音」的影響。
並將Gilligan與其同僚Lyons描述不同自我概念與道德發展使用的概
念應用在女性認識論的概念中（蔡美玲譯，1995）。「分離」與「連
結」二詞原以描述兩種不同自我概念與經驗，在（WWK）中作了一
些轉換，用來說明兩種不同的認識方式：1、分離的認識方式：以非
關個人的、理性批判的、傳統教育模式的思考方式建立真理；2、連

結認識方式：以個人的了解，而不是判斷的方式，透過關懷的程序及同理心產生真理（朱雅琪，2000）。

WWK以女性作為研究樣本，主要目的在傾聽女性的經驗。她們推論女性的認識方式與自我概念間關係密切，雖然這不是性別的必然現象，卻是有可能與性別相關聯的。WWK針對135位來自不同背景的女性進行深入訪談，以「發聲」的隱喻取代Perry的「立場」說，打破過去心理學「發展階段」論的慣性思考方式，重新了解女性認識方式的複雜性及獨特性。Belenky等人分析訪談資料，將婦女認知觀點分為五種主要知識論類型（蔡美玲譯，1995：3～5）：

1、沉默：女性經驗到的是無心、無聲的存在，一切臣服於外在的權威。

2、接收式知識：女性認為她們可以接受（或複製）外在權威教授給她的一切知識，但是無法自己創造知識。

3、主觀式知識：女性認為真理和知識是個人主觀的認識和直覺。

4、程序式認識：女性投入學習，並運用客觀的程序去獲取知識，與人做知識的溝通。

5、建構式知識：女性開始以整體性的觀點看待知識，視之為情境的，開始經驗到自己能創造知識，同時看重主觀和客觀的認識策略。

（二）相關實徵性研究

在WWK研究中，「發聲」的概念意涵認識過程中的自我能量展現。她們從訪談個案發現，不同社會背景及其教育經驗與個人的自我概念、權威關係及認識方式有很大的關聯性（蔡美玲譯，1995：

24）。如女性沉默的經驗、無力感、無法發聲、個人認識過程的經驗及採取適應或是對抗的種種策略，都跟我們社會定義的權力以及有效的、普遍的知識概念有很大的關聯性。如採「沉默」認識方式的受訪者，大多是社會、經濟、教育背景最不好的，「沉默」極可能是一種活在不利處境不得不選擇的生存策略。依賴權威的表象，不代表她們沒有自主的思想，「沉默無聲」可能是對不利處境與不公對待的一種無言的抗拒。

另外，分離式認識論者（多數是受過高等教育的女性），她們的自主聲音、直覺及生活經驗多半被為學校教育理性思想訓練所忽略，甚至有些女性反映正式的教育經驗是疏離的，學校教育的經驗使她們失去自己，在學習的過程中，空出所有的自我，去適應學校的知識。大多數的她們因為能夠發出這種大眾的、理性的、分析式的聲音，而受到學校的保護、尊重及獎勵，同時她們也感激學校滋養她們這種分析的能力；然而她們系統化的思考卻不容易超越社會控制的作用，因此容易產生主觀式與連結式知識。

針對WWK有關女性發展與教育經驗的描述，Goldberger認為，女性認識方式不僅有差異，而且女性是被社會化地去「認識」外在的世界（轉引自朱雅琪，2000；蔡美玲譯，1995：20）。誠如夏林清分析五種認識方式的女性背景，「沉默」可以被了解為活在不利處境的女性對壓迫的一種抗拒方式；那麼程序式認識觀，特別是分離式認識論者是複製社會權力壓制的一種表現方式，重要的是父權社會對女性的壓制，是透過受高等教育的婦女本身在進行著（夏林清，1996：8）。

Belenky等人認為女性的認識模式有別於男性，主要是受到社會化及教育經驗的影響，尤其是階級（轉引自朱雅琪，2000；蔡美玲譯，1995：101）。雖然這五種認識論以建構式的認識觀為最佳境界，然

而這並不是研究要推論的結果。她們以此分類的主要用意在於了解女性經驗，同時強調這五種認識方式並不是最終、齊備的、統一的分類。雖然這些分類是從女性經驗中發現，她們也認為在男性的思想中亦是有可能出現類似的分類（蔡美玲譯，1995：135）。爾後十年，她們進行跨文化研究以及對發聲方式的深入理解，在Goldberger等人所著之*Knowledge, difference and power*一書中，從女性主義的觀點理論分析知識、權力與性別關係，修正了WWK部分的理論觀點，也擴展了原先理論建構的參考架構（轉引自朱雅琪，2000）。

（三）小結

　　新女性移民藉由參與語言學習，改變自己所處的「位置」，藉由這樣的轉變過程，促進女性的「賦權」與「培力」。根據研究者三年來規畫與辦理新女性移民教育學習活動發現，參與語言學習後的新女性移民，至少會有三方面的具體轉變：1、技能方面：逐漸具備或提昇中文聽、說、讀、寫能力，脫離處處依賴他人的窘境。2、心理方面：上課後因獲得師長與同儕的關懷與認同而產生自信心與尊榮感，對新環境的不信任與不安全感也逐漸消失。3、家人關係：避免因語言不通而造成觀念上的歧義與誤解，語言能通跟家人聊天的話題也增多了。4、社會方面：拓展了人際關係和生活層面。

　　另外，學校教師、志工媽媽及外配業務承辦人員因參與多元文化課程設計與教學活動後，體認了新女性移民在社會的弱勢地位是不分國籍的，藉由自我意識的覺醒轉入整體女性問題的思考，新女性移民透過集體互動學習，既可建立彼此的支持網絡，也可連結不同地區的女性。除了意識與觀點上的轉變外，她們也體認認識的方式與學習的需要。

二、Gilligan道德發展論

(一)理論觀點

　　Gilligan在其1982年出版的《另一種聲音》一書中,從實證立場證明女性的道德發展與男性不同。基本上,她的理論假設:1、在男性與女性的思維中存在著正義與關懷兩種不同的道德判斷模式;2、這是與性別關聯的;3、道德判斷可能與自我定義的模式相關(蔡美玲譯,1995)。Gilligan認為人格發展與人我關係聯繫在一起,形成女性特質的基礎,但是她不承認女性未能按照理想模式發展是偏差人格。女性從生活中所建構的道德觀是迥異於Kohlberg所謂以正義作為解決衝突問題的道德觀(轉引自朱雅琪,2000)。女性的道德問題是從責任出發,而不是從衝突中爭論權力;解決問題的思考模式是重視情境的,而不是重視形式的;是敘述性的,而非抽象的。女性的道德概念集中在關懷活動,道德發展中心是「責任與關係」的理解。相較之下,男性的道德概念則是集中在公平,而道德發展的重心是在於「權力和規則」的理解。

　　Gillgan認為人際關係不同造成男女道德詮釋方式有別。她贊成Chodorow的觀點,認為兩性性格差異是母親養育子女後天經驗造成(轉引自朱雅琪,2000)。男孩較早引起個體化和分離作用,而女孩則與母親維持較長的依附關係,這些經驗使男女在性別與自我認同呈現差異的特質基本上,自我分離與依附是兩條不同,卻又相互呼應的發展路線:1、從發展方向來看,分離模式導向的男性朝向高低階層的人際關係發展;而女性則是朝向平面連結的人際網絡發展。在男性經驗裡,階層的最上層,被認為是最安全的,可是換作女性經驗,平面網絡的最外端,卻是最孤單危險的。相反的,女性

覺得最安全的網絡中心，在男性的經驗裡，卻是最孤單且是最危險的。由於這兩種不同的顧慮，勾勒出對成功很不相同的定義，也造成不同的行為範式和選擇方法。2、以自我認同的經驗來看，個體需要與人疏離或是與人聯繫，才能感受自我，因為只有當我們生活在與人聯繫的情形下，我們才能意識到我們與人隔離；而當我們把自己分辨於他人時，我們才能真正體會與人的聯繫。

（二）相關實證性研究

對於Gilligan的道德發展理論，Willard指出，在日常生活中，女性的道德選擇方式是採取「自我」或是「他者」的方式（轉引自朱雅琪，2000）：

1、以「自我的方式作決定」是指藉著傾聽自我的需要作決定，或是藉著個人連結以下所述，來定義自己作決定的方式：（1）以自我需要為其核心的發聲。她們使用的語彙如「我想要」、「我的選擇」、「我看見我自己」、「我知道」。他者的需要是依行動者本身的需要而被考慮著。個人不是依著他者的需要而發聲，如我「要」在家裡陪我的小孩（這是發聲者自我的需求）。（2）認知連結他者及自我需要的方式。連結不是意味附屬他者的方式，而是進行適應二者的方式。解決是一個吸納的辦法。

2、「以他者的方式決定」是指女性不以她們自我的發聲決定，而是就以下的一個或是更多的方式定義：（1）不加省思地依據他者及接受他者的方式。通常她們藉著第三者的語言來描述：「他說我可以」、「你必須去做」、「你向來都是這麼做」，並且她們透過義務、內疚、及判斷的

語言去定義，藉由使用被動的語詞定義。（2）隱含女性自己的聲音進入到決定中會受到外在聲音蓋過，或是遺失。因為她自己不能認同她自己的聲音。如一女性雖有自我的需要，但是有一個來自社會對母親角色期待的聲音向她呼喚，同時她先生也以社會的母親角色期待她。（3）通常有一些「無意識的否定」束縛女性的選擇。這些「否定」進入她內在的衝突矛盾中，例如一女性解釋道：「這是對的，而且必定是對的」，這樣的感受是連結於她必須「對抗她自己」甚過於她的決定，使得她認為她已是無任何選擇。

Gilligan在探討自我、關係與道德的文章中，強調女性自我概念與真實生活中道德選擇的考量是與男性不同。女性傾向於聯繫人際網絡，關懷他人，並在關係中與他人相互依賴（蔡美玲譯，1995：25～38）。對女性而言，自我概念的建構是在與他人的互動過程中產生，它不僅是一個內在特質或是性情的組織，也反映一種人際關係的真實狀態。在Lyons一項實證研究中，發現，男女在實際生活的道德選擇考量模式呈現差異（同上）。以人際關係看來，女性考慮所有人的互動連結及長期影響，並以事件整體考量作為判斷標準；而男性考慮的判準在於權利及公平。女性以相互依賴的「回應」或是「關懷」為其首要，她們認為最重要的是去領會他人的需要和他人的表現，而不要傷害工作中的人際關係。Lyons的發現再度支持了Gilligan觀點，在權力及公平之外，還有另一種關懷的道德（同上）。在關懷的情況下，人們會傾向想要了解個體所在的特殊情境，以走進而不是走出情境。Lyons認為Gilligan的研究挑戰傳統道德心理學領域，擴展道德概念為「正義」及她所謂「關懷」或是「回應」的倫理學（同上）。

（三）小結

本研究希望透過深度訪談了解新女性移民作為學習者和認識者的經驗和所遭遇的問題，新移民女性大多來自成長環境較劣勢的家庭，從小在性別不平等的父權體制下成長，「服從」取代了「自我」，跨海嫁來臺灣，則是由一個威權家庭轉換至另一個更威權的家庭，從此連最基本的「自我」都沒有。她們常把「自我」定義在「與家人的關係中」，她們的道德判斷也會從家人所賦予她們的「責任」出發。她們從不輕易表達自己內心真正的想法，對她們而言，她們的責任就是：扮演好一個好媳婦、好太太、好媽媽。研究者試著問她們：「妳在這裡學習，有沒有碰到過什麼觀念，使妳對事物的看法和以前不同？這個地方對妳有什麼幫助？有沒有符合你的期望？妳希望在這裡學到什麼？」當然，她們各有不同的回答。經過研究者檢視這些答案，關於她們學到什麼、沒學到什麼，關於她們怎麼喜愛學習、怎麼被迫學習等，她們全都以「服從」取代了「自我」。對於成功的新女性移民學習者而言，她們透過學習第二語言協助她們朝智力、認識、倫理發展的更成熟的目標邁進，藉由親身經驗所建構的知識而發展自己獨特的工作成果，也可以幫助新女性移民發展她們自己真正的聲音。

三、後結構女性主義知識論的位置與觀點

（一）理論觀點

Harding以女性主義知識論的立場指出，知識或是觀點的形成是相對於位置的，此處的位置並非僅限於認知的個人或是知識主體，而是整合社會情境、歷史區域的文化關係，一種相對於歷史的、社

會的和文化的相對主義；從另外一端來說，立場觀點的知識是在「僅是文化的差異」上，整合文化至特殊的認識方式與相應知識主體的知識（轉引自朱雅琪，2000）。因此，即使個人的意識位置是在社會的與歷史的文化相對，也不能保證個人的知識即相對於文化，即使是作為女性的主體位置，個人仍能進行純粹科學性的知識探究與論述。

　　後結構女性主義理論反對將有關性別與知識的論述焦點僅置於結構層面，她們主張女性經驗和知識的形成是植基於社會情境，而且是著床於文化、階級、族群和歷史因素。性別與其他特權、壓制的結構體系，如族群、階級、性取向之間是關係密切，性別及其他壓制體系與特權體系之間的交互作用是個人建構自我的關鍵。Maher指出位置性通常是經由性別、族群、階級及其他具有暗示性的社會支配範圍的動力關係所定義的（轉引自朱雅琪，2000）。個人的位置相對於他（她）的「認同」或是「位置」是有關係的，而且是逐漸發展形成的。人們的位置對知識的生產是極具關鍵性的，並會隨著她所處的網絡關係改變。Alfoff主張個人的自我認同是一種「持續流動的認同」，性別認同不是一個先驗的感受，而是一個假定或是建構的觀點，透過不斷的形式化、實踐過程以及辯證的論述形成具有歷史性經驗的個人主觀性（同上）。所謂「女人」的概念不是由特殊的特質所定義，而是個人所處的社會脈絡來界定。表象的處境決定一個人的相對位置，這個位置是相對的，不是天生直覺的，且不曾是穩定的，就像是西洋棋的兵卒是根據他與其他棋子的關係來考慮它的處境的安危以及權力及能力的關係。由於位置的定義使得她的認同是相對於持續變動的情境脈絡，個人認同是包括一個他人組成的關係網絡、客觀的經濟處境、文化、政治體制及意識型態。因而一個女人成為女性主義者的關鍵不是她們學會了發現任何有關

世界的新事實，而是她們從一個不同的位置去觀看這些事實，從她們自己的「主觀位置」去看待事實；相對地，一個沒有產生分離政治觀點的女人是不可能意識到那些具有性別歧視的語言作用。

　　Harding從性別所屬的知識系統認為，性別不是個人能有所選擇的，而是社會結構及文化意義所形塑的。性別意識不是根本的態度或是信念的問題，它座落在社會秩序和符號體系所建構的位置上，因性別、階級、族群、宗教交錯在一起，使得女性作為永遠有其地方性（轉引自朱雅琪，2000）。那些有關性別解放論述協助個人從性別的權力關係中解套，但是導致性別關係的權力作用是源自於社會結構與符號互動系統的關係，而非相對的方向。性別認同不是「給定的」，而是被社會結構與符號互動系統的關係所創造，並持續維持。當體制和符號關係被改變，她們的認同也就跟著改變。性別關係永遠是權力關係，只有透過抗爭讓物質和符號資源公平分配，方能改善不平等的權力關係。

　　Harding認為，性別差異導因於個人或群體在社會和被分配到不同的社會位置，進行行使不同的社會活動（轉引自朱雅琪，2000）。經濟和文化分配的規則或是科學生產均是由男性群體所決定，將日常生活的家計與親情的維繫交由女性族群負責；而符號的性別是「圖騰的」，透過詮釋些微或是無意義的性別現象，宣稱性別關係，同時再生性別關係。例如統治與從事科學知識的探究是被視為有意義於人性價值且是具有成就。相對地，從事日常生活家務與親屬的需要被視為是自然行為或是文化的狹隘。科學標榜的真理與真實是單數、固定且在人性之外，如客觀、理性、獨立、科學、競爭、抽象及公共事務是被視為具有較高的社會地位與價值；相對的，那些所謂的女性特質，如主觀、情感、合作、自然、共同的、以及私領域的事情是較被忽略的。以客觀、實證、科學途徑探究的知識不僅在

方法上具合法性，同時探究事物本身也具合法性，也就是只有那些公領域的事物具有研究價值，而那些屬於女性私領域的事物是瑣碎且不具有研究價值。在日常生活中，男性的言說被視為果斷的、攻擊的、直率的、以及威信的；而女性的言說是仁慈的、瑣細的、謹慎的、禮貌的。男女兩性皆認為男性的言說是較優越的，而女性被教導定義自我觀點是笨拙的。暗含權力關係的語言使女性易被排斥在政治權威及政治性聚會中發言，因而存在社會系統的衝突被巧妙的隱藏。

　　Hardin指出，女性附屬於男性的位置，使其發展出機巧的與傾聽他人需要的語言技巧，如私領域的論述——閒談或是流言蜚語是女性最有力量的語言工具，但是它的作用是兩端：一方面，藉由判斷男性主宰系統的價值，企圖去推翻男性權威；另一方面，卻受限於附屬者的位置，使其生產的知識資源易為主流文化評判為不夠完善且為其責難（轉引自朱雅琪，2000）。當女性發展這種缺乏另一種權力（傳統權力模式）的類型，往往限制了她們自身的發展，因主流意識不斷地在語言中約束女性的行為，使其繼續保持在原來的位置。女性主義認識論者釐析知識及權力關係指出，知識的證成不僅是因為女性與男性從事的活動有關，同時也與她們在權力關係中被分配到的位置有關。Harding認為，在性別階層社會，男女分屬不同的行動，只有差異，並無高下。她以「弱勢的力量」描述弱勢位置所創造知識資源對真實與真理的貢獻：從女性生活出發的知識建構不宣稱普遍與價值中立，不會絕對化自身觀點，或是在絕對化的過程中，邊緣化他者，也不會壓制他者的價值觀與特定的利益。因此，在權力關係中，弱勢者位置生產的知識得以更完整與全面的掌握真實的全貌，相較於優勢認識社群的「絕對客觀性」，弱勢位置的認識可能是更具客觀性（轉引自吳秀瑾，2000）。另外，Harding

指出主流定義知識生產的概念架構或是論述確實能夠生產確切的、符合自然規則的解釋，但是立場觀點的位置能夠擴大原來主流架構知識無法達到的客觀性。這並非意謂被邊緣化的女性位置確實能夠「看到真實」，或是說是以連結式的「女性中心」思維模式取代原來主流理性的「男性中心」思維模式，成為新的權衡萬物的尺度，而是這個對立於主流的邊緣化群體的論述確實能夠清晰地為她們說出「她們的」歷史需要和期望，而非僅藉由菁英偏好的概念架構定義她們自身的認同。當正當化女性生活經驗的知識資源促成原有正當性知識資源的稀少性結構改變，性別關係必然也會產生另外一種權力的平衡（同上）。

（二）相關實證性研究

從跨文化的女性認識論研究經驗，Goldberger的觀點反映個人是「靠著什麼東西在過活著」。個人知識的形成往往並不是智力運作的結果，而是在個人所處的位置，經由個人選擇以及反映社群建構意義的方式。她強調「認知者是認識對象的一部分」——在時空、情境、文化、政治關聯，及關係與倫理的分歧作用下，個人發展或是受限於特定的認識資源，取得靠近特定認識方式的使用機會或是被訓練具有特定認識方式的使用能力，使得每個人的認識方式呈現彈性的發展（轉引自林君諭，2003）。Goldberger認為應將WWK五種認識方式視為認識的「策略」，而不是「人的型式」。個人可能「偏好」、「被訓練」、「被分配」、「歸屬」、「要求」或是「啟發」於差異的認識策略，依賴其社會位置、文化實踐、情境的、政治目的、個人的（甚至是無意識）動機，進行一些或許更明顯的或是更普遍的使用或是組合不同的認識方式（蔡美玲譯，1995：12～

14）。同樣的，Ruddick認為，知識作為一種公共的產品，是特定「認識社群」正當化的結果，認識的概念是關係的以及實踐的（轉引自朱雅琪，2000）。知識的生產反映認識社群與性別之間的連結關係。透過關係與實踐，性別是被建構的，且與認識方式緊緊相靠著。因此我們通常可以發現，在認識社群中具有特定的認同，以及分列等級差異的性別論述。

（三）小結

　　後結構女性主義者對「差異」議題抱持的觀點是極為謹慎，她們認為「差異」不僅是社會群體的一個資格表徵，也影響個人進入對話關係、建構世界觀以及個人自主性。因此，當我們看待差異時，不能以次等的或是僅從它的外在予以評斷，我們必須試著考慮可能影響溝通的差異要素，考量參與者差異的觀點，誘出且尊重她們的自我認同，承認我們在對他人的辯識、推論以及對他人主觀的了解是有限的。師生在互為主體性的對話的過程，不是要趨集於一點或傾向讓某一方服從，或是朝向一致性的方向，而是要了解、容忍、及尊重。

　　新女性移民的學習環境中，「我」和他人是混合在一起的，是慢慢抽絲剝繭認識和轉化自己的認知型態，因為文化、族群、階級、世代背景的差異，人我關係的「我」的位置就不一樣，形成「多重的、分歧的自我」。因此，站在教育者的立場應幫助學生承認自我，在與他人的關係中，去建構知識。

　　新女性移民間彼此是有差異的，每一個女性都有多重的自我認同，而她們的權力與地位是多變的，視她們所處的地位而定。新女性移民間經驗的差異同時也受其所在「位置」影響，這種位置是多

重性的，分隔的軸線有種族、階級、社群、世代和地域等。由於她們之間不具共同的主體性，這種差異的、去中心化的、局部的、易碎的自我，只有進行敘說（學習）才能跨越，並找到暫時的定位。

第二節　第二語言學習者的學習策略

一、第二語言學習策略理論模式

　　第二語言學習策略的研究開始於1970年代中期，研究的動因在於人們認識到單靠研究第二語言教學法已被實踐證明難以大幅提高第二語言的學習效率，必須在研究第二語言怎麼教的同時，開展第二語言怎麼學的研究，這樣才有可能真正提高第二語言學習的效率。這種認識導致第二語言教學研究的中心向學生怎麼學轉移，第二語言學習策略研究應運而生。

　　「第二語言學習者」是指基本掌握本國母語後進行外語學習的人，這是一個廣泛且不易概括的群體。在她們學習第二語言的過程中究竟是通過什麼來達到其學習目的的？這一過程顯然十分複雜，也各不相同，但有一點可以肯定：她們都應用適合各自的學習策略。

　　「學習策略」在第二語言習得中佔重要地位。國外有關第二語言學習策略研究可分為三階段：

（一）60、70年代：學習策略研究的起步階段

　　Aaron Carton認為，語言學習是一個「解決問題」的過程，學習者能夠把已有的和精力帶入這個過程。70年代初期學者們對學習者的特點以及這些特點對第二語言習得過程的可能的影響進行研究，

如：Gardner對學習態度和學習動機的研究。70年代中期和後期轉向對成功的語言學習者的研究，分析和歸納了成功外語學習者的一系列學習特徵。Wong-Filmore認為運用社會策略對提高語言能力更為重要，也就是說學習者參與社會活動，在語境中學習語言，學習的效果最佳。Naiman對語言學習優秀者的特點進行了歸納，認為成功語言學習者運用語言時不怕犯錯誤、勇於克服困難、積極投入學習過程中（轉引自王建勤，2006b：238-239）。

總之，第二語言學習策略研究的初期大多為描述性的研究，研究者的注意力主要集中在描述學習者使用的各種策略上，目的是想揭示語言學習優秀者學習策略的使用情況，或者企圖發現有利於提高學習效果的學習策略，以便把這樣的學習策略在較差的語言學習者身上推廣開來。

（二）80年代：學習策略研究的大開展

Oxford認為語言學習策略是學習者的行為或行動，它是一種可觀察的外顯行為，藉由學習者的行為或行動使語言學習更成功。這也是學習策略有傾向的定義的代表。所謂有傾向的定義，指的是這些定義肯定了學習策略對學習有幫助。Chamot提出學習策略是學生使用的技巧、方式或者有目的的行為，已達到幫助學習、回憶語言形式和內容兩方面信息的目的。Robin認為學習策略是促進語言系統發展的策略，由學習者建構並直接影響學習。但是有的學者把學習策略看作是內隱的心理活動，例如Wenstein認為學習策略是學習者在學習過程中的行為和思想。到了80年代後期，學者們從不同的角度對語言學習策略進行分類，使得分類更加精細化，並且日漸成熟。Robin從認知的角度，把學習策略分為「直接策略」和「間接策略」。

O'Malley和Chamot根據信息加工的認知理論提出了三分法：元認知策略、認知策略、社交／情感策略（轉引自王建勤，2006b：240～242）。

　　總之，80年代以後的學習策略已經從對學習策略的描寫發展到研究學習策略與學習過程和語言信息處理的認知過程。而O'Malley和Chamot有關學習策略的三分法對日後的研究也有深遠的影響。

（三）90年代：學習策略研究的新領域

　　90年代進行了大規模的實驗來確定最有效學習策略和學習者訓練方法。Anderson研究了第二語言閱讀及閱讀測試中使用策略的個人差異，發現沒有一種策略跟兩次閱讀測試中的成功相關。Green和Oxford研究了不同程度學生的策略運用，發現策略運用和語言學習成功之間有顯著的關係。也有研究表明策略運用有助於語言學習，提倡對語言學習者進行策略訓練。如：O'Malley和Chamot發現被教師認為高成效的學生比被教師認為低成效的學生更經常使用策略，策略也更多樣化。O'Malley和Chamot在實驗中對以英語為外語的學生訓練了三種聽講座的訓練，證明了學習策略訓練的可行性（轉引自王建勤，2006b：242-244）。

　　國外有關第二語言學習策略研究至今將近有四十年的歷史，由於愈來愈多的學者意識到學習策略研究對語言教學有積極的意義，因此有越來越多的研究者運用不同的研究方法，從不同的角度，探討不同背景和不同類型的學習者使用學習策略的情況。Oxford的語言學習策略分類系統，它所提供學習者在第二語言學習的策略運用上，經過實地測試，獲得許多中外多位學者、研究者教師以及語言學習者相當程度的肯定（王建勤，2006b：244～245）。本研究根據

Oxford的第二語言學習策略基礎理論分析新女性移民學習第二語言所使用的學習策略,並歸納相關研究,找出影響學習者選擇學習策略的各個因素以及其運用策略情形。

二、Oxford語言學習策略

　　Oxford根據過去專家學者對語言策略的研究及分類語言學習策略先分為兩大類。與語言學習的行為有直接相關的稱為直接策略。直接策略包含用來記憶與回顧新信息的記憶策略,用來了解與產出語言的認知策略、以及用來克服語言上不足的補償策略。至於間接對學習本身的安排就稱為間接策略,間接策略包含了用來組織協調學習過程的後設認知策略、用來控制管理情緒的情感策略、以及用來向他人學習的社交策略(蘇旻洵,2007譯:45-51)。

（一）Oxford六種類型的語言學習策略（蘇旻洵,2004a）:

1、 記憶策略:幫助學生儲存及使用資訊。人類的記憶是強大而有效的工具,記憶包括了「感覺記憶」、「短期記憶」和「長期記憶」三部分,這三者互連互賴。人類所接受到的信息,在感覺記憶中暫時儲存,接著在短期記憶中統整並刪除不重要的信息,最後把最重要的信息留在長期記憶中。學習者以分類、圖像或聲音輔助記憶,就是在運用記憶策略。例如:學到新單字時運用字卡、圖案、照片、肢體動作或是有聲的CD、DVD等,藉由視覺和聽覺的刺激加深印象。

2、 認知策略:促進學習者了解並運用目標語。認知策略包括對目標語的練習、接收和傳發訊息。例如,學習新句子時,反覆以口頭及手寫練習,並將句子放入不同的情境中運

用，以幫助新句子的理解。或者，學習者在唸一篇新文章時，試著作重點筆記、大意摘要，以及設法標出各段的重點，這些都有助於理解學習內容。

3、補償策略：幫助學習者彌補對目標語能力的不足。學習者利用補償策略，在語言能力不足的情況下，仍然可以了解文意或是對話內容。例如：學習者看到新單字時，透過字根、字首猜測新單字的意義，或藉由上下文、句意及當時的情境來猜測單字的意義。有時學習者在使用目標語表達有困難時，會試著用肢體語言來輔助或用較簡單的字句和文法來表達。補償策略對於程度比較差的學習者來說尤其重要，它能幫助學習者在遇到困難時想辦法解決。

4、後設認知策略：又稱元認知策略，學習者用來整合自身語言學習過程的策略。後設認知策略包括「專注於某個目標」、「規畫學習目標」及「自我評量」。舉例來說：學習者聽到一段目標語對談時，告訴自己要專心地聽，這就是專注於某個目標；學習者訂定學習目標和時間計畫表，閱讀相關書籍以增進自己的能力，可說是規畫學習。此外，透過測驗來監測及評估學習的效果，並了解學習成功及不成功的原因為何，這些都屬於運用後設認知策略。

5、情意策略：幫助學習者掌握學習情緒、態度、動機和價值觀。情意策略的使用可讓學習者控制自我的情緒或態度，讓心理處於有利於目標語言學習的狀態。情意策略包括降低緊張焦慮、給自己鼓勵和自我情緒的了解及掌控。例如，學習者在面對目標語的學習時，會用深呼吸或是聽音樂來減緩緊張的情緒；在完成困難的學習任務或是通過考試時，給自己一些獎勵。

6、社交策略：幫助學習者經由與他人的交流來學習，包括主動提出問題、與他人合作學習及運用同理心。例如：學習者主動提出疑惑，請他人幫忙解答、釐清或是指正；與其他的學習者組成讀書會，交流對目標語的學習心得；學習者了解其他國家的文化，並試著理解他人的感受等。

（二）Oxford也根據上述六大策略歸納出語言學習策略的12項特質，簡略說明如下（蘇旻洵譯，2007：10～17）：

1、語言學習策略以「溝通」為主要目標。使用語言學習策略的目的為幫助學習者增強運用所學目標語的溝通能力。

2、語言學習策略幫助學習者自我導向學習的能力。語言學習策略提供學習者學習技巧，而這些技巧能幫助學習者往後獨立學習。

3、語言學習策改變強化教師的角色。教師不再受限於傳統的角色，如：導師、指導者、管理者、領導者、掌控者等。透過語言學習策略，教師的角色可以轉變為促進者、引導者、共同溝通者、共同合作學習者等。教師們要能了解學生的學習策略、並且幫助學習者能更加獨立學習。

4、語言學習策略是問題導向的。也就是說，學習策略都是用來解決問題、完成任務及達到目標語學習的實用工具。

5、語言學習策略以行動為基礎。語言學習策略是學習者用來幫助學習的行為和行動。

6、語言學習策略不只涉及認知方面的策略，還包括其他的策略。例如：後設認知策略及社交策略等，後設認知策略指的是：計畫、評量和規畫自己的學習。社交策略的運用則是主動向他人請教語言學習的問題。

7、語言學習策略直接及間接地幫助學習。直接性的語言學習策略直接涉及學習本身及目標語；間接性的語言學習策略間接地幫助學習，但卻同樣具重要性。例如：後設認知策略等。

8、語言學習策略的運用是可觀察的。有些語言學習策略屬於內在的心智活動，難以由外在觀察得知，因而也使得教師及父母難以察覺學生所運用的語言學習策略。

9、語言學習策略通常是有意識的行為活動。學習者在有意識地並且重覆使用某些策略之後，使用這些方法的過程會慢慢地變成反射動作，有時甚至是無意識的情況下使用。例如：當學生經常使用記憶策略獲得學習成效，久而久之，對於其他學習任務，也會使用記憶策略。

10、語言學習策略可經由教導而獲得。語言學習策略比起其他影響個人學習的因素如學習風格，更容易教導和修正。教師可以透過策略訓練幫助學生熟練的運用適合自己的學習策略，了解該在哪一個情況應用哪一種語言學習策略。

11、語言學習策略是有彈性的。在語言學習策略的選擇、組合及應用上，存在許多個別差異。也因此策略的使用沒有固定的順序或一定的模式。

12、語言學習策略的選擇取決於許多個人因素。例如：對語言及語言學習策略了解的程度、學習階段、學習型態、學習語言的動機與目的等。此外，學習任務的要求、年齡、種族、性別、教師的期望，這些因素都會影響個人的學習策略。

Oxford強調，直接策略與間接策略的關係就像是戲劇中演員和導演的關係，直接策略就像演員一樣，直接與語言打交道，直接處

理語言學習。間接策略是用來管理學習的，它就像是劇中的導演，對演員的表演進行組織、指導、檢察、糾正、鼓勵。要獲得好的演出效果，演員要和導演密切合作。同樣，要獲得最佳的學習效果，直接策略和間接策略之間是互相聯繫、互相協調和互相支持的（轉引自王建勤，2006b：254-255）。Oxford的語言學習策略分類系統是至今為止最全面的，他所編製的有關學習策略問卷——語言學習策略量表（SILL），經過多次修改，已經成為一個測量語言學習策略的標準化量表。大陸漢語學家認為它對檢測不同國籍的留學生漢語學習策略的使用，具有良好的信度和一定的效度。但其結構還需要進一步調整，以提高結構效度。Oxford自己也承認他的策略系統的各類策略之間是有重疊的（如補償策略和社交策略之間）（轉引自王建勤，2006b：266）。

三、相關實徵性研究

　　語言學習策略的討論始於1970年代，大多為描述性的研究，研究者的注意力主要集中在描述學習者使用的各種策略上，目的是想了解語言學習優秀者學習策略的使用情況，或者企圖發現有利於提高學習效果的學習策略。80年代以後，學習策略的研究從對學習策略的描寫發展到研究學習策略、語言學習過程和語言信息處理的認知過程。90年代許多研究者進行大規模的實驗來確定最有效的學習策略和學習者訓練方法。Green和Oxford研究了不同程度學生的策略運用，發現策略運用與語言學習成功之間有明顯關係（轉引自王建勤，2006b：245～247）。O'Malley和Chamot提倡對學習者進行策略訓練，他們在研究中發現被教師認為高成就的學生比被教師認為低

成就的學生更經常使用策略，策略也更多樣化，證明了學習策略訓練的可行性（同上）。

　　大陸學者張文鵬研究外語學習動力和策略運用的關係，發現強烈的學習動機可能導致大量使用學習策略的結果（轉引自王小萍，2000：16～19）。但是對於策略的訓練效果和教學價值，有些學者抱持懷疑態度，桂詩春甚至認為「國外第二語言習得者策略研究似乎過分誇大了策略的重要性。策略的使用很可能是語言能力提高的結果，而不是策略導致語言能力的提高」（桂詩春，1992：22）。

四、小結

　　本研究主要針對越南籍的新女性移民學習華語的策略，由於學習者本身的學習特質、母語、文化背景、學習動機不同於學生或留學生，無法依照國外學者或大陸學者以英語或漢語作為第二語言的學習策略來研究。又因為華語有許多不同於其他語言的特點，所以越南籍的新女性移民她們在學習華語時可能也使用了一些不同於其他語言的學習策略，這些特殊策略的使用將影響她們學習第二語言的學習成效。

第三節　成功語言學習者所使用的學習策略

　　Rubin認為成功的語言學習者樂於猜測且具邏輯性。例如：當碰到不認識的單字或是聽不懂的對話時，她們不會因此停止學習活動，仍會靠上下文或是對方的肢體語言與表情來猜測意義（轉引自樂莉，2004：149～151）。她們勇於嘗試，除了運用原有的語言知識猜測外，也會運用豐富的創造力，大膽嘗試運用目標語。Rubin

指出，成功的語言學習者知道何種學習模式對自己最有效，會儘量找機會練習所學習的目標語言，並善用各式的參考資料及資源，包括閱讀書報、收聽廣播、閱讀路上分發的傳單標語及撰寫書信筆記等（蘇旻洵，2004b）。

一、成功學習者的學習特質

Naiman等人也歸納成功學習者的五種學習特質（樂莉，2004：149～151）：

(一) 學習方式活潑：主動投入學習任務，並以不同的方式學習，例如：把握各種學習機會，主動參加語言學習課程。

(二) 了解語言是一套系統：她們會比較分析母語及所學習的目標語，並使用適合的學習及思考模式，來增進使用目標語的能力。

(三) 了解語言是溝通工具：積極尋找和目標語使用者溝通練習的機會。

(四) 管理自我情緒：在語言學習過程中，能控制自我的情緒，了解情緒對語言學習的影響。

(五) 監控自我學習表現：藉由自我測驗或是測驗評估得知自我學習成果，據此調整學習的方式。

二、影響語言學習策略選擇的因素

Abraham和Vann分別於1987及1990年作了「成功的語言學習者與不成功的語言學習者所使用的語言學習策略」研究，她們發現二者之間所使用的語言學習策略十分類似，但最大的不同在於學習者

使用學習策略的彈性，以及是否能針對不同的學習任務，適當地使用不同的學習策略組合（轉引自蘇旻洵，2004b）。

　　據研究結果顯示，有許多因素會影響學習者對語言學習策略的選擇，例如：

　　性別、年齡、學習年資、學習風格、學習動機、語言能力、人格、文化背景、種族、學習任務、教學方式等。現將其主要的影響因素分述如下（蘇旻洵，2004b；蘇旻洵譯，2007：14～16）：

(一) 性別：Oxford和Nyikos和Yang研究指出，女性和男性在語言學習策略的選擇上有很大的不同。女性比男性較會使用更多不同的學習策略，除了一般的學習策略她們大多會使用功能性的練習策略、溝通策略及自我管理策略等作練習，儘量不死背單字，而是將單字融入句子中作練習。女性也較會把握各種練習機會，自己安排適當的學習時間、地點及方式，期能達到最佳學習效果。

(二) 年齡：Ehrman和Oxford在1989年針對年紀較長的學習者所作的研究指出，年長的學習者比年輕的學習者使用較多且複雜的語言學習策略。由於心智發展、認知成熟度、情感因素及社會歷練的不同，年輕的語言學習者大多利用溝通學習策略學習，年紀較長的學習者則傾向分析學習策略，分析句子結構單字用法，並將所學應用在社交生活中。

(三) 人格／學習風格：Ehrman和Oxford於1989年使用MBTI人格量表作研究，用以了解學習者的人格／學習風格，此量表將學生的人格／學習風格分為四組、八個類型：「外向型／內向型」、「理智型／直覺型」、「思考型／感覺型」、「判斷型／理解型」。研究發現學習策略的確會受到學習者人格／學習風格所影響。例如：外向型學習者比內向型

學習者使用較多的情意策略與視覺策略；而內向型學習者
則偏好使用意義溝通的策略；直覺型的學習者比起理智型
的學習者，則偏好使用情感策略、功能性的練習策略以及
與溝通有關的策略。

(四) 學習年資：Oxford等人於1989年研究發現，學習者的語言
學習年資和語言學習策略的選擇使用，有相當大的關聯
性。透過觀察大學生使用語言學習策略的情況，證實學習
年資的確會影響語言學習策略的選擇與使用。一般說來，
學習年資越長的學生，其語言學習策略使用的頻率也越
高。另外，他們的研究也指出，學習特定外國語言超過四
年以上的學生，比起完全沒有語言學習經驗的學生，會使
用較多的溝通導向策略。

(五) 學習動機：著名學者Gardner長期的研究發現，學習動機可
分為兩種：工具性動機與整合性動機。工具性動機意指學
習者欲藉學習來提升學術上或工作上的進展；而整合性動
機則是學習者想藉學習來融入當地社會。例如：新女性移
民會想要學習華文，以了解當地時事、與鄰居同事溝通。
Gardner指出，學習動機與其第二語言的學習成就有相當大
的關聯，學習動機越高表示學習需求越強烈，越能堅定地
面對挫折並繼續學習。成人語言學習者大多有工具性動
機，並且偏好溝通導向的學習策略，因為她們大多已進入
工作職場，為了想要在工作上有特殊表現，就有加強語言
溝通能力的動機。

(六) 語言能力：語言學習策略使用的多寡與語言能力的提升互
為因果。語言能力高的學習者與語言能力低的學習者之間

的差異，在於前者能夠經常且適當地運用語言學習策略，這部分與前面所提及的成功語言學習者特質十分類似。

(七) 文化背景與種族：Bedell在1993年的研究中提出，學習者本身的文化背景、種族及國籍，在語言學習策略上是很重要的影響因素。其他學者研究也發現，不同國籍的語言學習者所使用的策略有很大的差異。例如：西班牙裔的學習者通常使用社交互動策略，日本裔的學習者則使用後設認知策略的頻率最高，社交策略的頻率最低；華裔的學習者使用正式的口語練習策略和補償策略的頻率最高。由此可知，學習經驗會因民族性、社會化、歷史背景而有所不同，也會影響語言學習策略的選擇。

(八) 學習任務：通常學習者會因為學習任務的不同，而使用不同的語言學習策略。某些策略明顯地可以應用在特定的學習任務上。例如：當此學習任務需要專注時，監控策略則特別重要。語言學習者要能視不同的學習任務彈性運用各種策略，才能夠事半功倍。

(九) 教學方式：Ehrman和Oxford的研究指出，學生學習策略的選擇與老師的教學方式，存有複雜的相互影響關係。學生通常會依老師的教學方式採用不同的學習策略。例如：當老師的教學目的是期望學生考試得到好成績，學生自然而然會使用能夠幫助他們達到此目的的學習策略。因此，教師應對自身的教學方式有清楚的認知與了解，進而對學生使用的學習策略有所知悉，並針對教學目標，適當地調整教學方式。

三、相關實徵性研究

　　第二語言學習成就與學習策略使用的關係已成為語言學習策略研究領域的焦點。Chamot和Kupper、O'Malley和Chamot、Oxford、Green和Oxford等人研究調查結果指出，成功的學習者傾向於使用適當的策略，且能結合有效的策略以達到語言工作的需求；相對地，較差的學習者則呈現較不擅使用策略的傾向（轉引自廖柏森，2006）。舉例而言，Green和Oxford指出波多黎各大學中大部分的成功語言學習者都使用較多的學習策略。Oxford和Nyiko提出學習者自我評估聽力、口說、或閱讀上的能力與他們的學習策略使用相關。此外，Huang和Van-Naerssen指出在口語溝通能力方面，成功的中國學生在英語學習上比成就差的學生較常使用功能性練習策略（同上）。另外，Vann和Abraham在他們的研究中發現成效不佳的二語學習者同樣也會積極使用策略，但他們卻經常運用不適當的策略，導致語言任務或工作無法完成（同上）。同樣地，Chamot和Kuppe在他們的長期研究中發現對照於低成效的學習者，高成效的學習者「較常使用學習策略，使用上也較適切，使用層面也較多元，並且能幫助他們成功地完成語言任務或工作」。有成效的學習者在執行語言任務或工作時都是有目標的，他們會監控自己的語言理解和產生，並善用其先備的一般知識和語言知識（同上）。

四、小結

　　有關新女性移民成功學習者語言學習策略研究，國內目前尚無可參考文獻。70年代中期Naimanep等學者根據他與34位語言學習優秀者的談話情況，主要內容是提高對語言系統的認識。認識語言是交際與交流的工具，而這些語言學習優秀者在積極的學習過程中，

發現語言兼具社會文化價值，運用語言時也不怕犯錯、勇於克服困難（轉引自王建勤，2006b：267～305）。Rubin對優秀學習者所運用的策略進行調查（同上）。以上的研究與調查僅限於分析與歸納成功語言學習者的學習特徵，目的是想藉由語言學習優秀者學習策略的使用情況，或者企圖發現有利於提高學習效果的學習策略，以便把這樣的學習策略在較差的語言學習者身上推廣開來。大陸學者文秋芳、吳勇毅等人對成功的第二語言學習者和不成功的第二語言學習者在學習上的差異進行研究，發現這些成功的學習者所具有的特殊學習策略，正好是不成功學習者所欠缺的（轉引自文秋芳，1995：23～25）。也有的研究者試著對同一學習群體中的高分組與低分組或個體之間的比較，找出二者在學習策略使用上的差別。但尚未見到專門對成功的第二語言學習者的學習策略進行調查研究的報告（王建勤，2006b：306-309）。如果要引用國外成功學習者策略經驗到新女性移民學習華語上，很多部分還有待商榷與釐清。本研究就是要根據學習者的個人特點，讓她們自己評價使用的策略是否成功，使學習者了解策略為什麼有用，為什麼使用策略比不使用策略更有效，以激發學習者自發性的使用策略。

第四節　第二語言學習者交際策略

一、交際策略的定義

　　交際策略是第二語言學習者在表達上遇到困難的時候所使用的技巧。交際策略至少應含以下幾個因素：（一）交際出現問題；（二）學習者有意識的尋找解決問題的途徑；（三）學習者有計畫、有選擇地使用交際策略（王建勤，2006b：321-330）。我們如何辨別交

際策略，哪些語言行是使用了交際策略，哪些沒有？透過分析言語行為解釋交際策略，我們需要研究學習者在特定的語言環境中是如何選擇和使用交際策略的？交際策略如何在教學中運用、交際策略是否具有可教性？如何進行教學才能提高學習者運用非母語交際的能力？是探討第二語言學習者交際策略的研究重點。交際策略是研究學習者學習過程的一個重要因素，Selinker提出了中介語發展的五個過程：語言遷移、目的語語言規則的泛化、訓練的遷移、第二語言學習的策略、第二語言交際策略。這五個過程對中介語的發展有很重要的功能，因此，Selinker認為沒有必要明確區分出學習策略和交際策略。Tarone把語言學習策略解釋為「發展目的語的語言和社會語言學能力的一種努力」，這就幾乎涵蓋了所有能夠幫助學生記憶和練習的教學活動（轉引自王建勤，2006b：321～330）。如果這些交際策略按照語言、心理和情景進行整理，就不難發現它們還是有一定規律的。

二、第二語言使用中的交際策略類型

　　每一個說話者心裡總有一個交際目的和目標，未達到此目標而從一定的交際手段中作出選擇，當這種機制不能為他的交際目標提供合適的手段時，他就會作出以下兩種選擇：一是改變交際目標，選擇有把握表達的交際目標。二是改變達到目標的方式，也就是選擇其他能達到交際目標的表達手段。孩童就經常使用前者，當他們的語言表達不清楚某一物件或事件時，就可能選擇那些可以用現有的語言能表達得清楚的物件或事件。

　　第二語言交際過程中常碰到以下兩種情況：一是裁減信息，讓信息與語言一致。二是裁減（包括增加、減少和調整等）語言以達

到傳遞信息的目的。在信息調整上，說話者可以採用話題迴避、語義迴避、縮減信息等。例如：新女性移民對烹調的詞彙比較熟悉，在與別人交談時就多談烹飪，對不熟悉的運動就採取迴避的方法。變換語碼（如改用母語）對第二語言學習者來說是最有效的一種方法，但對聽者來說是最無效的，這樣的交際手段最容易導致交際失敗。第二語言學習者在進行跨文化交際的過程中，主要藉由語言交際、非語言交際傳達各種信息。

（一）語言交際

　　語言與文化關係密不可分，由於語言的產生和發展，人類的文化才得以產生和傳承。廣義的文化包括語言，同時文化又無時無刻不在影響語言，使語言為了適應文化發展變化的需要而變的更加精確和縝密。親屬稱謂是語言反應文化的一個凸出例證。趙元任在《中國人的各種稱謂》中列舉了114種親屬稱謂，反映中國人的稱謂注重長幼有序、傳宗接代的觀念（轉引自胡文仲，1999：59）。此外，文化對語言的影響還表現在許多方面，例如：人名、地名、商店名的選擇、成語及諺語等。跨文化交際主要是文化與交際的關係，文化是跨文化交際的核心。影響跨文化交際的文化因素包括一個民族的歷史、傳統、宗教、價值觀念、社會組織、風俗習慣、社會所處的發展階段和社會制度等。在語言的諸多因素中詞彙最能反應一個民族的文化。尤其是在詞語的內涵方面，兩種語言之間的差異往往很大。在語用規則和語篇結構方面也有許多差異，這些差異大多與民族文化傳統有關。

（二）非語言交際

　　一切不使用語言進行的交際活動統稱為非語言交際，包括眼神、手勢、身勢、微笑、臉部表情、服裝打扮、講話的音量……等。有的學者認為第二語言學習者的交際活動中，30%是由語言來傳達信息，70%的信息則是靠非語言手段，甚至也有的學者認為90%的信息來自非語言交際。非語言交際與語言交際不同，它沒有固定的規律和法則，也沒有一套明確的符號，它可以連續不斷的進行，有些非語言交際手段是天生的，有些則是後天習得的。在非語言交際領域，正如在語言交際領域一樣，文化有著重要的支配作用。同一個手勢在不同的文化中可能有著完全不同的兩種意義。非語言交際手段十分豐富，但是在多數情況下都是與語言結合使用的，有重複、加強、補充、替代或否定的作用。

　　在不同文化中，人際關係差異甚大，無論是家庭成員、親戚、朋友、同事或陌生人之間的關係都受到文化的制約。在我國傳統人際關係的兩個特點：以家庭為中心的社會關係和等級差別，這兩個特點對跨文化交際產生重大影響。在我國家庭是一切社會關係的基礎，家庭在人際關係中具有最重要的意義。在中國傳統文化中特別注重倫理關係家庭成員間的、長幼有序。這種家庭成員之間的關係往往擴大到其他的人際關係中，主要是因為我們重視以家庭為中心的社會關係。對跨國婚姻的新女性移民而言，不同文化背景的人際關係方面的差異對她們的跨文化交際策略的運用有直接的影響。

三、相關實徵性研究

　　在對交際策略進行的比較成功的分類中，Tarone的分類影響最大。他選擇了來自三種不同語言背景的九位測試者，他給被試者兩

幅簡單的圖畫和一幅複雜的圖畫，讓他們用自己的母語和英語分別描述這三幅畫，試圖找出學習者在相同的困難情況下所採用的方法。經過記錄分析後，他總結出以下常用的交際策略：（一）迴避：包括迴避話題、取消信息。（二）釋義：包括相似、造詞、迂迴。（三）有意識的遷移：包括直譯、語碼轉換。（四）請求幫助。（五）副語言（或稱態勢語）（轉引自王建勤，2006b：321-330）。以上五個交際策略的主要範疇都能從一定程度上反映出第二語言學習者在面對交際問題時是如何解決的。

　　第一是迴避。如果學習者在交際的時候知道他可能會出現錯誤，最可能採用的方法就是迴避。迴避又可分為話題迴避和捨棄信息。話題迴避是指說話者根據自己的語言能力有意識地迴避某些話題和詞彙。捨棄信息是指說話者不經意提及某些話題而又迅速轉向其他話題。如果第二語言學習者常使用迴避困難，就很難提高語言表達能力。

　　第二是釋意。釋意是在一定的交際語境中沒有或找不到合適的形式或結構時選用另一種可以接受的語言形式。它又可分為三個次範疇：第一是「相似」，指「學習者知道這個詞彙或結構不正確，但對學習者來說有足夠的語意特徵可以表達意義」，也就是說：「這樣的表達雖不夠準確但也不影響交際」。第二是「造詞」，指「學習者為了表達某一概念而造出一個新詞」。

　　第三是迂迴。指「學習者不能說出某個詞彙或結構，但是他們可以透過描述事物或行為特徵的方式來達到交際目的」。例如，有的第二語言學習者不了解詞彙「松柏長青」，她們卻會使用「松柏就是可以活得很久的植物」。這是第二語言學習者最常使用的方式。

　　第四是有意識的遷移。這又分成兩個層次：一是「直接翻譯字面意思」。二是「語碼轉換」，就是直接使用母語中的一些詞彙或結構。

　　第五是請求幫助。這是一種常用的交際策略，這種情況經常發生在學習者與權威交際時。學習者可能會直接問老師「這個字國語怎麼唸？」

　　第六是使用副語言或稱態勢語。它包括交際中為了達到交際目的所使用的一切非言語手段。例如為了表達「肚子餓」這個概念，會用手摸摸自己的肚子。

　　儘管在實驗中已經發現了許多交際策略，但影響學習者選擇交際策略的因素有哪些？1、學習者的性格。東方人不愛講話，西方人他們則試用各種手段傳達自己的信息。2、教學者的性格。如果課堂氣氛較輕鬆，學生就願意多嘗試，反之，大部分的學生則會選擇保持沉默。3、任務類型。不同任務會影響學生選擇不同的交際策略。許多實驗已經證明：同一個人在不同環境下完成同樣的任務會採用不同的任務。4、第一語言的影響。語言背景不同的學習者在選擇交際策略時是否會有不同，現在還沒有明確的證據，需要再進一步研究。5、語言的使用。本母語這與第二語言學習者在完成同樣的任務時（例如描述一些不太熟悉的事物或概念），她們會不會使用同樣的策略？尚有待深入研究。

四、小結

　　在進行跨文化交際過程中，學習者的價值觀是一個重要的關鍵，「價值觀」可以說是跨文化交際的核心。價值觀通常是規範性的，告誡人們什麼是好的和壞的，什麼是正確的和錯誤的，什麼是

真實的和虛假的，什麼是正面的和反面的。文化價值觀指導人們的
看法和行為，價值觀和交際是支配和反應的關係，也就是說價值觀
直接決定人們如何進行交際，無論是語言交際、非語言交際。我們
可以從新女性移民的言談中經常強調什麼可以看出她們的價值觀，
價值觀是文化中相當深層的部分，它是人們在社會化的過程中逐漸
獲得的。價值觀形成後具有相當的穩定性，對新女性移民而言，學
習一國的語言、習俗和社交規則雖然不容易，但並不是不可達到的
目標，然而如果要真正了解、接受或獲得一種文化的價值觀，卻是
極為困難的。新女性移民在另一種文化中生活很長的時間，掌握了
語言、了解習俗。但是仍然可能不理解其價值觀的某些部分，這也
是新女性移民與其先生、夫家家人相處時產生磨擦及歧義的關鍵點。

　　跨國婚姻關係，廣義而言也是屬於一種跨文化交際。不同文化
背景的兩方在交際過程中最容易犯的一個毛病是誤以為對方與自己
沒什麼兩樣。一旦發現對方的行為與自己的預期相差很遠，就會感
到困惑、失望，造成跨文化交際的失敗。新女性移民嫁來臺灣，先
生及夫家家人把自己的文化規範認定是她們也接受的文化規範，「認
知上的誤差」造成跨文化交際的主要障礙。Storti認為在跨文化交際
過程中，大致經歷以下階段：（一）期望對方與自己一樣。（二）
發現實際情況並非如此，現實與預期差距很大，引起文化衝突。（三）
感到憤怒、恐懼。（四）決定退縮回去（轉引自胡文仲，1999：179）。
認為別人與自己大致相同的想法十分自然，但是對於跨文化交際來
說卻是有害的。

　　造成跨文化交際的障礙第二個因素——刻板印象。刻板印象是
對於某些個人或群體屬性的一套信念。儘管可能還沒有和某一種文
化接觸，但是可能已經對它有一種先入為主的印象。刻板印象使得
人們不能客觀地去觀察另一種文化，在觀察異國文化時，只注意與

自己刻板印象吻合的現象而忽略其他，這樣的觀念對不同文化背景的人相處會有不利的影響。刻板印象往負面發展的下一部就是歧視。

　　新女性移民常常感到孤獨、受到歧視等不平等待遇，主要就是因在跨文化交際中，由於文化背景的不同，造成認知上的誤差，加上臺灣人民對「跨國婚姻」的負面刻板印象，以及先生和夫家自我中心主義，習慣以自己的價值觀去衡量、看待對方，造成新女性移民對跨文化的不適應症，也就是所謂的「文化休克」。「文化休克」是指從一個熟悉環境遷移到一個陌生環境，在文化方面感到不適應。這是Oberg在1960年的一篇學術論文中提出的（轉引自胡文仲，1999：187-188）。對於新女性移民而言，她們嫁來臺灣有的是出於自願，有的則是因被迫於無奈。由於在文化適應上遇到的問題最多，以至她們必須先學習一套新的符號、習俗、行為模式和價值觀念。她們也必須學會調解母國文化與新文化的不斷衝突，因此可想而知她們在心理上承受的壓力特別大。為了幫助新女性移民在一文化環境中順利的生活，除了給予語言、技能等方面的課程培訓外，更重要的是國人們對異文化負面刻板印象及錯誤認知的根除，以及拉近對彼此文化的價值觀。

第三章　研究方法

第一節　質化研究取向

　　本研究採用質性研究法，質性研究法是實證研究的模式之一。它相對於量化研究這種「量化」取向的實證研究來說，特別重視參與觀察和深度訪談。質性研究法在總體上是「指任何不是經由統計程序或其他量化手續而產生研究結果的方法」。質性研究的過程中非常重視研究對象個別經驗的特殊性，所以研究的結果無法被複製或近一步推論到類似情境的現象（周慶華，2004a：203）。質性研究的模式約略是「經驗→介入設計→發現／資料蒐集→解釋／分析→形成理論→回到經驗」（胡幼慧1996：8～10；周慶華，2004a：204）。本研究主要透過文獻資料演譯與歸納分析、個案分析、深度訪談並輔以參與觀察法和文件分析等收集資料，以便解釋新女性移民在第二語言學習歷程中，所使用的學習策略。

　　質性研究法有下列幾個特質：一、研究中蒐集的資料是人、地和會談等「軟性」資料的豐富描述。二、研究問題並非由操作定義後的變項來界定，而是在複雜的情境中形成。三、研究焦點可以在資料蒐集中發展而成，而不是在一開始就設定待答問題或待考驗的假說。四、了解行為必須由被研究者的內在觀點出發，外在因素僅居次要地位。五、傾向於在被研究者的日常生活情境裏，跟被研究者作持久接觸，以蒐集資料（高敬文，1995：5；周慶華，2004a：204）。

　　此外，質性研究法還涉及在運用時的信度和效度問題、研究倫理。

一、研究設計

本研究基於研究者過去三年來承辦臺東縣外籍配偶教育業務，接觸許多新女性移民，也同時接觸其家人，話題從生活適應聊到語言學習及孩子的教養等，對於未來的人生規畫，她們希望真正的在臺灣的土地上落地生根，成為真正的臺灣人。提到在臺灣的外國人，會讓人聯想到來臺灣教英文的白種人？來臺灣幫忙照顧家裡老小的外籍看護或外傭？還是洋女婿？或是因為婚姻而到臺灣的新女性移民？

對於因為工作或唸書而來臺灣的外國人，一般人是既親切又熱情的對他說聲：「哈囉！」如果「他們」開口說幾句中文或穿著長袍馬褂拜年就十分開心，但是對於「她們」來臺沒多久就學會中文不但不讚美，還怪罪她們讓小孩學習出現問題。這些問題的背後牽涉到我們對於不同種族人的態度，以及對於不同語言的評價。瑞典對新移民的第二語言教育非常重視，不但把第二語言教學發展成為獨立的學科，第二語言教師需要接受特別的教育訓練（畢恆達，2007：179～217）。而臺灣政府對於這些需要第二語言學習的新移民女性，仍停留在過去傳統補校是成人教育的框架，無視於成人豐富的人生經驗及文化背景的差異，讓她們坐在小學生的教室裡，使用中小學生的教材，進行機械式的語言學習。臺東縣最早因跨國婚姻嫁到臺灣的新女性移民中，阿鳳、阿水、阿慧就是其中三個，她們因為學國語而在異地結緣，日後也因為參加相同的學習課程，成為好友知己，三人的先生及家人也因此往來頻繁。在十二年的異地生活中，她們的學習從不間斷，也參加社團、擔任志工，對於同時嫁來臺灣的外籍配偶，有的因為沒有再繼續上課而失去聯絡，她們也覺得可惜，也感慨新女性移民學習第二語言困難重重，研究者在

希望藉由她們三人學習第二語言的過程，探究學習者的學習方式和內容上——就是學習策略的使用上的異同，試著找出成功的學習者所具有的特殊的學習策略，探討成功的語言學習者學習策略的使用情況，進而把成功的學習策略推介給新進的語言學習者。

二、研究的信度與效度

質性研究的深度訪談是研究者與受訪者一個互動的過程，不是將在訪談之前已經存在的事實挖掘出來，而是不斷在互動過程中創造新的意義或感受。在社會科學領域中，幾乎沒有一位質性研究者，不會被質問研究的「信度、效度」問題。信度是指測量程序的可重複性；效度則是獲得正確答案的程度。因此，質性研究最常被質疑的為其研究在運用時的信度與效度問題（周慶華2004a：205）。檢驗本次研究信度與效度的方法包括的可信賴性、可轉換性、可依靠性、可確認性與三角交叉對照等方法，茲分述如下：

（一）可信賴性

可信賴性就是研究結果的「真實價值」與「內在效度」相當，針對本次研究資料的真實程度，就是研究者真正觀察到所希望觀察的。研究者在與受訪者進行深度訪談的過程中，都以尊重的態度、同理心的感受，認真用心的傾聽、紀錄，使受訪者能完全信任，毫無保留的表達自己本身的經驗與感受，分享心得與建立良好互動關係，能夠蒐集到受訪者真實的想法與切身經驗，本次研究在徵得受訪者同意後進行訪問過程全程錄音，在訪談錄音資料完成，即反覆傾聽錄音內容繕寫逐字稿，並於逐字稿整理後，並與受訪者確認訪談的內容資料的真實性，使受訪者所敘述能成為確實的資料。

（二）可轉換性

　　可轉換性就是研究結果可加以「應用」與「外在效度」相當，指經由受訪者所陳述的感受與經驗，能有效作資料性的描述與轉換成文字的陳述，增加資料可轉換性的技巧為深厚的描述。對於受訪者在原始資料所陳述的情感與經驗，研究者能謹慎的將資料脈絡、意圖、意義、行動轉換成文字資料。本研究撰寫的過程中，文章中所呈現的方式與詳盡程度，皆為研究者忠實所紀錄的訪談情境與內容，並力求逐字稿能完整重現訪談過程，也能詳盡描述研究的歷程，使本次的研究能夠嚴謹與透明化，同時對於相關受訪者的背景能加以描述，以幫助讀者能自行判斷研究結果與自身情境脈絡的適用性，讓研究發現可被運用於理解和研究情境相類似的情境。

（三）可依靠性

　　可依靠性就是研究結果的「一致性」與「信度」相當，指個人經驗的重要性與唯一性。因此，取得可靠性的資料是研究過程中運用資料蒐集策略的重點。研究者必須將整個研究過程與決策加以敘明，以供判斷資料的可靠性。在訪談過程中，研究者以適當的眼神、言語、肢體動作來表達對受訪者的專注傾聽與尊重，並對受訪者言詞中的疑點加以澄清，以確實掌握資料的可靠性。同時在訪談後，反思訪談中的得失，對缺失部分加以檢討改進，藉以增進訪談技巧與資料的可依靠性。

（四）可確認性

　　可確認性就是研究結果的「中立性」與「客觀性」相當，係指研究者對研究資料不加入個人的任何價值判斷，因此在取得資料後

如有任何一點疑問產生，研究者都會與受訪者再進行確認，以確保資料的正確性，且在整個研究過程中，被訪談者針對問題所作的敘述與觀點，為本文研究的依據，絕無個人意見的加註，以確保整個研究的中立與客觀。

（五）三角交叉對照

　　研究者面臨在許多不完美測量方法中作選擇，每一種都有它一些缺點與優點。研究者為了有更大機會發現應變項的假設性變異而使用三角測量（選擇使用超過一種以上的測量，不一定是三種）。在單案設計中，三角測量並不需是指超過一個目標問題的測量，而是指同一目標問題中超過一個指標的測量（趙碧華、朱美珍譯，2003）。三角交叉對照策略乃是透過綜合多個不同來源的資料，以確定一個定位點的作法。不同來源的資料可以用來相互參照、補充、闡明研究當中有問題的部分，藉由多種蒐集資料的方法，強化該研究的參考價值（李政賢譯，2006）。

　　本研究資料收集的來源主要是深度訪談的三個個案，因為受訪的三個案不是處在固定的場所，流動性較高，加上如果訪談過程中有陌生人在一旁參與研究，三個案可能因不認識對方而產生戒心，對訪談資料的提供有所保留而影響內容真實性，因此沒有安排協助研究者。為了彌補上述不足處和增加本研究的信實度，研究者將訪談資料來源擴及與三個案密切往來的家人、師長、同儕等，資料分析結果將再求證於三個案；而這些一併列為參與研究者，並附帶賦予實質參與檢核的任務。

三、研究倫理

　　本研究因深入被研究者的生活領域中，深入被研究者的生活經驗與內在世界，為取得受訪者信任及保護受訪者，因此本研究在整個研究過程中，研究者與被研究者處在一種權力平衡的狀況（余漢儀，1998；畢恆達，1998；嚴祥鸞，1998；潘淑滿，2003：10～26），在呈現深度訪談內容時，皆以化名方式稱呼，以確保受訪對象不致曝光。

（一）在深度訪談的部分

1、尊重受訪者的權益

　　在訪談時間的選擇，依受訪者的時間安排為優先考量，且在受訪者同意的情況下才進行訪談。再者，研究者將事先告知受訪者，倘若在訪談過程中有不舒服的感受時，可隨時提出或中斷訪談。

2、受訪者充分被告知的權利

　　研究者先自我介紹本身現況、本研究目的、訪談進行方式、時間等，並在徵得受訪者同意情況下錄音。

（二）撰寫研究報告部分

　　為顧及研究對象的隱私及權益，本研究對於研究場域及研究對象均以化名及編號方式呈現，以作好保密工作。在研究場域及研究對象的身分描述方面，也謹慎處理，避免外人於報告中窺得研究對象的身分，造成受訪者的困擾。

（三）研究者與受訪者角色部分

　　本研究站在客觀、中立的立場，以同理心、關懷的角度來進行訪談、蒐集受訪者在實施交互詰問的法庭活動時的實證經驗與心得，對於受訪者內、外在資訊未有預設立場，以避免落入刻板化的角度評價。

（四）結果的呈現

　　質性的研究是探索式、發現式的，其過程是發現問題、蒐集資料、分析等，同時循環反覆思考，整個研究過中，要如何去呈現研究結果是很重要的。在訪談結束後，研究者將得到的資料經過分析步驟，並透過反覆閱讀每位受訪者的逐字稿，如有不清楚或不確定的情形時，以電話或前往拜訪查詢，使訪談內容獲得一個整體的了解後，謄寫內容形成有意義的句子，將有意義句子萃取出意義。因此，本研究將清楚的描述出所發現的意義、中心主題及整體基本架構，並依各主題的意義列舉相關的訪談內容，訪談內容以細明體區分表示，並讓資料和理論產生對話（周慶華，2004a：205），使讀者有身歷其境的感受與體驗，從而理解新女性移民學習第二語言所使用的學習策略。

第二節　研究對象

一、研究個案選擇

　　本研究採「多重個案研究」，同時針對三個個案進行研究，多重個案研究對於研究對象的選擇主要是建立在「可替代性」原則，透過對多重個案的比較分析過程，深入了解研究對象本身的異同

處。這三個對象選取的標準因這三個個案的可親近性、個案的國別及語言的溝通外，研究者認為她們的第二語言學習經驗具有相當的研究價值，且具有啟示性，可以滿足本研究的所有條件、支持理論，提供研究者深入的觀察和分析。

二、研究個案簡介

(一)阿鳳（化名），1975年出生於越南，父親為房屋建商，母親大學畢業後在軍營擔任護士。阿鳳在家排行老大，在她五歲時，父母親離婚，父親再娶自組家庭後，對他們很少過問。阿鳳跟三個弟妹由母親獨力扶養，沒多久母親也改嫁了。由於父母親離婚時阿鳳還小，所以阿鳳對父親比較沒有印象，母親雖然改嫁，但是幾年後母親離婚了，從此他們姐弟四人跟母親、舅舅一起生活至今。

因為母親工作的關係，阿鳳可以在母親任職的軍營附設幼稚園免費念書，而且唸了兩年。對她而言這是她童年生活中最快樂的時光。父母離婚後，家庭經濟不再像以往優渥，身為老大的阿鳳在唸完小學六年後，因為成績優異，繼續升學、念完國中三年後，就沒再繼續升學了，負起分擔家計的工作。直到二十二歲，經由仲介介紹嫁到臺灣，先生雖然小兒痲痺，但對她很好。因為阿鳳生性樂觀、刻苦耐勞、又肯學習有禮貌，不但公婆疼愛，也深獲同儕歡迎。阿鳳嫁到臺灣轉眼已十二年，先生自己創業開店，已逐漸步上軌道，三個小孩也很懂事，阿鳳在各方面的表現獲得一致的認同，但她不因此而停下學習腳步，對於她的未來，她早有規畫，她正朝她的目標一步步的向前邁進。

阿鳳歷任臺東大學東南亞文化通識課程講師、並在縣內各國小巡迴演講：講題包括「認識東南亞文化」、「多元文化動手做」、

「越南民間神話故事」。並以過來人身分與剛嫁來不久的新女性移民講授「快樂學習新生活」。目前除擔任臺東縣外籍配偶協會幹部、志工，協助活動推廣、諮詢輔導、翻譯等。

(二)阿水（化名），1976年出生於南越，父親是一名司機，在越戰時期專門替軍隊開車。母親在家裡帶小孩。家裡共有五個兄弟姐妹，她排行老四，上面有兩個哥哥、一個姊姊、下有一個弟弟。越戰結束後父親失業後，家裡經濟從此陷入困境阿水則被迫念到國小四年級就放棄學業，幫忙賺錢養家。日子雖然過的苦，但家人情感還算蠻融洽。

二十一歲那年，經由仲介介紹嫁到臺灣，先生因為大他將近二十歲，又是續弦，對她很好也很疼她。因為阿水生性樂觀、刻苦耐勞、心地善良又處處為他人著想且樂於助人，不但老公疼愛她，也深獲師長及同儕的歡迎。阿水嫁到臺灣轉眼已十年，自己創業開店賣的是越南家鄉的日常生活食品及用品，因為阿水跟先生的個性隨和且好客，店裡的客人絡繹不絕。

阿水因為自己沒有生小孩，加上先生不怎麼干涉她的行動，生活較其他新女性移民來的自由，平常她除了看店外，偶而也跟先生扮演起奶爸、奶媽，幫忙照顧姐妹們的小孩，她在課堂上的成績表現雖不及阿鳳、阿慧來的亮眼，但在個人事業及人際關係經營有成，在新女性移民的社群中開創出自己的一片天空。

(三)阿慧（化名），1976年出生於越南，父親早期經營肥料生意，母親幫忙父親看店，目前因輕微中風行動不方便。阿慧家共有十個兄弟姐妹，她排行老六，有五個姊姊、一個弟弟、三個妹妹。雖然兄弟姐妹多，因為家境富有加上父母親重視子女教育，每一個小孩都接受學校教育，甚至唸到大學畢業。後來因為父親經商投資失敗，阿慧因繳不出學費，被迫在國中三年級時輟學。

　　二十一歲時，先生到越南相親，對阿慧一見鍾情，阿慧雖然對臺灣男人印象不好，因為被先生的真誠感動嫁到臺灣。先生家有自己的農地，阿慧跟著先生一起種茖葉，雖然辛苦，但收入穩定。

　　阿慧目前育有二女，在校成績都保持在前五名，自己在通過國小學歷檢定後，目前在國中補校就讀一年級，學習成績都保持在前三名，她希望最快明年可以通過國中學歷檢定，一直繼續唸到大學畢業。

表2　研究個案基本資料

個案化名	原生國籍	年齡	來臺年數	教育背景	學習中文年資	原生家庭背景	夫家家庭社經地位
阿鳳	越南	33	12年	國中程度通過臺灣國小學歷檢定	10年	父母離異，家中排行老大，有兩個妹妹一個弟弟，由母親、舅舅扶養，家境小康。	先生自營刻印業，排行老大，有兩個弟弟，公公過世後，三兄弟分家。婆婆一起同住，育有3子女。
阿水	越南	32	12年	國中程度通過臺灣國小學歷檢定	10年	父親失業，由母親獨立扶養五名子女，阿水排行老四，家境清寒。	先生因經商有成，生活過得不錯，並開一間專賣越南文物的「越南生活館」。因先生年紀稍長，且與前妻育有一子已成年，阿水並沒有生小孩。
阿慧	越南	32	12年	通過臺灣國小學歷檢定，目前在國中補校上課	10年	父母親務農，家中有10個兄弟姐妹，家境富裕。	先生務農，因為有自己的地，種的農作物收成穩定，家境小康。目前育有二女，三代同堂。

（資料來源：作者整理）

第三節　研究流程

本文的研究流程為確立研究方向，確定研究對象，經初步訪談與收集相關資料、文獻分析，確認研究目的，再決定以質性研究為主，進而擬定訪談的大綱，確立研究架構，並採用深度訪談方式，再就訪談與問卷所得資料加以分析，確定研究成果，最後則是撰寫研究發現、結果與心得。相關的研究流程即先確認研究的方向，進而擬定與驗證研究假設、確定研究主題、確定採取質性為主的研究方法、確定研究架構，並進而同步進行文獻資料蒐集與整理、擬定訪談大綱，再根據所得資料進行深度訪談，進而分析深度訪談及比對文獻資料等，如圖一所示：

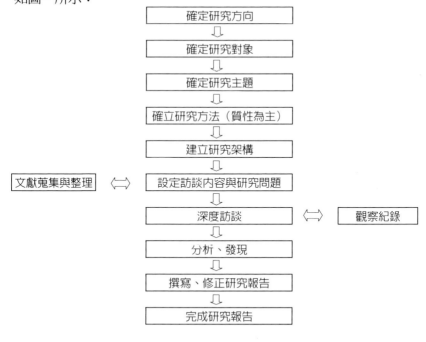

圖一　本研究流程圖

資料來源：研究者自行整理、繪製

一、資料的收集

　　質性研究最重要的是將所蒐集到的資料予以分析、詮釋以及呈現發現結果（吳芝儀、李奉儒譯，1999），所以研究資料處理、分析與結果呈現是整個研究最重要的步驟。另於資料的蒐集處理及分析過程，研究的信度與效度問題是常遭受質疑的。為了避免遺誤，本研究資料收集過程如下：

(一) 研究者先以電話與訪談對象約定訪談時間，告知本次訪談的目的、程序及所需時間約二小時，並於受訪者同意後先將訪談大綱傳真或e-mail給訪談對象。

(二) 徵求受訪對象的同意於受訪時進行全程錄音，以增加研究的效度。

(三) 訪談前，由訪談者找適當地點以利訪談的不受干擾，並於訪談時一邊摘要紀錄受訪者的言談，一邊進行錄音，俾便訪談後的整理。

二、資料收集的方法

　　質性研究最常運用的是同時結合深度訪談法、參與觀察法與文獻分析，來進行資料收集的工作。

（一）文獻探討法

　　隨著因跨國婚姻的管道暢通，外籍配偶的人數逐年增加，雖然近兩年來外籍配偶人數已有下滑的趨勢。但不容忽視的是：臺灣外籍配偶的人數已逼近四十萬人，外籍配偶識字教育工作是當前識字教育的主軸。本研究主要針對新女性移民在學習第二語言學過程中

所使用的學習策略，採用文獻探討法將這些策略與第二語言習得的關聯性等作探討。目前在國內研究以「外籍配偶」相關議題的論文雖然陸續產出，其中就「中文博碩士論文」的相關研究報告：以「外籍新娘」鍵入蒐尋共計72篇，以「外籍配偶」鍵入蒐尋共計13篇，以「識字教育」鍵入蒐尋共計81篇，以「外籍新娘」和「識字教育」鍵入蒐尋共計17篇，以「外籍配偶」和「識字教育」鍵入蒐尋則共計三篇。以上研究所指的「外籍配偶識字教育」主要是：針對東南亞因婚姻關係越洋至臺灣因地域、文化背景……等等因素，而造成其不識字，其在原生國並非未受教育，因而設計、規畫的一系列有組織、計畫、有教學課程的短期進修成長活動，用以培養學習者具備簡單的基本讀、寫、算的技能和知識，目的不但可以儘快適應臺灣的社會生活，進而能發展獨立自主的能力教養其子女。因此，其中「識字教育」，不僅只進行基本讀、寫、算的教學，而是帶有功能性識字的意義。倘若再以「語言學習策略」鍵入搜尋共計三十五篇，以「外籍配偶」和「語言學習策略」鍵入蒐尋則為零篇。中國大陸近年來因湧入來自世界各國的留學生學習漢語，使得近十年來有關「第二語言的學習」為議題的相關研究頗為盛行。但相關研究的對象僅限於「留學生」，並無針對因婚姻關係的新移民進行第二語言學習的相關研究，本研究試著兼以國外有關第二語言學習策略研究為理論基礎，應用在新女性移民身上，建構出新女性移民第二語言學習策略的理論模式。

（二）深度訪談法

Neuman指出：「質性研究是一種避免數字、重視社會事實的詮釋，最具代表性的質性研究方法就是深度訪談」（轉引自潘淑滿，

2003：15）。這種訪談法是指研究者為能蒐集研究主題更為深入的資料，經由預先的題目規畫，以深入訪談的方式獲取必要資料，經記錄、整理、分析、比較，以達到對該研究主題的研究成果，訪問法的目的在使回答者有較大的答覆空間，優點在於能蒐集受訪者對研究問題的態度及價值判斷，也可使受訪者在不受限制下，充分與詳細發表意見，它具有雙向溝通的特點，交談的主題也可以突破時間和空間的限制（葉至誠、葉立誠，2001），研究者從訪談的過程中也可以針對同一題目或從受訪者的回答中再進一步深入追問與研究主題相關的問題。

　　Patton認為深度訪談是質性研究的方法之一，藉由面對面的言談，引發人們的經驗、意見、感受與知識的直接引述（吳芝儀、李奉儒譯，1999）；Taylor及Bogdan認為深度訪談是訪問者與受訪者面對面接觸，以了解受訪者對自己的生活情境、經驗或所欲表達的觀點（轉引自林本炫、齊力，2003）。有學者將深度訪談分為以下三種（潘淑滿，2003：140～145）：

　　1、結構式訪談：又稱為「標準化訪談」或「正式訪談」。結構式訪談是研究者以預先設計好的問題，去了解受訪者的想法、意見和態度。結構式訪談主要是建立在受訪者在訪談過程，接受類似問題情境的刺激，使得研究者所收集的資料不會太偏離主題，將低可能的偏誤。由於所有的受訪者都必須接受同樣的問題詢問，詢問問題的順序也是相同的；因此，整個結構式訪談的訪談過程，它的彈性度相當低。理想的結構式訪談在訪談過程中應注意受訪者的行為反應、盡量減少社會期待對受訪者行為反應極可能造成的影響。其次，應由研究問題與目的來思考訪問的類型，同時對於訪問問題的內容與次序安排也應該作適度的安排。

最後，訪談過程盡可能避免因訪問的問題、問話技巧或人為因素，而影響訪談的結果。

2、　無結構式訪談：又稱為「非標準化訪談」或「開放式訪談」。研究者在進行訪談過程，毋需預先設計一套標準化的訪談大綱作為訪談的指導指南。無結構式訪談的主要目的是強調研究者如何收集到具正確性資料；與結構式訪談相比較重視如何在自然情境中，了解複雜現象或行為背後的意義。研究者進一步想了解受訪者的認知與態度、生活型態、宗教信仰、種族文化或習俗時，無結構式訪談可說是一種頗為適合的資料收集方式。

3、　半結構式訪談：又稱為「半標準化訪談」或「引導式訪談」。半結構式訪談是介於結構式與非結構式訪談之間的一種資料收集方式，研究者在訪談進行前，必須根據研究的問題與目的，設計訪談的大綱。不過，在整個訪談進行過程，訪談者不必根據訪談大綱的順序，來進行訪問工作。訪談者可以依據實際狀況，對訪談問題作彈性調整。

　　半結構式訪談的主要考量：雖然訪談的問題相同，但由於受訪者對於問題本身的認知及個人生活經驗不同，往往導致受訪者的反應會有很大差異。半結構式訪談大綱不像結構式訪談大綱一樣，需要對每個討論議題預先設計非常清楚的問題，反而是以半開放式詢問問題。與上述兩種訪談法相較，半結構式訪談具有下列幾項優點：

（1）對特定議題可以採取較開放的態度，來進行資料收集工作，當研究者運用半結構式訪談來收集資料時，經常會有意外的收穫。

（2）當受訪者在訪談過程受到較少限制時，往往會採取較開放的態度來反省自己的經驗。

（3）當研究者的動機是要深入了解個人生活經驗或將訪談資料
　　進行比較時，半結構式訪談可說是非常適合運用的方式。

　　訪談的主要進行方式為先和受訪者聯繫，告知研究主題及訪問
大綱，在取得同意後，安排時間前往受訪者居住處或約定地點進行
面對面訪問，為避免干擾，原則上以一對一方式進行，倘若受訪者
因時間或地點不易安排面訪，則採取電話訪問方式；訪問前徵得受
訪者同意後以錄音方式記錄訪談內容，倘若受訪者不同意錄音則在
現場以紙筆記錄，並在訪談結束後儘速整理訪問內容。

　　提問的方式在訪談進行中扮演非常重樣的角色，Minichiello等
人認為提問問題的方式主要有三類（轉引自林本炫、齊力，2003）：

（1）描述性提問：這類的問題讓受訪者描述某人、事件、地點、
　　人物或經驗。

　　　　這類問題常常是用在一個訪談開始的時候，因為它讓
　　受訪者可以討論他們的經驗，讓他們在這歷程中處於詮釋
　　自己的經驗，這是較不具威脅性的策略。例如問阿鳳她們
　　的個人基本資料及在母國的學、經歷及學習經驗。

（2）結構式提問：這類問題目的在發現受訪者架構或組織他們
　　的知識。問阿鳳她們來臺後學習第二語言的歷程與策略。

（3）對比式提問：讓受訪者可以從他們自己的世界出發，進行事
　　件或情境的比較，及討論這些情境的意義。問阿鳳她們比較
　　母語和第二語言學習的歷程和使用策略上有什麼不同。

　　依據研究者設計的訪談大綱（詳見表3）對受訪者進行提問，收
集受訪者學習經驗，從回溯以前的經驗到現在的學習經驗，建構與
學習相關的重要事件，包括課前、課中、課後各環節，引導她們回
顧各自所使用策略的得失，特別是成功和失敗的經驗，深入探詢她
們使用不同策略的環境，包括學習場所內和學習場所外，以及對不

同學習策略的運用產生影響的因素，包括：學習內容、學習方式、
學習動機及互動對象等。

（三）參與觀察法

　　質性研究著重參與式的觀察法。參與觀察法強調研究者必須融
入研究場域或情境中，藉由密切的的互動關係，深入了解被研究者
的生活經驗與生活情境，進而了解被研究現象、行動或事件的意義，
並透過厚實的描述過程，將研究現象再現。參與觀察法特別適用於
探索性或敘述性研究，特別是研究者想要從脈絡的觀點，來了解事
件或行為的動態過程時可選供選擇運用。雖然，參與觀察法對於理
論的檢驗，並沒有太大的幫助；不過，經由參與觀察法所獲得的資
料，卻可以用來檢驗理論及其他知識的主張。一般而言，參與觀察
法的步驟是從開放到集中，觀察者或研究者對觀察現象進行全方位
的觀察，然後再逐步聚焦。無論是開放或聚焦，在觀察的過程中，
研究者都需要思考如何與被觀察者產生互動關係，及如何選擇觀察
內容。參與觀察法的最大的限制就是被觀察者行為的的表現，往往容
易受到觀察者的出現而受影響，同時觀察者也只能由被觀察者的外
表行為來了解被觀察者，無法深入了解被觀察者的內心世界與想法
（潘淑滿，2003：270～294）。

　　本研究除了訪談外，研究者也參與觀察，期間觀察了參與臺東
縣家庭教育中心「繪聲繪影繪童年親子共學」、「新移民快樂學習
新生活」、「新移民多元文化種子教師研習」、「多元文化女性成
長讀書會」、東南亞文化師資研習──「文化‧學習‧動手做」（詳
見附錄課程二～六）上課情形。被觀察者在以上研習課程中，除了
參與學習外，同時也擔任部分課程講師。觀察的項目：包括被觀察

者在同一課程中當她是學習者時如何與同儕互動、當她是教學者時又是如何與學員互動、其互動方式會不會隨著角色與身分的不同而有所改變等。

表3　結構式訪談大綱

一、基本資料
　　1. 年齡、國籍、娘家、來臺年數、學中文年資和夫家成員
　　2. 母國的學、經歷
二、母國的學習經驗
　　1. 參加的正式／非正式學習。
　　2. 同儕的關係及在學習過程中扮演的角色。
　　3. 師長扮演的角色。
　　4. 解決問題的方式。
三、來臺後，參與語言學習的歷程
　　1. 妳如何知道哪些政府機構與民間團體可以學習？
　　2. 妳最想學什麼？為什麼？
　　3. 什麼樣的課程妳最有興趣？
四、參與語言學習的經驗
　　1. 妳覺得參加語言學習班學到了什麼？有學到妳想學的嗎？
　　2. 妳認為學習語言對自己有什麼幫助？識字與不識字對自己有什麼差別？
　　3. 有沒有哪一些是妳覺得經常都會碰到或是很需要知道的，但是語言學習課程內沒有教到？
　　4. 妳覺得在語言學習課程班學得比較多，或是在家（老公）或其他的學習方式／道，學得比較多？為什麼？
　　5. 在學習的過程中遇到哪些困難或問題？如何解決？向誰求助？
　　6. 在學習的過程中妳和同儕的互動如何？
　　7. 是什麼原因或動力，讓妳繼續參加學習課程？（如果要自己付費，妳還會繼續參加嗎？）
　　8. 妳怎麼判斷自己學到的是正確的或錯誤的？
五、語言學習策略
　　1. 妳會用什麼方法學習一個新的單字？
　　2. 妳會用什麼方法學習一個新的內容？
　　3. 當妳遇到不了解或不懂的字或內容時，妳會用什麼方式解決問題？
　　4. 妳覺得妳在學習新的內容時，使用哪些方法讓自己的學習得更快？
　　5. 學習、使用新語言的心情如何，如何克服自己的情緒？

> 六、自我的改變和成長
> 　1. 妳是怎麼想輔導幫助其他新女性移民？
> 　2. 經過這些年的學習與生活，妳覺得妳有改變嗎？哪些改變的最多？
> 　3. 對於未來，妳有什麼期許？想朝什麼目標發展？妳想成為什麼樣的人？過什麼樣的生活？

（資料來源：作者整理）

三、資料分析與信實度檢核

本研究以訪談臺東縣內因婚姻關係嫁來臺灣達十年以上的三名越南籍新女性移民，了解她們在學習第二語言時所使用的學習策略，並就三人所使用的策略進行交叉比對及深入研究，將所蒐集到的訪談及觀察記錄資料予以分析、詮釋，藉以呈現所發現的結果。相關的研究的步驟分述如下：

第一、先將全部錄音帶完整聽完一遍，並著手謄寫逐字摘要稿。

第二、將逐字摘要稿確定初步編碼架構。

第三、進行編碼，例如：A屬於阿鳳的訪談資料，則以A作編碼的開始，並註明資料類型、訪談時間、地點、記錄方式。B屬於阿水的訪談資料，則以B作編碼的開始。C屬於阿慧的訪談資料，則以C作編碼的開始。針對三個案及其他受訪者各逐字摘要稿予以編碼（編碼表如附錄一）。受訪者代碼編排如下：

A：阿鳳　　B：阿水　　C：阿慧
D：阿鳳先生　E：阿水先生　F：阿慧先生
G：陳老師　H：黃老師　I：蔡老師
J：阿紅　　K：阿竹　　L：阿巧

第四、初步解釋完成後，與同學、其他相關工作經驗者及指導教授相互討論，並與文獻探討相對照。

第五、初稿完成後，再與相關人員進一步討論。

第六、討論後，對研究內容再度予以詮釋。

（一）資料處理的方法

由於訪談所得到的龐雜資料，經由整理、歸類、分類、分析等過程，才能成為有意義且可用的資料，基於此，本研究擬運用的資料分析步驟如下。

1、資料整合

研究者將以錄音方式蒐集訪談對話，儘量使受訪者的原音重現，再反覆閱讀訪談的內容，逐句或小段落檢視資料內容，並將重要的句子標記，列出資料中所呈現的主題或概念，概念化後以適當的名詞命名。將個別概念資料予以整合，選取具代表性的句子為例證，加註個人的看法與文獻探討相對照後加以詮釋。

2、資料分類

本研究是要探討三個個案在學習第二語言所使用的學習策略，由於每個個案學習策略的運用互有異同，對其第二語言的習得的影響程度也不一樣，因此將就受訪者的談話內容分不同的層面加以整理分類。

（二）資料的分析

最後將分類後的可用資料，逐一說明分析，以釐清三個個案第二語言學習策略的運用對其語言習得的影響、三個個案之間第二語言學習策略使用上進行比較分析，分析的方法如下：

1、符號互動論

（1）符號互動論的發展

符號互動論在1920年代於芝加哥大學發展茁壯。Mead奠定芝加哥社會學派的基礎，他去世後由Blumer繼續傳播。對符號互動論的修正，最具代表者為Stryker（楊國德，1988）。

符號互動論建基於哲學實用主義、Thomas和Parker的社會學思想、心理學的行為主義──Watson的學說、Mead和Claire的社會心理學說。推究「符號互動」的題材，起源於人類原始部落，例如：有圖騰作為表示、豐年祭等。因此，其演進可說是從人類學，推衍至社會學家研究的領域，進而演化至教育學家所關注的課題。換句話說，在人類學家、社會學家、心理學家都有不同詮釋。人類學家的專注點在於人與人、事、物等整個大環境之間的交互作用，因此人類學家喜好用田野調查、深入訪談、俗民誌來作為研究典範；社會學家關注的焦點在於人與社會的互動，也可視為動態社會學；心理學家探究個體內在微觀的互動，在心理諮商中Glasser意義治療學派，說明人對事件或符的認知，與其關鍵性影響。通常「環境」和「世界」一詞的解釋，Blumer認為後者較佳，乃因「世界」所看到的不僅是個人，而是與整個環境世界所互動而造成。因此，心理學是以個人為出發點，重視對個人觀感的論述；社會學重視環境和人的互動；符號互動論則重視與整個大環境中，人、事、物互動時所象徵的意義，其兼具心理學和社會學的意義價值（轉引自王瑞壎，2002：61～90）。Blumer進一步指出，符號互動論基於三個基本前提：第一個前提是指「人們對事情的感受、舉止、行為表現等，是根據這些事情對他們具有的意義而來行動的」；第二個前提是指「意義的產生是根

據社會互動過程而來」；第三個前提則是指「當個人要根據事情的意義來行動時，是經過一詮釋的過程」（轉引自胡幼慧，1996：46～48）。

（2）符號互動論的研究取向

符號互動論的研究方法，受到Mead與Dewey等人的影響，在Blumer時期奠定基礎。其後，Stryker提出對符號互動論的修正。於1970年代更影響「標記理論」、「社會學領域相關研究」、「戲劇理論」、「俗民方法論」。目前，以符號互動論取向進行研究，除上述學者所採用的方法外與「符號學」、「詮釋互動論」的方法有所關聯。依序說明如下：

第一、符號互動理論中最具重要性的著作，為Mead的《心靈、自我、與社會從社會行為主義者的觀點出發》（*Mind, self and society: from thestandpoint of a social behaviorist*）一書（胡榮、王小章譯，1995；王瑞壎，2002：61～90）。基本上，其試圖將心理學的行為主義的學說原則，擴展至實用主義。

第二、符號互動論可反映在關於「客體」的觀點上。Blumer區分三種類型：「物質客體」，諸如一張椅子或一棵樹；「社會客體」，諸如一個學生或一位母親；「抽象客體」，諸如一則觀念或一項道德原則，其認為客體的意義是人建立的，不是與生俱來（馬康莊、陳信木譯，1995；楊國德，1988；王瑞壎，2002：61～90）。

第三、標記作用乃在分析社會問題和犯罪學的主要理論，並用以解釋偏差行為。例如：Becker和Sutherland的差異結合論、Lindesmith研究鴉片癮、Lemert的差異行為說、Hargreaves和Lacey分別探討英國現代中學和文法中學師生交互關係與學生次級文化等，都是應用互動論的觀點（陳奎，1991；楊國德，1988；王瑞壎，2002：61～90）。

　　第四、Coffman研究人們製造印象及別人根據他們的印象作出反應的過程。把人看作劇場中演員的社會互動研究稱為「戲劇理論」（劉雲德譯，1991；王瑞壎，2002：61～90）。

　　第五、「社會學領域相關研究」包含社會心理學、社會行為研究等。例如：Tuner「角色與社會化研究」的觀點，其定義是指行動中對他人普遍態度能設身處地了解。這是角色學習必先具備條件，才能對他人角色有所覺察能力。然後，在互動中個人可學習他人的反應方式與彼此交往過程，這就是個人逐漸社會化的說明（楊國德，1988；王瑞壎，2002：61～90）。

　　第六、Stryker認為符號互動理論必須同時專注較小規模與較大規模層次現象，才能成為適當的社會學理論。其依照一般性原則，發展其取向為（馬康莊、陳信木譯，1995；王瑞壎，2002：61～90）：

①人類的行動依靠一個命名與分類的世界。在這個世界裡，名稱與類目對行動者具有意義。人們經由與其他人互動過程，學習如何將這世界分類，以及一個人如何被期望以行為面對。

②人們所習得的事物中，最為重要是被用以指定社會「位置」的象徵。「角色」是一個核心的重要地位，附屬於社會共享共有的行為期望。

③承認較大社會結構的重要性，將社會結構視之僅是人們在其中行動的「架構格局」。

④在脈絡內行動時，人們不僅彼此命名，也為自己命名。自我指定，成為自我的一部分，依自己行為將期望內化。

⑤當互動時，界定或釋義，轉而被行動者運用以組織他的行為。

⑥社會行為非由社會意義所決定，不過，卻受其約束限制。Stryker是「角色塑造」的堅信者，認為人們不僅扮演角色，而且對角色採取主動、創造性取向。

⑦社會結構限制角色「塑造」的程度，不僅只是被採用而已。

⑧角色塑造的可能性，致使種種社會變遷成為可能。變遷，可以發生在社會界定——在命名、象徵和分類上；對互動而言，也具有可能性。這些變遷累積結果，可以改變較大的社會結構。

　　第七、俗民方法論與符號互動論相似點，在俗民方法論把注意力集中在社會互動的過程上，而不是更大的社會架構。其不同點在：符號互動論藉互動規則為互動結果，但俗民方法論對規則起源不感興趣，而是對利用這些規則了解在特定情況下如何互動的方式感興趣（劉雲德譯，1991；王瑞壎，2002：61～90）。其有以下幾點特徵：①強調探索特定現象的本質，更勝於設定假設考驗；②傾向於非結構性資料使用，資料蒐集不事先編碼；③從一些小樣本甚至個案詳盡的調查；④資料的分析意義的詮釋更為清楚，量化和統計分析則為輔助。Garfunkel發明所謂「無背景試驗」。在試驗中，人們的行動表現得像他們乾脆不了解談話背景，感興趣的只是人們用以表明密約和假定共有的「規則」（王瑞壎，2002：61～90）。

　　第八、Cassirer所著《人論》（*An essay on man*）一書中，以人類學的立場，主張人與其說是理性動物，毋寧說是符號的動物，人靠著符號的活動，創造文化，人類生活的典型特徵就是在於能發明，運用各種符號，從而創造出一個符號的宇宙（俞建章、葉舒憲，1990；林鎮坤，1997；陳永寬譯，1989；王瑞壎，2002：61～90），關注「符號」的層面。由於象徵符號的緣故，人類「不再被動地回應那強加諸其上的實在界，對於行動尤具許多特定的功能」（馬康莊、陳信木譯，1995；王瑞壎，2002：61～90）。

　　第九、從詮釋互動的觀點，其主要相關名詞包括：詮釋和交互作用、問題詮釋、詮釋理論。此三個名詞，大致可說明「詮釋互動」

乃利用多元的、個案的、傳記的方法，發現研究對象生命中的危機與轉機。由此，連結個人的問題與公共議題，從語言、感覺、情感，解析研究對象的行為等方面問題；並且遵循詮釋的五個步驟（解構、取得、取框架、建構、脈絡化），以清楚的陳述研究者的價值立場。詮釋互動論採用傳統符號互動論的途徑，並採結合詮釋、海德格現象學、認識論，重視主體經驗和神蹟。由此看來，詮釋的可貴，在於主體經驗的多采多姿，非能從一定理、規則所獲得。詮釋互動論解釋個人生活與公眾對個人困擾的反應之間的交互關係。研究者要解決的問題包含：①個人的困擾問題（例如：家庭暴力、酗酒、煙毒等）；②根據個人困擾問題所產生的社會政策或情境的問題，則選擇詮釋互動論是可行的。此外，詮釋互動論和符號互動論有異曲同工之處，都重視豐富詳盡的描述，而非單純的實證結果（王瑞壎，2002：61～90）。

在本研究中，研究者將採用符號互動論觀點來討論、了解、說明及解析本研究理論架構。符號互動論與傳統心理學或社會學不同，人們藉著語言來賦予事情所具有的意義，並經由建立共同意義的語言符碼，使得人與人的互動得以持續進行。研究者想要了解新女性移民第二語言學習策略，因為研究者是個外來者的角色位置，本身很少有第一手資料，必須由研究對象來提供，藉由研究對象所提供的資料及所看到的現象給予詮釋。研究者在實際研究過程中，盡可能以研究對象的角度來看事情，視研究對象（新女性移民）為主體，掌握其語言背後的社會意義，更深入研究問題的本質，多省視代表研究概念的語言用在不同的語言社群時是否能貼切的詮釋該社群的生活經驗，並察覺到語言與女性經驗間的落差，避免直接套用現有的概念來指涉女性的經驗，注意語言中的豐富內涵，仔細分析語言的多層面意義，允許現象有多種概念的呈現方式。

2、詮釋學方法

詮釋學方法,是解析語文現象或以語文形式存在的事物所內蘊的意義。大略可以分三方面來談(周慶華,2004a:103～110):

(1) 詮釋的本身是什麼。一種主張把詮釋當作解說某一對象時的智力操作,本身具有認識論與方法論的意義。一種是把詮釋當作彰顯存有的方式,本身具有本體論上的意義。前者以Dilthey的傳統詮釋學為代表。後者以Heidegger、Gadamer的哲學詮釋學為代表。這兩種主張真正的差別在於詮釋所要了解或獲得的對象的不同。

(2) 詮釋的對象有哪些。指詮釋所要實踐或作用的對象與詮釋所要了解或獲得的對象兩部分。前者有所謂語言性符號與非語言性符號的區別。後者就是揭示自語言性符號所擁有的或所蘊含的意義。這一部分爭論最多,有「指涉論的」、「意念論的」、「行為論的」等不同取向。

(3) 詮釋的實踐如何可能。一種是就語言性的符號被詮釋的現象來說,個別詞語的意義必需在了解或獲得文本整體的意義後才能了解或獲得。一種是就作為存有的本體論特徵之一來說,文本的意義結構全緣於研究者由「前有」(指人絕不會生活在真空中,在他有自我意識或反省意識前,他已經置身於他的世界。因此,他不是從虛無開始了解與詮釋的,他的文化背景、傳統觀念、風俗習慣,他那個時代的知識水準、精神與思想狀況、物質條件,他所從屬的民族的心理結構等等,都會影響他、形成他的東西)、「前見」(指在前有這一存在視域中包含了許多可能性,怎樣去詮釋,必然要有一個特定的角度與觀點作為入手處)和「前設」(指在詮釋某事物時,總是對它預先已經有一個

假設或觀念，然後才能把它詮釋「作為」某物）以及「歷
史性」（指人無法脫離歷史進程而生存，因而也無法跳出
歷史來理解存在歷史中的一切東西）等所構成的前結構，
前者由傳統詮釋學所提出，後者由哲學詮釋學所提出。

　　詮釋學特別針對符號系統的意義，首先用解釋來處理那些決定
符號意義的結構，確定該符號系統的涵義和指涉。其次在理解它所
指涉的人存在的處境或它所開展來的世界；最後再對那些決定意義
形成的個人與社會的潛意識加以批判，藉以補理解的不足。當一個
研究者想去詮釋某一現象時，他正好也意識到該對象不過是前結構
的東西。詮釋學家們似乎還沒看出這個紕漏，至今它仍得算作詮釋
理論的一個盲點。

　　新移民女性因婚姻跨國，嫁來臺灣展開新生活（故事的開始），
為了擺脫文盲展開一連串的語言學習（主題），為盡快學會第二語
言而運用策略（意圖），學習語言是適應臺灣生活的基礎（世界觀），
困惑於自主／依賴的二元對立情境中（存在處境），自然會自我要
求不斷的精進（個人潛意識）。以上就是將詮釋學的作法一併納進
運用，所完成的詮釋成果。

3、混沌理論與複雜理論的變合體

（1）混沌理論的發展

　　對新科學最為熱烈的擁護者認為：二十世紀的科學中傳世之作只
有三件：相對論、量子力學與混沌理論。相對論否定了Newton對絕對
空間與時間的描述；量子理論否定了牛頓對於控制下測量過程的夢
想；而混沌理論則粉碎了拉普拉斯對因果決定論可預測度所存幻影。
混沌理論的革命適用於我們可以看到、接觸到的世界，在屬於人類的
尺度裡產生作用。生命是如何開始的？在宇宙走向更混亂的狀態時，

如何讓秩序產生？當混沌革命繼續進展時，最簡單的系統也能夠製造出讓人手忙腳亂的可預測度問題，儘管如此，秩序依舊從這些系統中突然綻現——秩序和混沌共存（林和譯，1991：7～13）。

　　當物理學家看到這麼複雜的結果，就去尋找複雜的原因，當看到種種事物間的混亂關係，他們嘗試用人為加入擾動或誤差，而在任何現實可行的理論中加入隨機因素。混沌理論的近代研究逐漸地領悟到，相當簡單的數學方程式可以形容像瀑布一樣粗暴難料的系統，只要在開頭輸入小小差異，很快就會造成南轅北轍的結果，這個現象稱為「對初始條件的敏感依賴」。例如在天氣現象裡，可以解釋為眾所皆知的「蝴蝶效應」——今天臺北一隻蝴蝶展翅對空氣造成振動，可能已發下個月舊金山的暴風雨。

　　（2）混沌理論的性質

　　混沌理論是對現象作整體詮釋和解析的哲學性及實證性研究取向。在哲學層次上，它提供「非線性」典範的思考方式，強調混沌與秩序是共存的概念，主張以整體、全面與變易的角度與心態，去看待事件與現象，將混沌狀態與不可預知行為視成演進的重要特質，混沌行為主導產生新結構。混沌行為否定一切「標準」的存在，於是人類思想更多元、解放與無標準，造就所謂的當代藝術新結構。

　　（3）混沌理論的要點

　　近代文明的發展可以說是建立在Newton化約主義的基礎上。Newton把世界看成一個大鐘錶，認為萬事萬物就像鐘錶裡的齒輪，雖然繁複精緻，卻一動扣著一動，可以被充分的掌握。混沌理論的出現從根本質疑Newton世界的詮釋，它認為Newton所描述「一個原因必然產生一個結果」的線性系統，在真實世界中只是一些特例；在自然界中，舉目所見卻多是非線性系統。例如天氣是非線性系統，

生物生長是非線性系統，雲、流水、山、煙、颱風、地震……等等都是非線性系統。而「非線性」（指因果並非簡單的對應關係）正是混沌理論的核心概念。具體而言，混沌現象表現出三個主要特徵（任懷鳴，1995）：

第一、對初始條件敏感

「蝴蝶效應」是Lorenz為這個特徵所舉出的一個戲劇性的比喻。在東京的一隻小蝴蝶翅膀一揮，就能造成大西洋上空的一場颱風？聽起來神奇，卻是許多自然現象的真實情況。這個比喻生動地指出：一個具有混沌本質的系統不太可能預測它的最後表現。例如：同樣的一杯熱咖啡滴上一滴同樣的奶精，即使滴的位置和力道都差不多，可是每次滴奶精在咖啡中所呈現的花紋都不一樣；因為系統對初始條件極為敏感，所以「差之毫釐，失之千里」！

第二、相空間呈現奇異吸子

所謂吸子是指相空間裡的表現圖形。吸子有三種：「點吸子」是指動力系統最後會停在一個穩定值上；「周期吸子」是指系統在二個以上的穩定值之間跑來跑去；而「奇異吸子」有無限多個穩定值（等於沒有穩定值），可是它又不像隨機現象一樣雜亂無章。相空間中，奇異吸子是個有範圍、長相明確的圖形。這個不折不扣的「碎形」點出了混沌的關鍵內涵——「亂中有序」。

第三、系統簡單

混沌的行為雖然詭譎難測，但系統的組成分子和彼此關係卻可能極為簡單。例如：水龍頭的水滴大一點以後，水滴的頻率就開始變得混沌；在這個系統裡，有關係的就只有水滴的頻率和水滴的流速。又例如吉普賽蛾的出生率超過3.56之後，牠的族群密度就進入混沌，但這個系統也就只是吉普賽蛾的出生率和族群密度所組成的一個簡單的動力方程式。

第四、混沌的重要概念──自組織或疊代

一個會通向混沌的動力系統必定是一個自組織的系統。所謂自組織，是指系統本身變化的結果成為下一階段影響系統變化的原因。例如：吉普賽蛾這一代的族群密度必須代入原方程式，因而產生下一代的族群密度；而下一代的族群密度又得再代入同一個動力方程式，產生下一代的族群密度……數學上，把這個過程叫作疊代。

（4）混沌理論對學習者的啟示

混沌理論對教學最重要的啟示，在於它指出世界的非線性本質，以及對系統疊代過程的描述。由經驗可知，教育和學習都是非線性的現象；從來沒有人能保證，用某一種教育或學習方式一定可以得到什麼效果；學習效果是因人、因地、因時間、因環境而改變的。此外，學習也是一種認知結構不斷改變的疊代過程，新的學習結果改變了認知結構，而新的認知結構將進一步產生更新的學習結果（任懷鳴，1995）。

第一、學習是一種非線性過程學習並不如行為學派所主張是一種「刺激→反應」的線性過程。事實上，學習的過程是複雜的：人的認知結構除了受龐大神經系統的決定，也深深受到內分泌系統的影響；因此，學習者的認知發展、性向、學習風格、甚至情緒都會改變學習成果，而改變後的認知結構又會回過頭來影響這些系統的表現。這整套非線性過程使得學習結果，在本質上就不可能被準確地預測。

第二、真學習發生在認知結構疊代過程所產生的不平衡狀態根據Piaget的理論，學習是一種認知結構改變的歷程。從混沌的觀點理解，這就是一種自組織、或疊代的現象。Piaget認為真學習發生在認

知結構失衡狀態時，當認知結構開始邁向混沌時，也正是認知結構獲得秩序的契機；而這一切都必需靠認知結構的自組織來提供基礎。

4、混沌理論與複雜理論的變合體的新邏輯道路

在我們一般人認為量化的科學相當穩定，只要輸入資料，就可以預測一些結果，這個概念在一些較簡單的系統中或許是成立的，但在一個較複雜的系統中卻無法如此。教育系統是一個對外界環境開放的體系，政治、經濟、社會潮流等均會影響教育內容，它也是一個相當複雜的系統，一些科學哲學家就借用現代科學所發展出來的模式，套用在社會科學中而產生「複雜理論」，它有幾項中心概念：

（1）不可預測性：複雜系統是資訊交互作用的網路所描述的系統，它是開放且不斷收到回饋，使它在一些環境下無法預測。

（2）回饋：資訊的流動和從環境中得到的結果，使得複雜的有機體能夠生存下來。

（3）地方性組織與中央的控制相對立。

（4）混亂的情況下，自發性的發展出不同且有效的組織。

混沌理論告訴你簡單的行為規則能產生極其複雜的變化，但對生命體系或演化的基本原則談得不多，也沒有解釋從散亂的初始狀態如何自我組織成複雜的整體。更重要的是，混沌理論沒有回答最重要的關鍵問題，宇宙中為何不斷形成結構和秩序，這正指出它的理念深度而有待彌補。而這就是繼混沌理論之後出現的複雜理論所要「完成的使命」（周慶華，2004b：167～172）。

複雜理論，它是在混沌理論的基礎上或超越混沌理論而發展出來的新興科學；它所要彰顯的特點是「走在秩序和混沌邊緣」（齊若蘭譯，1995；周慶華，2004b：167～172）。事實上，所有的複雜

系統都有一種能力，能使秩序及混亂達到這種特別的平衡。複雜理論應用在經濟學上，改變了舊經濟理論一貫主張的「負回饋」或「報酬遞減」觀念，而提出「正回饋」或「報酬遞增」的新說法。混沌理論的不足處，就是只提到在開頭輸入的小差異就會造成「蝴蝶效應」般的變化，而無法進一步說明那一變化過程是怎麼可能的；而這在複雜理論中以「偶發」或「意外」的因素來解釋，特別有使人警醒的作用。也就是說，蝴蝶效應的發生，幾乎無法預料；如果我們也向混沌理論的提倡者那麼樂觀（認為它一定會發生），那麼難免會錯估形勢而以抱憾收場。複雜理論和混沌理論必須「聯合」為用，才能比較有效的解釋事物存在的規律。因為當中有序／無序互轉的觀念還是來自混沌理論，而所加入的複雜理論則有修正或調解混沌理論的效果（周慶華，2004b：167～172）。由此可知，學習者才是學習過程中真正的主體。而教師的任務就在提供適當的學習刺激及情緒的支持，使學生的認知結構經常保持在混沌邊緣。學習者有機會對同一題材進行反思，都有助於學生不斷調整其認知結構。

　　新移民女性在學習第二語言時，因為學習是非線性的，學習的結果無法事先預知，影響其學習成就的因素很多，包括個人的學習動機、先生的與夫家態度，與教學者的互動……等，任何一個變因都可能影響其學習成果。以本研究個案阿鳳為例，依混沌原理她是一個主體，嫁來臺灣後對她的人生投入變數，產生變數因子可能是阿鳳的婆婆、公公、先生、小孩、教她第二語言的老師、甚至是跟她接觸過的任何其中一個人。這些變數因子就是加入複雜理論進一步說明那一變化過程是怎麼形成的。例如：阿鳳剛嫁來臺灣，為了早日擺脫文盲，她有了學習華語動機，真實情境裡阿鳳的先生贊成、公婆也支持的，學習過程中，老師有心栽培她，使她的學習順利，各方表現且比其他新移民女性凸出。如果投入一些變因，阿鳳的學

習結果會不會有所改變？變好或變差？第一種假設：她在第一次的學習語言課程時遭到先生與公婆的強烈反對，阿鳳會變成怎樣？第二種假設：她在第一次的學習語言課程時先生同意但是公婆反對，阿鳳又會變成怎樣？阿鳳在學習第二語言的過程中沒有接觸到傅濟功老師（臺東縣外籍配偶協會理事長）或研究者本人（我），阿鳳又會變成怎樣？而這些變因就是複雜理論所指的「偶發」或「意外」的因素介入而造成她的不可預知結果的混沌現象。

（三）信實度檢核

　　為落實研究的信實度，本研究採取三角測定法及研究參與者的檢核。前者將初步觀察與訪談所得資料，經由歸納整理後，再透過進一步的觀察與受訪者接觸加以求證；後者，則將資料分析結果給受訪者參考，並聽取他們的看法而將資料重新檢視與評估。

第四章　研究結果與分析

第一節　阿鳳的跨文化學習與蛻變

　　阿鳳（化名），1975年出生於越南，父親為房屋建商，母親大學畢業後在軍營擔任護士。阿鳳在家排行老大，在她五歲時，父母親離婚，父親再娶自組家庭後，對她們很少過問。阿鳳跟三個弟妹由母親獨自扶養，沒多久母親也改嫁了。由於父母親離婚時阿鳳還小，所以阿鳳對父親比較沒有印象，母親雖然改嫁，但是幾年後母親離婚了，從此她們姐弟四人跟母親、舅舅一起生活至今。

　　因為母親工作的關係，阿鳳可以在母親任職的軍營附設幼稚園免費唸書，而且唸了兩年。對她而言這是她童年生活中最快樂的時光。父母離婚後，家庭經濟不再像以往優渥，身為老大的阿鳳在唸完小學五年後，因為成績優異，繼續升學，唸完國中四年後，就沒再繼續升學了，負起分擔家計的工作。直到二十二歲，經由仲介介紹嫁到臺灣，先生雖然行動不方便，但對她很好。因為阿鳳生性樂觀、刻苦耐勞、又肯學習有禮貌，不但公婆疼愛，也深獲同儕歡迎。阿鳳嫁到臺灣轉眼已十二年，先生自己創業開店，已逐漸步上軌道，三個小孩也很懂事，阿鳳在各方面的表現獲得一致的認同，但她不因此而停下學習腳步，對於她的未來，她早有規畫，她正朝她的目標一步步的向前邁進。

一、原生母國的語言學習

（一）母語的學習環境與經驗

1、快樂的學習經驗

阿鳳原生母國生長環境跟她嫁的夫家很相似，父母的工作條件及所得在當時的社會而言屬中上，也因此她比同年齡的小孩幸運，可享有兩年免費的學前教育。隨著父母離異，她的生活改變，經濟雖然不如以往優渥，但不因此改變她不服輸及樂觀的個性。

阿鳳五歲開始唸幼稚園接觸學習，學習對她而言是快樂的，她從不畏懼也不抗拒，充滿了自信。談到她上幼稚園第一天上學去，「第一次上課的心情如何？」阿鳳毫不猶豫的說：「我一點都不緊張、也沒有哭著找媽媽。」或許是因為家中排行老大的關係，從小就很獨立，爸爸、媽媽也很信任她。「什麼情形會讓妳緊張？」

阿鳳試著回想，「好像都沒有。」在求學的過程中有些人可能因為作業沒寫完或因為不懂，而有不想上學的念頭，但問及阿鳳有沒有過這樣的經驗或想法，阿鳳則是非常肯定的說：「從來都沒有。」

（訪A摘2007.03.05）

因為小時候家庭經濟優渥，父母工作順利，家庭氣氛和諧，阿鳳在家是父母的掌上明珠，在學校是班上同學的開心果及發號施令者，也是老師的小幫手。至於學習成績，「在學校成績好嗎？」阿鳳說：「我們班上最少都有四十個學生，雖然不是每次都考第一名，但一定都保持在前十名。」「有補習的經驗嗎？」「沒有，因為老師上課教的我都聽得懂。」阿鳳放學後回到家唸書不需要大人在一

旁督促，爸爸、媽媽則是忙著自己的工作，從不會擔心她。「求學
過程還順利嗎？」阿鳳說：「很順利也很快樂。」

（訪A摘2007.03.12）

　　阿鳳一直保持著愉快的心情學習，直到大人們的感情生變，家
庭也變了，爸爸不再回家了，媽媽也開始晚歸了。「父母離婚有影響
妳的心情嗎？」「我當時年紀小不懂什麼是離婚，只知道爸爸就不再
回家了。」因為爸爸在阿鳳還很小的時候就離開家了，因此阿鳳對
父親沒什麼印象與記憶。

　　「對爸爸的離開不諒解嗎？」

　　「因為爸爸很早就離開我們了，對爸爸沒什麼印象了。」

　　「爸爸後來還有再回來看妳嗎？」

　　「很少，幾乎沒有。」

（訪A摘2007.03.16）

　　父母的離異，對阿鳳而言是無法改變的事實，也是造成她生活
改變的一大關鍵，大人的世界她不想了解，因此她選擇遺忘。

2、同儕的關係及在學習過程中扮演的角色

　　阿鳳因為在家中排行老大、個性活潑又樂觀、平易近人、待人
親切又樂於助人，常常把笑容掛在臉上，頗受同儕歡迎。

　　「妳在越南有跟同學吵過架嗎？」

　　「我是班長，沒有人敢跟我吵架。」

　　「妳對同學很兇嗎？會不會擔心沒有人敢跟妳作朋友？」

　　「我不兇，我的朋友很多。」

　　「在學習過程中遇到問題或困難，同學會幫妳嗎？」

　　「都是我幫助別人比較多。」

（訪A摘2007.03.22）

　　當同學在學習過程中遇到困難或不懂的地方，阿鳳表示她從不會因為怕同學成績贏過她而故意隱瞞不說，這樣的想法一直到現在不曾改變。

　　3、師長扮演的角色。

　　阿鳳因學習認真，不但功課好，也是老師的小幫手，教過她的老師對她的印象都很不錯。

　　「老師對妳兇嗎？」

　　「我們越南的老師很嚴格、很有權威，但是對我很關心。」

　　「妳敢問老師問題嗎？」

　　「不常問，但是真的聽不懂還是會問。」

　　「老師的回答妳滿意嗎？」

　　「還可以啦。」

　　隨著學習環境的改變、師長所扮演的角色對阿鳳而言也有不同的意義。

　　「這裡的老師跟越南的老師比起來有不一樣嗎？」

　　「這裡的老師有的年齡跟我很接近，又很親切，容易接近，也比較關心學生，越南的老師比較嚴格、權威。這裡的老師除了上課教我們認字，下課的時候還會跟我們講跟生活有關的事，一次的課程上完後，大家都成為好朋友。這裡的老師對我而言，有一句成語可以形容『亦師亦友』。」

（訪A摘2007.03.30）

　　阿鳳到臺灣十二年來上過的課程多到連自己也數不清了，由於擔任外籍配偶語言學習班課程的老師大多為小學的女老師，年紀大多很年輕，加上阿鳳較其他外籍配偶活潑、好學，因此教過

她的老師幾乎都會對她留下深刻的印象。而這些老師除幫助她學習，也成為她生活上無話不談的好朋友。

（二）母國語言的學習策略

1、母語語音的學習策略

越南國小學制是五年、半天制，由於國小不是義務教育，所以學費收的很高，一學期的學費是臺灣的兩倍以上，對於普遍經濟狀況不是很好的一般家庭而言，是不小的負擔，如果同時有兩個或更多的小孩在唸書，負擔更是沉重。由於學費已經很昂貴，一般家庭已經快負擔不起，更不可能還讓小孩參加課後輔導，所以一般受教的主要來源是課堂上的學習。

「課堂上老師講的內容都聽的懂嗎？」

「大部分都聽得懂。」

「聽不懂怎麼辦？」

「越語很好學，只要學會基本的字母，再學拼音就沒問題了，加上我們平常都有在講，所以感覺比較容易學。」

「有查字典的習慣嗎？」

「學越語的時候幾乎沒有在查字典，只有學英語的時候，字不會唸的時候才會查字典。」

因為是母語的關係，阿鳳學習較得心應手，因為當時也要學英語，這是阿鳳第一次接觸第二語言，如有不會唸的字，阿鳳最常尋求解決的方式是查字典。

「英文老師有教妳怎麼查字典嗎？」

「因為我們越南語的二十九字母就是英文字母，也是有分大小寫，不同的是我們書寫時是用拉丁字母。所以對於英語比較不陌生。」

　　英語是阿鳳第一次接觸的第二語言,因為跟她的母語有部分重疊,所以對阿鳳而言不覺得吃力。

　　「學習母語有沒有讓妳覺得比較困難的?」

　　「如果要說比較困難的話,剛開始學的時候,發音比較困難,因為每個聲調的發音準確與否都會直接影響語義的表達,不同的聲調就有不同的語義,剛開始學的時候,這個部分容易出錯。」

　　「妳如何讓自己發音準確?」

　　「因為越語使用的是拼音文字,大部分音節可以按字母直接拼讀,但是在越語中有一些字母的拼寫和它所代表的語音卻不一致,我就利用一音一符的國際音標注音的方式來作越語語音的練習,在這之中我也發現自己犯的錯誤主要都是因為用自己已經習慣的發音來代替越語中相似的音。」

(訪A摘2007.04.10)

　　各種語言的語音都有自己的特點,越語雖然是阿鳳的母語,她在學習發音的過程中發現自己的錯誤,在了解錯誤的癥結所在後,試著找到解決的方法,下一番苦功,改掉以往錯誤的發音習慣。

2、母語語法的自我挑戰

　　除了語音之外,越南語法也有令阿鳳困擾的部分。阿鳳說:「越語因為是我的母語,說跟聽比較沒有問題,但在寫的時候就要注意語法的結構,語法錯誤會影響整個語意。」

　　阿鳳又表示:「越南在1904年以前,全國都是使用漢字,也因此,很多中文語法及唸法,深受到中文的影響。如果不是新創的中文字詞,則每個漢字,都有越南文的唸法,每個漢詞,也有越南文的唸法。如果知道一些常用漢字的越南文唸法,在很多的時候,我

們想要說一個詞，則把相對的中文漢字的越南發音照拼，這個標準越南詞就出來了。」

阿鳳進一步補充說：「因為語法上的差異，越語不能逐字翻譯華語，主要是因為越語和華語最大的差異是越語的形容詞必須放在名詞後面，例如：白貓則說成貓白（MEO TRANG）、大車說成車大（XE LON）、飛機越南就叫機飛。越南文只能記音，所以一個讀音會有不同的字義產生，例如：『ㄋㄧˇ』也有分成男的『你』（Co夠）、女的『妳』（Anh安），區分男人、女人。另外像疑問句也因不同的字產生不同的義，例如：問人家『你幾歲』，因為年齡的不同而有不同的問法。『em mấy tuổi？』主要針對十歲以下的小孩；『nh năm nay bao nhiêu tuổi？』則是針對十歲以上的人問你多少歲。另外問『多少』，也會因為量的不同而有不同的問法。」

「如何克服？」

「先把音學會，該背的還是要背，片語及句型也很重要，至於複雜的語法，要先熟悉之後，才能運用自如。」

阿鳳另外提到：「越南人認為，直接稱呼人家『你』是不禮貌的，只有罵人的時候才會用到『你』這個代名詞，所以我們跟人交談時，會將稱謂掛在嘴上，譬如稱對方或自稱為哥姐弟妹。如果你要問越南人的名字，他們會把自己的名字最後一個字報出來，而不會告訴對方自己的姓，除非是熟朋友。」

阿鳳了解到越南受中國文化影響很深，因此語言有很深的關聯。所以她深信只要學好越南語的發音方式，就能容易地學習越南話。而她也深刻體會到，語言的學習往往得搭配當地的文化與風俗，這樣才能學得道地。

（訪A摘2007.04.18）

二、來臺後參與第二語言學習

（一）參與第二語言學習歷程與經驗

1、積極參加政府機構與民間團體辦理的各種學習課程

踏上陌生的環境，不但人生地不熟，加上語言不通，哪裡也不能去，什麼事也都不能做，阿鳳急於擺脫文盲的處境，她積極參加各種學習課程。

「妳如何知道哪些政府機構與民間團體可以學習？」

「聽先生的朋友說的。」

「還記的妳第一次參加的課程嗎？」

「當然記得，我生完老大坐完月子，大概是在1998年，我先生幫我報名的。」

「是什麼性質的課程？」

「我只記得我的同學都是阿公阿媽，我們一起學拼音、認字，大概學了快半年。」

「妳學會什麼？」

「拼音、還有簡單的對話、單字。」

課程結束後，學校還辦了一場「掃除文盲」的徵文比賽，阿鳳在師長及先生的鼓勵下，初試啼聲就得到「入選」的殊榮，也獲得壹仟元的獎金。

「當時妳的同學除了妳之外，還有沒有其他的外籍配偶？」

「有，大概三四個，我就是在那時候認識阿水（化名）的。」

（訪A摘2007.04.27）

　　第一次學習新的語言對阿鳳而言是一個愉快的經驗。講到這段經歷，阿鳳言談之間充滿了自信，有了第一次成功的學習經驗，更堅定她往後繼續學習的決心。

2、與同儕的互動良好

　　說到曾經跟她一起上課的同學，阿鳳非常興奮。

　　「妳上了這麼多次課，有沒有交到好朋友？」

　　「十年前跟我一起上課的阿媽，到現在菜市場碰面都還會跟我聊天。」

　　「為什麼妳們感情這麼好？」

　　「我想可能是因為我上課很認真，他們不會因為我是外籍配偶而用奇怪的眼光看我或是不理我，老人家都喜歡認真的小孩，他們會在下課的時候問一些關心我的話，也常常在公婆面前稱讚我，偶而會請我吃東西。」

（訪A摘2007.04.30）

　　學習過程中因為有同儕的支持與幫助，阿鳳的學習更是得心應手。

3、夫家的支持是她學習的動力

　　有了第一次的快樂學習經驗，阿鳳開始注意哪裡可以繼續學習，接著她又報名參加豐榮國小辦理的識字課程。這次的同學大多是外籍配偶，而且越南籍的佔大多數，阿鳳彷彿回到了童年時期的學習，上課的感覺也很輕鬆。

　　「先生和公婆對妳出來上課會有意見嗎？」

　　「我先生和公公很喜歡我出來上課，因為出來上課可以學會說國語，也可以教小孩，出門也方便。」

　　「他們會不會擔心妳學太多會變不聽話？」

「一點都不會。我先生因為行動不方便，我每次上下課都是由公公騎摩托車接送，小孩由婆婆照顧，先生為了鼓勵我認真學習，還會送獎品給我。」

（訪A摘2007.05.05）

除了自身的努力，夫家的支持與鼓勵，讓阿鳳的學習無後顧之憂。講到這裡，阿鳳想到過世的公公，對於從小就缺乏父愛的阿鳳而言，公公就像是爸爸一樣，公公對她的好，她一直銘記在心。

4、從不拒絕學習

上了語言學習班之後，阿鳳在日常生活的語言溝通沒有問題，她可以自己帶小孩去看病，也會自己填寫資料，但是出門都要由公公接送，非常不方便，為此她去參加臺東縣政府委託臺東縣外籍配偶協會辦理的駕訓班課程。

「妳還參加了什麼學習課程？」

「我同時報名參加烹飪課、電腦課、美容課程，現在我有駕駛執照，也有中餐丙級證照，打電腦也沒問題，偶而也幫人做臉。」

（訪A摘2007.05.07）

對阿鳳而言，學習是多元且無止境的，她積極的學習態度，讓她的生活不再有適應的問題，因為她的傑出表現，她開始被大家注意了。

（二）跨文化語言學習與交際歷程

1、學習先從語言開始

阿鳳自覺到一個新環境要先學會聽、也能說、又看得懂，才能跟得上這裡的生活，也才能進一步學更多其他想學的。

「妳參加識字班學語言，有學到妳想學的嗎？」

「當然有，而且很多，跟其他的同學比較，老師都說我學得很好，我也常常考第一名。」

「妳覺得妳為什麼學得比她們好？」

「因為我上課非常專心，也很認真努力學習。」

從以前在越南到現在的臺灣，無論上什麼課、老師是誰、同學好不好相處，從未曾影響阿鳳認真、努力的學習態度。

「妳覺得妳在語言學習班學得比較多，還是家裡、或其他的學習管道？」

「在課堂上跟老師學得很多，先生也教我很多；現在的識字班大多用國小的課本教學，內容比較死板，也比較少課本以外跟生活有關的知識。所以我有空會看報紙、雜誌、故事書、上網，提升自己的知識。」

（訪A摘2007.05.12）

阿鳳對於學習較自主，對於上課的方式及課程內容希望能更多樣化，不喜歡一成不變。

2、先生是最佳老師

阿鳳的夫家雖然受教程度普遍不高，但對阿鳳的學習卻非常支持，尤其是先生與公公，先生甚至為鼓勵阿鳳能有更好的表現，準備貼心小禮物當獎品。

「在語言學習過程中哪些問題最困擾妳？」

「比較抽象的字很難懂它的意思，例如『感覺』這兩個字令我印象深刻真難懂。」

「妳是怎麼讓自己懂？」

「我先問老師，可是老師的回答我不是很懂，回去問我先生，我先生就伸出他的手直接觸碰我的背，然後叫我閉上眼睛並問我有什麼感覺，哇！原來這就叫感覺。」

（訪A摘2007.05.24）

談到這段學習過程，坐在一旁的阿鳳的先生印象非常深刻，他也不諱言的表示：「外籍配偶學國語，她們的程度跟小學生學國語很類似，教她們時儘量用她們聽得懂得的說話方式跟她們溝通」，並強調「越簡單越好！」除了感覺這類抽象的語詞外，「因為文化不同而有一些名詞、歷史人物、習俗，對她們而言都是很陌生的。」

阿鳳對於電視上的政論節目中談論的「蔣介石」、戲劇節目上演的「廖添丁」感到好奇，而對於過年拜拜時要準備鳳梨也感到奇怪，在日常生活中不經意聽到的一些鄉土俚語，她也很難了解其中的涵義。「這樣的情形在阿鳳剛嫁過來的前幾年常常發生，尤其每當從學校上課回來問題更多。」阿鳳的先生說，光是「蔣介石」、「廖添丁」就花掉他很多時間去解釋，為了讓阿鳳能認識更多臺灣代表性歷史人物，他買了一些名人傳記陪阿鳳看，「阿鳳一邊讀，我則在一邊幫忙解釋。」

（訪D摘2007.05.24）

阿鳳與先生的感情也因語言學習過程中的互相扶持、切磋而更加濃厚，也因為在學習語言的過程中更進一步了解對方，並感受到對方的優點及對家庭、未來生活的使命感。

3、不會說話的老師

當學校老師及先生給她的答案她都不滿意的情況下，她會求助於她的另一位老師，也就是阿鳳口中常常說的從不開口說話的老師

——「字典」。為了能儘快學會新字或知道得更多，阿鳳還會上網查詢她想知道的專業知識，也會看報紙、雜誌，多認識生活上的用語，或是跟小朋友一起看繪本、故事書。至於阿鳳是「怎麼判斷學到的是正確的或錯誤的？」阿鳳則表示：「我出來上課，回到家都會跟先生說我學了什麼。我如果沒有說，先生也會問我。先生會要我唸課文給她聽，我常常被先生糾正發音，還有拼音。」

對於先生教她的部分，雖然有時候會教得跟老師教得不一樣，阿鳳則是以查字典或上網查詢來尋求最正確的答案。除了查字典、看報紙、上網查詢，阿鳳也會在從電視連戲劇中的對白或日常生活中別人的對話中學習應對進退。

對於外籍配偶而言，嫁到一個陌生的國家，學習第二語言已經很吃力了，但好不容易會聽、會說，但卻不會運用、甚至不懂字的意思，尤其是蘊藏有文化意涵的詞更是難懂。如何去克服這個問題？阿鳳認為：「注音符號和生字是一定要背的，背了以後要怎麼運用在日常會話才是最重要的。課堂上老師雖然會解釋詞的意思並以練習造句的方式教我們怎麼用，但這樣還是不夠，看電視連續劇學習劇中人的對白是不錯的輔助學習對話方法。」阿鳳進一步解釋：「連續劇裡的人物都是我們日常生活中常看到的，他們的對話簡單、情節的發展也貼近日常生活。在學習語言的同時，還可以學到一些人情世故及待人處世的方法。」

現在的阿鳳，偶而還是會看看電視放鬆心情，為了想了解一些名人成功的方法，她看名人傳記，例如臺灣首富郭台銘的傳記。阿鳳說：「光只有聽、說，了解的畢竟有限，只有閱讀才能讓自己記得久。」

（訪A摘2007.06.05）

　　對第二語言學習者而言，學習華語時認知最方便的單位是「字」，而不是「詞」。「字」在一定範圍內可視為語素。語素是具有表達（語音）與內容（意義）兩個方面的最低一級的語言結構單位，掌握了語素，對華語學習者來說，再進一步構成詞、詞組、句子等更高級的語言單位，相對說來較為容易。這個過程更符合人們的認知與語言心理的規律。阿鳳試著將詞放在相應的字義下，及用語素義解釋合成詞的詞義，可以幫助阿鳳對字有更好的理解與記憶。

4、活到老學到老

　　一直到現在都可以在各研習活動中看見阿鳳的身影，不得不佩服她的毅力與好學的精神。

　　阿鳳在研究者辦理的「繪聲繪影繪童年」性別平等教育兩天的研習中，她擔任「越南繪本欣賞」、「越南麻布筆記實作」課程的講師。由於這是她第一次授課，第一天的越南傳說故事──〈阿米與阿糠〉，阿鳳出現難得的緊張表情，直立在講臺前，因為情緒的影響，說話的聲音出現微微顫抖，甚至支支吾吾、最後幾乎是看著讀本匆忙讀完它。阿鳳對自己的表現非常在意，難過的掉下眼淚。

（觀A摘2007.07.21）

　　第二天的越南傳說故事，阿鳳講的是〈檳榔的故事〉。一掃前一天的陰霾，阿鳳穿梭在課堂之間，搭配著肢體動作，恢復她原有充滿自信的表情。為了吸引小朋友的注意力，她還準備越南小甜點當作獎勵品（她先生曾用這種方式鼓勵她）。「越南麻布筆記實作」是她的強項，只見她靈巧的雙手，不一會兒工夫就把越南麻布筆記完成了。

　　在這兩天的研習當中，除了當了三節的講師，她同時也是學員。在「圖畫書創作」中，阿鳳對授課老師準備的有聲圖畫書及立體圖畫書非常好奇且感興趣，利用休息時間實際操作多次，研究圖畫書

聲音怎麼來的、怎麼讓圖畫書變立體，並主動求老師教她做。當天，全班只有阿鳳把圖畫書創作完成。

（觀A摘2007.07.22）

常常跟阿鳳接觸過的人甚至是阿鳳的同鄉姐妹都曾問過阿鳳這樣的問題：「妳都那麼優秀了，為什麼還要繼續參加學習課程？」阿鳳的回答是：「中國字是一大挑戰，中國人有一句話『活到老、學到老』——一直到老都要學的意思，我一直記在心裡。我現在雖然聽、說都可以了，但是讀和寫還是不行。尤其是比較深意思的字或句子我可能就不懂了，有些心裡想的沒辦法用寫的表達出來，這一直是我最需要再改進的部分。」

（觀A摘2007.07.23）

對阿鳳而言寫作一直是她的弱點。而目前政府機關所開辦的識字班課程，主要是讓剛嫁過來的新女性移民學會說日常生活中的簡單對話，沒有針對學習有一定基礎的外籍配偶開設較專業的課程；雖然偶而有「外籍配偶種子教師培訓」的研習，但大多是一兩天的簡單課程，師資也不夠專業。

「目前臺東縣政府所開設的學習課程，妳覺得有符合妳的需求嗎？」

「都還不錯，我只要有空都要會去參加，而且一定帶我的三個小孩去。」

「如果要自己付參加費，妳還會繼續參加嗎？」

「如果適合自己、又是自己想上的、學費又不會很貴，我會去上。」

至於先生和婆婆會不會反對，阿鳳則是很肯定的回答說：「應該不會。」

（訪A摘2007.06.13）

阿鳳平時會去妹妹家疊茗葉貼補家用，偶而機關、學校會聘請她擔任東南亞文化課程講師，因此有一些額外的收入。

三、第二語言學習策略

研究者設計了與語言學習過程、語言和交際及自我管理有關的問題二十六題，與阿鳳進行對話，了解她學習華語時所使用的策略，包括課前、課中、課後各環節，引導她回顧所使用的策略，特別是成功的經驗，深入探詢她使用不同策略的環境，如課堂內和課堂外，以及她對不同學習策略的運用產生影響的因素，如學習內容、學習方式、談話對象以及學習動機等等。訪談的特點在於研究者以預先設計好的問題，去了解受訪者的想法、意見和態度，受訪者在訪談過程，接受類似問題情境的刺激，使得研究者所收集的資料不會太偏離主題，為使整個訪談進行過程交談自由度大，研究者依據實際狀況，對訪談問題作彈性調整。研究者並實際進入阿鳳學習場域就訪談大綱結果進行觀察，藉以交叉比對檢核訪談內容。接觸學習者面廣，容易對調查各項目之間的交叉關係作比較全面的了解，重點凸出且能針對特點進行深入的探詢。

（一）第二語言學習策略的運用

因為不想當一個不識字的文盲，阿鳳嫁來臺灣就積極學習新語言，對於新女性移民而言，參加學習課程必須徵求夫家的同意，阿鳳較其他一起嫁過來的姊妹幸運的是，夫家對她非常信任，也支持她所有的學習，先生更是促使她進步的推手。除此之外，阿鳳個人獨特的學習特質，主動投入學習環境，並以不同的方式學習，例如：

把握各種學習機會，主動參加語言學習課程，急著想融入臺灣社會的學習動機，加速了她的學習。

1、課堂上的學習

「妳嫁來臺灣之前完全都不會說華語嗎？」

「不會。」

「妳覺得華語和越語哪一個比較難？」

「華語要說和聽不難，但是要寫和讀就比較難。」

（訪A摘2007.06.20）

阿鳳所以覺得不難，是因為她學到新單字時會運用字卡、圖案、或是有聲的CD、DVD等，藉由視覺和聽覺的刺激加深印象，更重要的是她的先生會時常糾正她的發音。

對此阿鳳的先生則有不同看法，她認為因為受到母語發音的影響，對阿鳳而言，「發音是最難的。」他回想阿鳳剛學拼音的時候不但四聲不分，ㄑ、ㄒ、ㄙ、ㄖ這幾個音她根本無法正確的唸出來，談到糾正她的發音的這段歷程非常辛苦，但因阿鳳目前發音已非常標準，作先生的他也頗有成就感。

我問他：「阿鳳現在發音這麼標準都是你的功勞吧！」他說：「是她自己很認真、努力、常聽、常說又不怕唸錯被取笑。她剛開始學國語的時候每次放學回來就問我這個字怎麼唸、那個字怎麼唸、印象中『小橋』這兩個字她總是唸成『橋橋』，因為她不會發『ㄒ』的音，但是當唸『小孩』時她又可以正確唸出『小』的音。為什麼會這樣？因為我不是專家所以不知道原因，我猜想可能是『ㄒ』跟『ㄑ』不能擺在一起唸吧！」「怎麼糾正過來？」「一定要有耐心，不要先急著糾正她，放鬆心情陪著她反覆唸，因為她越緊張舌頭越容易打結。」

（訪D摘2007.06.20）

　　阿鳳的先生笑著說因為怕教錯了，教阿鳳以前自己還要先做功課，無形中自己也學到了不少。阿鳳的先生也承認一直非常注意阿鳳的發音，直到現在他只要聽到阿鳳發錯音還是會立即糾正她。

　　「對於上課的內容妳聽懂多少？妳常常發問嗎？」

　　「幾乎都聽得懂，聽不懂我就問。我不是只會問，如果老師問問題時，我也會主動舉手回答，同學跟老師都說我是『有問有答』。」

（訪A摘2007.06.29）

　　對於聽不懂的內容，阿鳳會馬上舉手發問，她不覺得聽不懂是一件丟臉的事，也不會因為不好意思而消極接受上課內容。

　　教過阿鳳識字的陳老師對於她在課堂上的表現印象非常深刻。尤其阿鳳常發問，常舉手發表。談到阿鳳在課堂上的語言表現，陳老師說：「因為大部分外配白天都要工作或帶孩子，晚上上課時，精神不濟是很正常的，可是阿鳳上課總是很專心在聽。在聽和說的部分，阿鳳學習很積極，老師講課時，遇到沒教過聽不懂的詞彙（例如專有名詞、成語），大部分的學生不好意思表示不懂，較認真的外配可能會抄下來回家查，很少人會提問，可是阿鳳是屬於那種不懂就會問的人（很勇於表達自己的看法），甚至在老師解釋詞意後，阿鳳還會自己舉例，用『是不是……情況』再向老師確認詞彙的用法，這可能是阿鳳對詞彙的掌握度比其他相同學時的外配好很多的原因。至於在讀和寫的部分，我教阿鳳時，是和傅老師一起教課，當時傅老師要求學生每次上課後交出一篇短文作業，很多學生礙於語文能力或時間不足，所以這個作業常常只有1/5的學生交出，但阿鳳幾乎沒有缺交。阿鳳對孩子的教育很關心，會親自看孩子的作業，不懂的詞彙會問人或查字典，這也是阿鳳語文能力較佳的原因。另外，阿鳳提過，自從家裡裝了網路，她可以用email和朋友通信，也可在網路上搜尋各種資訊，原本就興趣廣泛的她，透過網路，也間接的提高了讀寫的能力。」

「在怎麼樣的情形下阿鳳會主動提問、發表？」陳老師說：「一般外配的生活重心在家庭，所以多數學生關心的議題也多限於家庭生活，但阿鳳對於臺灣社會文化等各種議題也都有興趣，在老師提及臺灣一些社會現象時，阿鳳常常能提出自己的觀點，並跟越南的狀況作比較。這可能和阿鳳個人本身求知慾強，也可能和阿鳳在國小擔任義工媽媽，家中又經營生意，常跟客人以及國小老師、臺灣媽媽聊天討論有關。所以阿鳳較能主動提問，對於老師上課提及的各種主題都能提出自己的想法。記得一次練習『結果』的造句時，阿鳳舉手一口氣用『結果』造了三個句子，她會將單字融入句子中做練習，將『結果』這個新詞放入不同的情境中運用，以幫助對『結果』這個新語詞的理解。讀一篇新課文時，她會試著用肢體語言來輔助或用較簡單的字句和文法來表達。」

（訪G摘2007.07.29）

「對於課堂上聽不懂的內容，妳會用什麼方法讓自己懂？」

「我會查字典。」

阿鳳學習新字時，為了能對新字及用法有更深的理解，她最常使用的工具書是「字典」。阿鳳說：「查字典不但可以讓我認識這個字，還可以進一步了解這個字可衍生出的詞和句子。」阿鳳舉例說：「例如老師在課堂上教『保』這個新字，透過字典我可以更清楚的知道『保』這個字可以跟很多不同的字搭配而成『保持、保護、保養、保存、保守、保留』等詞，這幾個詞雖然都有一個『保』字，但配了不同的字，意義就不一樣了。」

華語絕大多數的複合詞，其字義與詞義有密切的聯繫，字義在詞義中的作用很明顯。對於外籍配偶而言，類似這樣含有相同語素的詞往往因為很難區分，在使用上容易搞混，借助於字典可以解決這類的困難。

「老師在課堂上有教過我們怎麼查字典，但真正讓我體會到字典很好用的是我先生。」阿鳳說她的先生因為經營刻印業，所以對字的正確寫法非常敏感。

（訪A摘2007.07.07）

對此，阿鳳的先生說：「我們查字除了用部首查之外，還可以用注音去查字，但對像阿鳳這樣的外籍配偶而言，她們因為不會唸才要查，無法使用注音查字，只能用部首查。」

「你怎麼教她查？」

「我用的是笨方法，我教她先把字拆成幾個部分，再根據這幾個部件去查，大部分的字都可以查得到。例如阿鳳姓『胡』，我會教她先將胡拆成『古』、『月』兩個部分，先用『古』去查，如果查不到再用『月』去查。中國字不是左右合併就是上下合併，先將字拆開再查一定都查得到。」

（訪D摘2007.07.07）

一旁的阿鳳在旁邊問說：「那『回』怎麼拆？」，先生回答：「就拆成『大口』跟『小口』。」

（觀A摘2007.07.07）

研究者進一步詢問阿鳳是否就像先生教她的方法查生字，阿鳳回答：「是。」研究者再問：「用這樣的方法查生字，有沒有查不到的字？」阿鳳想想後回答說：「沒有。」

（訪A摘2007.07.07）

「其他同學的學習活動，妳會很注意嗎？」

「不大注意，我都專心學自己的。如果別人需要我的幫忙，我會去幫她。」

「妳會參與班上的團體討論活動嗎？」

「會。」

阿鳳經由與他人的交流來學習，包括主動提出問題、與他人合作學習及運用同理心，與其他的學習者組成讀書會，交流對華語的學習心得。

「課文的重點妳會畫線、做記號、記筆記嗎？」

「會。」

（訪A摘2007.07.18）

在閱讀一篇語文材料時，對其中重點字、詞、句進行標注，用不同符號代表不同含義，對學習材料進行適當標注，能使學習者快速找到和複習課文中的重要信息，使學習者學到更多東西。擅於做筆記、善於歸納、整理筆記的學習者，也能及時意識到學習中的重點、即時查缺補漏，使學習更為主動、更有計畫、更富成效（王曉華，2004：133～134）。阿鳳她在唸一篇新文章時，除了做重點筆記、大意摘要，以及設法標出各段的重點，這些都有助於理解學習內容。

說著說著，阿鳳還拿出她以前參加語言學習班的上課筆記，一旁的先生也湊過來看。阿鳳邊翻筆記邊喃喃自語的說：「看到這些筆記好像看到自己當時學習的樣子，有些自己現在都看不懂，不過越到後面寫的越好。」說完看著一旁的先生，先生則連忙笑著點頭。阿鳳的先生拿起阿鳳參加仁愛國小徵文比賽時的練習簿說：「才第一次上課就想參加徵文比賽，還叫我直接唸給她寫。」我問：「你就唸給她寫嗎？」「我教她先把自己想要講的話用自己會寫的字寫下來，真的不會寫也可以用注音的。」她先生回憶說：「光是題目裡的『文盲』這個詞的意思就跟她解釋很久。」

（訪A摘2007.07.18）

2、課堂外個人學習

對外籍配偶而言，課堂上的學習時間及內容有限，如果要在短時間學好第二語言，課堂外的個人學習相形之下更為重要，課堂外的學習管道很多，阿鳳知道何種學習模式對自己最有效，會儘量找機會練習所學習的目標語言，並善用各式的參考資料及資源，包括閱讀書報、收聽廣播、閱讀傳單標語。

「老師還沒教的，妳會先預習嗎？預習哪些內容？」

「有時候，因為沒有那麼多時間。但我都會先查生字、唸課文。」

「妳有在複習嗎？複習哪些內容？」

「因為沒有時間，考試前才會複習，複習比較難懂的部分。」

「妳有背課文的習慣嗎？」

「覺得很重要的才背。」

「閱讀時會要求自己每個字都要看懂或是懂大概意思？」

「我一定要全部看懂。」

阿鳳認為閱讀報紙可以增加自己對字的印象，跟看電視、聽廣播是不一樣的。「我不喜歡死背，但是生字一定要背。閱讀一篇文章或故事時，我一定要了解內容。」

由於阿鳳曾得過臺東縣外籍配偶朗讀比賽第一名。研究者好奇是否阿鳳本身就有朗讀方面的天份，小時後是否常參加過朗讀比賽。阿鳳連忙解釋，她以前在越南不曾參加過朗讀、演講等比賽，是嫁來臺灣學華語後，才發現自己可以上臺講話。

「除了朗讀以外，我對詩歌朗誦也蠻有興趣的，去年臺東縣政府辦理外籍配偶多元文化觀摩表演，我們協會表演的『湄公河畔的詩與歌』就獲得特優。朗讀跟詩歌朗誦表演的方式還是有些不同的。朗讀要唸的清楚，詩歌朗誦則是要將感情融入詩歌中。」

　　阿鳳了解在語言學習過程中，能藉由聲音表情賦予語言情感，傳達給人。

　　「閱讀的過程中有看不懂的地方，怎麼解決？」

　　「先看上下文猜，如果猜不出來就問先生，先生沒空我才自己上網查資料或查相關書籍。」

　　「有安排其他活動加強自學內容？」

　　「看故事書、報紙、雜誌。」

（訪A摘2007.08.01）

　　阿鳳勇於嘗試，當碰到不認識的單字或是聽不懂的對話時，她不會因此停止學習活動，仍會靠上下文或是對方的肢體語言與表情來猜測意義，除了運用原有的語言知識猜測外，也會運用豐富的創造力，大膽嘗試運用目標語。教過她的陳老師及她的先生都這麼認為。

3、真實的語言環境

　　「為了提高會話能力，妳會用什麼方法訓練自己？」

　　「多跟別人交談或是看報紙、看電視、聽廣播、看雜誌。」

　　「跟人對話聽不懂妳會採取什麼解決辦法？」

　　「如果跟對方很熟，就直接問對方，如果不熟就記下來回去問先生或查字典。」

　　「妳會主動找人交談嗎？」

　　「會。」

　　「妳會不會因為擔心對方聽不懂妳講的話，而不敢跟對方講話？」

　　「不會，因為先生開店的關係，店裡常常有客人進進出出，有些客人講的話我聽不懂，我還是會用我會講的字跟對方交談，不管自己講的是對或錯，只要能表達自己的意思就行了。」

　　日常生活中與人交談時，阿鳳會儘量找機會練習所學習的目標語言，把握各種練習機會，當她的語言表達不清楚某一物件或事件時，就可能選擇那些可以用現有的語言能表達得清楚的物件或事件，選擇自己比較熟悉的詞彙與別人交談。

「平常跟人對話時妳都使用妳熟悉句子嗎？」

「我會儘量用新學的句子。」

（訪A摘2007.08.10）

　　阿鳳知道這個新詞彙結構不正確，但對她來說有足夠的語意特徵可以表達意義，也就是說「這樣的表達雖不夠準確但也不影響交談」有時候「為了表達某一個概念或想法自己會造出一個新詞。」在交談過程中不能說出某個詞彙或結構，她「透過描述事物或行為特徵的方式來達到交際目的」，甚至搭配「肢體語言。」阿鳳自己舉例，她不了解詞彙「長命百歲的人瑞」，她會選擇使用「可以活得很久的老人家」來替代。

（觀A摘2007.08.10）

4、借助母語情形

「妳聽、讀國語時會習慣先翻譯成母語再了解嗎？」

「自從我上課以後就不會了。」

「妳說、寫（表達）國語時會先用母語思考再翻成中文嗎？」

「剛學的時候會，現在已經不會了。」

「妳會依賴母語語音注音嗎？」

「剛開始會，現在已經不會了。」

「妳記生字用什麼方式？」

「直接背，有時候有邊讀邊的用猜的。」

　　阿鳳說：「因為越南語的結構比較接近英文，跟華語最大不同是用越南語是用字母拼音的，有五個音，舉例來說：在這裡形容女孩子長得不錯，可以用『漂亮』、『美麗』、『清秀』來形容。越南話的形容詞也是有同樣的情形，依據不同程度作區分，使用上要依句子的上下文而定，如果依程度來說，『美麗』的程度、等級最高。所以如果要將華語直接翻譯成越南語時，遇到『同義字』時，也要看句子的上下判斷使用正確的語詞。如果是這種情形我還是會先寫成越南語再唸出來」。

（訪A摘2007.08.24）

5、運用目的語（華語）情形

「妳平常對話時大多用華語嗎？」

「如果對方是越南的同鄉，就用母語，如果是這裡的人就用國語或臺語。」

「妳記筆記、寫重點時都用華語嗎？」

「是，如果遇到不會的就用注音符號代替。」

「妳會要求自己在任何情形下儘量不講母語，直接用華語嗎？」

「跟這裡的人我會。可是如果跟自己的同鄉講話像阿水她們，我們都用母語交談比較親切。但是別國的，像柬埔寨的我們就用國語或臺語。」

（訪A摘2007.09.10）

（二）學習後的蛻變

1、不斷地學習使自己更有想法

　　就女性主義認識論而言，她們認為認識觀點的差異不僅反映認識者與其他認識實體之間的關聯性，同時也關聯於認識者個人位居

的社會位置與歷史情境。十年的歲月，讓阿鳳從花樣年華的少女蛻變成三個孩子的媽媽。阿鳳因為她置身的位置，不僅在感官上形成個人對結構表象的意象，而且此意象受到特定歷史與文化生活影響，顯現一種對應自己的特殊價值、情感與觀念。阿鳳因個人的獨特特質以及強烈的企圖心，促使她在一個陌生的環境中也能開創出自己的一片天地。

「妳有沒有想過，如果妳沒嫁來臺灣，會過得比現在好嗎？」

「不知道。」

「經過這些年的學習與生活，妳覺得妳有改變嗎？」

「有，當然有。」

「什麼地方改變最多？」

「想法。在面對困難的時候自己想辦法解決。不希望因為自己外籍的身分而比別人差。」

「妳有覺得別人因為妳的外籍身分而瞧不起妳嗎？」

「剛來的時候，公婆的朋友來我們家看到我會跟我公婆說『媳婦是外籍的哦』，那種口氣讓人聽了有點生氣。」

「妳會因為這樣而對自己是外籍的身分感到自卑嗎？」

「不會。」

阿鳳不僅不希望因為自己的外籍身分而遭人以異樣眼光看待，更不希望她的三個子女因為「外籍配偶子女」的關係而表現得比其他人差，因此她非常重視與孩子的互動及在校的行為與成績表現。

「三個小孩子的功課都是誰在教？」

「大部分都是我。」

「妳一個人應付得來嗎？」

「大兒子升上六年級有比較難一點。」

「哪一科？」

「國語有的字的意思比較深，社會更難懂，因為以前在越南唸國小學的數學跟這邊國小教的差不多，所以比較沒有問題。」

（訪A摘2007.09.23）

阿鳳參加任何活動幾乎都帶著三個小孩，她希望與小孩一起共同成長，更希望小孩日後都能有成就。

2、樂於助人而平凡過日子的人生觀

阿鳳目前擔任臺東縣外籍配偶協會的幹部及諮詢輔導志工，偶而移民署會請她幫忙翻譯，雖然佔去她不少時間，但她卻很有興趣，先生也很支持她。

「妳是怎麼想輔導幫助其他新女性移民？」

「因為自己的經驗，這些年一路走來有很多人幫過我，我現在有能力也可以幫助別人，而且我覺得自己可以幫別人是一件快樂的事。」

「當志工會佔去妳很多時間，婆婆或先生會不會有意見？」

「我都是在家人允許的時間內出來的。」

「當志工對自己有沒有改變？」

「會打電話來的姐妹們大部分都是因為有不好的事，聽了她們的事心裡會難過，很想幫助她們。」

（訪A摘2007.10.09）

阿鳳在許多研習活動的場合中，只要有機會她都會幫她的姐妹發聲、爭取權益。

「快樂學習新生活」是專為剛嫁來的新女性移民所開辦的座談會，座談會目的是希望藉由阿鳳的現身說法，將她的成功經驗傳承給參加學員，讓這些新嫁娘能早日適應臺灣生活，當天與會人員包括移民署代表。因學員聽、說華語能力有限，阿鳳自告奮勇的擔任雙向溝通的橋樑，而當有人提到在移民署辦理簽證時有被歧視的感

覺時，阿鳳像是有感而發憤憤不平的說出自己曾有過的遭遇，並且
毫不畏懼的建議取消一些對她們不合理的規定條文（例如：財力證
明、申請入新的國籍前要先放棄母國的國籍等）。

（觀A摘2007.10.13）

「對於未來，妳有什麼目標？」

「我想繼續升學，獲得較高的學歷。」

「大概是多高的學歷？」

「跟得上臺灣的一般學歷，最好是大學學歷。」

「妳想成為什麼樣的人、過怎樣的生活？」

「過跟一般人過的生活，做一個平凡人，希望未來把自己的文
化帶過來，小孩有成就，成為社會上有用的人。」

「妳最終會不會希望重回自己的故鄉？」

「目前沒有想那麼遠。不過可能性不大，因為已經習慣臺灣的
生活。」

阿鳳對於目前僅有臺灣的國小學歷，不是很滿意，但因為外務
太多，沒有時間上進階課程。儘管如此，阿鳳對於學習並沒有停止，
因為她想趁她還年輕的時候，完成她的夢想。

「為什麼沒有繼續進修？」

「時間上沒辦法配合，因為如果要繼續唸國中，只能唸補校，
我去問過，補校的上課時間從星期一到星期五的晚上六點半上到十
點，我如果去上課，三個孩子沒人照顧，店裡也沒人幫忙。」

（訪A摘2007.10.21）

一旁的阿鳳先生也覺得有困難，他說：「沒讓她繼續唸上去，
我也覺得很可惜，但是店裡要有人幫忙看，小孩要有人幫忙照顧，
如果一星期去上兩三次的課還勉強可以應付的過去，每天晚上就不
大可能，我想過幾年小孩大一點再看看。」

　　阿鳳的先生則更希望政府能考量外籍配偶的特殊身分，讓她們繼續升學的管道更具有彈性，例如上課時間或地點可再作考量，不一定非設在晚上或學校不可。

（訪D摘2007.10.21）

四、小結

（一）母國學習經驗影響來臺後的語言學習

1、童年快樂的母語學習經驗正遷移至二語言的學習

　　在越南籍新女性移民中阿鳳是少數有接受學前教育的，由於在母國第一次的愉快的學習經驗，使她對學習不畏懼，且勇於嘗試任何新的挑戰。在學校因個性樂觀、樂於助人，頗受同儕歡迎。在課堂上不懂就舉手發問，也會主動回答老師的問題。課堂外則是會自動複習功課、沒有參加補習課程，課業成績都保持在前十名。阿鳳在母國的學習過程中，因為父母的刻意栽培及重視、同儕的友善相處以及老師的信任，造就她的自信心以及對學習的熱忱。這樣的學習經驗一直延續到她嫁來臺灣後。雖然她因嫁到異國而變成文盲，但她不因此而自卑，她體認到語言的重要，自許要在最短的時間內學會說國語。除了她自己的努力及認真外，比起其他新移民女性幸運的是有夫家的全力支持，尤其她先生在她第二語言學習過程扮演非常重要角色，不但提供學習方法、也不斷的督促她、鼓勵她（目前來臺的新移民女性，夫家的態度是她們能否參加學習課程的關鍵），對阿鳳而言母國的學習經驗正向的延續到二語言的學習，加上二語言學習環境及學習因素都朝向有利於她學習的方向發展，促使她的學習得以順利且持續進行。

2、母國文化對第二語言學習策略運用的影響

兒童學習母語是慢慢地習得，成人學習第二語言解碼所依賴的工具就是自己的母語和已有的知識結構，拿第二語言和母語對比，在對比的基礎上，運用已有的知識來理解、記憶。事實上，任何兩種語言完全能一對一的成分很少，在學習者已有的知識結構中缺少有關第二語言的各種知識，或者新知識與母語知識類似而又有差異，那麼就出現學習者在解碼分析處理中的不理解或理解的有偏誤。這種不理解或理解偏誤既有語言知識方面的因素，也有文化知識方面的因素（王有芬，1996：72～74）。學習者運用第二語言材料進行語言活動時習慣性摻雜著一些母語知識與民族性文化，在二語言學習過程中會出現「母語文化的遷移」和「目的語文化的泛化」。

（1）「母語文化的遷移」：母語文化對第二語言學習者的影響最明顯表現在發音及腔調，學習者在學習第二語言時或多或少的把母語的發音習慣帶到第二語言的表達中來。發音習慣具有民族性的特徵而反映在其腔調上。阿鳳跟其他外籍配偶一樣，在初學華語時，發音時帶有濃濃的「鄉音」，例如像「ㄑ」、「ㄒ」、「ㄕ」、「ㄙ」等音無法清楚讀出來。為了改掉自己的「鄉音」，阿鳳所採取的策略是學者所說的「不斷地重複練習、透過大量模仿強化練習」（王舫，2006：113～114），模仿的對象主要是先生及跟讀（錄音跟讀、看電視對話跟讀）、朗讀（由於文化背景的不同，同樣的情形表達方式卻可能大不相同，透過朗讀練習，可以強化這些不同的表達方式），在對整個段落理解透徹，並在讀過幾遍之後，才進行背誦，背誦的目的主要強化第二語言句法的思維模式。

（2）「目的語文化的泛化」：學習者在已學到了一些目的語文
化知識後，進一步使用在語言活動中，但礙於對目的語文
化的規範和準則還沒有完全了解，知其一而不知其二情形
下的使用，出現不貼切表達。阿鳳因文化的差異最常發生
的錯誤是在成語的錯用。華語中的「月」、「梅」、「松」、
「禮」等詞所引起的聯想和情趣，及含有漢民族文化價值
觀及內涵的語詞，是阿鳳母語文化中沒有的，令阿鳳感到
茫然不能理解。阿鳳面對這種全新的語言文化，藉由與母
語文化找出相似處並產生連結，以此方式幫助理解華語文
化內涵，透過先生與教師的指導，從不理解到理解，逐步
在觀念上樹立起她以往所沒有的想法。

第二語言學習策略的選擇和使用也會受到觀念的影響，觀念又
與個人的社會文化背景、認知經驗、教育環境等息息相關。觀念可
以引導學習者選擇有效的策略促進學習；也可能導致不當的、甚至
錯誤的策略而阻礙學習（黃軍生，2004：33～35）。阿鳳意識到語
言中的文化內涵很重要，她採取的措施是閱讀報紙、雜誌。除了可
以增進自己的閱讀能力外，廣泛閱讀報紙可以累積文化知識。這樣
在兩種文化知識的取捨、選擇、融合中培養文化意識，文化意識和
文化認同感形成雙向文化互動、語言文化互動的學習機制，進而提
高學習效率。因為對第二語言文化的認同心理，影響到阿鳳第二語
言的學習及跨文化交際。

（二）新女性移民第二語言學習策略VS.女性主義認識論

1、第二語言學習呼應Belenky等人的WWK女性認知型態

認識論主要探討有關知識的來源、性質、範圍等問題，傳統認
識論主要探究的四個主要實體是：（1）認識者；（2）認識方式，

包括「知識如何產生」、「認識者如何了解其環境」；（3）探究的主題或是對象，包括「知識的結構為何」、「知識與認識對象之間的關係為何」；（4）生產的知識：「知識如何成長或變化」。

　　在WWK研究中，「發聲」的概念意涵認識過程中的自我能量展現。阿鳳是眾多學習二語言學習者的其中一個認識者，從她的語言學習及經驗來看，原生家庭經濟條件及學習環境與其他新女性移民相較之下較佔優勢，無論是在原生母國或臺灣，她的學習態度是積極且主動的，與同儕間互動良好，也積極參予團體活動。嫁到臺灣後，她為了想要儘快適應且融入臺灣社會，積極學習華語。與WWK中定義「程序式認識」投入學習，並「運用客觀的程序去獲取知識，與人做知識的溝通。」（蔡美玲譯，1995：35～40）而阿鳳所運用的客觀的程序就是學習的策略，目的是「學會華語方便與人溝通」。阿鳳藉由策略的運用產生她希望獲得的新知，在知識獲得（第二語言的學習）的過程當中，她必須接觸一些人、事、物及環境等影響其學習因子，這些因子有可能是助力，也有可能是阻力，先生是她學習及策略運用時的重要關鍵及助力。為了使學習順利，她想盡辦法化阻力為助力。她對自己的學習充滿了信心，可以從她在課堂上的學習看出，有問有答、大膽且願意冒險、善於猜測且不錯過任何學習機會。她相信自我、從各個人的親身體驗去學習、主觀判斷「什麼是對自己最有用的」，追求WWK中「建構式知識」方式，「開始以整體性的觀點看待知識，視之為情境的，開始經驗到自己能創造知識，同時看重主觀和客觀的認識策略」（蔡美玲譯，1995：48～51）。Belenky等人認為女性的認識模式有別於男性，主要是受到社會化及教育經驗的影響，尤其是階級（轉引自朱雅琪，2000；蔡美玲譯，1995：7～10）。雖然建構式的認識觀為最佳境界，阿鳳學習第二語言的最終目的是希望擺脫目前的位置（文盲），因為她深信

只有學習新語言才可以使她改變現況並成長，而學習語言的語言則是她獲得知識的最佳捷徑。

2、第二語言學習策略超越女性主義認識論

就女性主義認識論而言，她們認為認識觀點的差異不僅反映認識者與其他認識實體之間的關聯性，同時也關聯於認識者個人位居的社會位置與歷史情境。阿鳳在學習第二語言過程中，必須在探究的領域涉入自我，因為她置身的位置，不僅在感官上形成個人對結構表象的意象，而且此意象受到特定歷史與文化生活影響，顯現一種對應認識對象的特殊價值、情感與觀念。女性主義認識論，對於女性間的差異，特別是種族、結構的議題，並沒有處理。新女性移民中又存在著歧異性，這恐怕是Belenky等人的女性主義認知方式所無法理解的。

大家都習慣把外籍配偶看成是一個統稱的範疇。其實同樣是外籍配偶，其社會位置、知識觀和學習態度仍存在著歧異性。例如：原生社會的背景、文化族群、社會位階的不同；臺灣夫家的接待史、家庭形態、發展史和成員特性種種因素，交織成不同的生命脈絡，因此外籍配偶並不是同質性的整體。探討新女性移民語言學習經驗及策略的運用必須從她們的生命脈絡去看，才能體驗她的經驗，便是其間的自我形構和轉化。當關係網絡結構改變時，她們的自我才有可能關係的牽制，進而開始自我重構（林君諭，2003）。嫁來臺灣是阿鳳生命中重要的轉折，婚前的「自我」環繞在原生家庭的成員中，婚後則是活在先生、公婆、姑嫂叔伯、小孩等人際關係中，也同時兼具女兒、媳婦、太太、母親的多重角色。訪談中發現，關係決定阿鳳自我建構的內容，關係的改變導致她的自我建構的改變，自我建構的改變則影響她在語言學習時策略的運用。

（三）新女性移民第二語言學習反映混沌與複雜理論

混沌理論是對現象作整體詮釋和解析，它提供「非線性」典範的思考方式，否定一切「標準」的存在，主張以整體、全面和變易的角度與心態，去看待事件和現象，將混沌狀態和不可預知行為視成演進的重要特質，混沌行為主導產生新結構。混沌理論強調「學習是非線性的現象」、「學習是一種認知結構不斷改變的迭代過程」，「學習效果是因人、因地、因時間、因環境而改變的」。阿鳳因跨國婚姻使她的身分從少女變成太太，為了適應新的身分及新的環境，她開始學習新的語言。語言學習的結果改變了阿鳳的認知結構，而新的認知結構將進一步產生更新的學習結果。混沌理論主張小差異就會造成「蝴蝶效應」般的變化，對照在阿鳳的第二語言學習上，她生活周遭的每個小差異都有可能會影響她學習第二語言的成效，這些小差異因子可能是先生、公婆、學習過程中所接觸的老師、同儕等。複雜理論進一步說明變化過程是如何成為可能的，對照阿鳳的第二語言學習因策略的運用而產生變化，影響其學習成效。阿鳳在學習第二語言學習時，除了主動積極學習外，有意無意的不斷運用策略。例如阿鳳利用查字典加強對漢字的認識、利用上下文猜測詞意、主動提問達到新信息學習目的、利用或創造學習環境，每一次策略的運用直接反應回饋到她的語言學習中，而且是「正回饋」。訪談中發現阿鳳在第二語言學習時其中一個差異因子（她的先生）在她語言學習過程中所提供的策略，包括查字典、如何正確發音、寫作等，讓阿鳳的學習達到很好的效果。除此之外，其他差異因子包括教過阿鳳的老師、學習時的同儕、甚至工作上的夥伴，也都促使她的語言學習產生變化，而且這些變化都有助於她的學習，使她的學習報酬遞增。

（四）成功語言學習者學習第二語言所使用的策略

1、有選擇的注意策略

阿鳳在課堂學習接受信息的同時，不斷地對信息做出選擇性反應，有些信息是新的、不熟悉的，對這種刺激，阿鳳會顯現出強烈反應。為使學習達到一定的成效，主動提問和積極回答是學習者最常用也最有效的智力活動（王建勤，2006b：254～255）。主動提問和積極回答是阿鳳在課堂上運用的最廣泛的一種學習策略，尤其是對她不熟悉的新信息，她除了加強注意的力度外，為達到目的她會主動提問與回答。她同時也會以查閱字典的方式來加強她對漢字的認識。

2、有效的記憶策略

第二語言學習依靠大量記憶，有效記憶的策略是第二語言學習成功的關鍵性策略，特別是漢字這種立體組合的方塊文字。有效記憶必須把信息保持在記憶庫中，預習、複習、背誦以及多種線索的信息編碼，是保持信息的有效策略（王建勤，2006b：256）。阿鳳利用預習進行先期編碼未學過的新知識與新內容，在發現新知識的同時把新知識與頭腦中的舊知識串聯起來，產生連結。預習本身也是對記憶網絡進行編碼。編碼進行的次數越多，信息保持的時間就越長，記憶也就越牢固。此外，阿鳳也藉由背誦和複習讓短期記憶庫中的信息進入到長期記憶庫。

3、利用或創造學習環境的策略

學習語言離不開一定的環境與條件，利用或創造學習環境是促進語言學習的有效策略。學習者藉由收集多方面的信息，收集的信息越多，信息越是可靠，所獲得的知識也就越真實和有用（王建勤，2006b：257～258）。阿鳳積極參與課堂上的共同討論，接收來自多

方面的信息。課堂外則積極利用或創造學習環境，藉由與人對話、看報紙、雜誌、故事書和聽廣播等多重知覺系統來感受外界信息。這在認知心理學上被稱為「縱向遷移」（是在不同學習的水準上的遷移，遷移的結果將產生新的概念與規則）（同上）。

4、補償策略的運用

主要幫助學習者彌補對目標語能力的不足。學習者利用補償策略，在語言能力不足的情況下，仍然可以了解文意或是對話內容（蘇旻洵譯，2007：278～291）。阿鳳看到新單字時，透過有邊讀邊猜測新單字的意義，或藉由上下文及當時的情境來猜測單字的意義。有時她在使用新字彙表達有困難時，會試著用肢體語言來輔助或用較簡單的字句與注音來表達。

5、借用母語策略

新女性移民學習華語是成年人的第二語言學習。在這之前，母語已經根深蒂固的存在她們的思維與記憶之中，因而在第二語言學習的過程中，會不自主的借用母語來注音或記憶。而在表達信息時借用母語的情形更為普遍。在徐子亮針對60位來自不同國家、年齡的留學生的「借用母語策略」調查研究中發現：16%的學生會借用母語來注音或記憶語詞，75%在聽或讀時會先翻譯成母語再理解，85%在說寫時會先用母語構思再翻譯成漢語（徐子亮，2000）。借助母語是有階段性的。第一階段初學時比較常運用，第二階段中級程度時利用母語的機會就會減少許多，到了第三階段高級程度時母語借用的情形已減到最低（王建勤，2006b：285-287）。

阿鳳除了剛來第一年會借用母語之外，目前除了難以了解的詞語和語法規則、或是在交談過程中要表達十分複雜的意思、馬上回答有困難，會先用母語思考外，大部分在交談及閱讀時幾乎不需要

借助母語。對於成年的第二語言學習者而言，母語的借用可能伴隨
著學習的各個階段一直存在，但隨著學習程度的逐漸提高，利用母
語的機會愈來愈少。而訪談中也發現，阿鳳以及其他來自不同國家
的新女性移民，不論她們華語基礎是處在第幾階段，她們在和自己
同國籍的人交談時，幾乎都用她們的母語交談，不同國籍的人則用
第三語言（國語或臺語）交談。

6、後設認知策略

學習者用來整合自身語言學習過程的策略。後設認知策略包括
「專注於某個目標」、「規畫學習目標」及「自我評量」（蘇旻洵
譯，2007：75）。阿鳳聽到別人對談時，告訴自己要專心地聽，
這就是專注於某個目標；並且訂定學習目標和時間計畫表，閱讀
相關書籍以增進自己的能力，可說是規畫學習。此外，透過先生
的測驗來監測評估學習的效果，並自我檢討學習成功及不成功的
原因。

7、交際策略

交際策略是說話者在遇到交際困難時所採用的補救措施或一
套有系統的表達技巧（曾小珊，2001：67～71）。阿鳳在語言交際
過程中遇到超越自己語言能力時最常用的策略是「迴避」；使用自
己熟悉的詞語來迴避不懂的詞語。其次是「求助」，聽不懂對方的
用語就直接提問或以手勢語彌補表達的不足。當迴避、求助、手勢
語等策略都不能達到交際目的時，這個情況在阿鳳剛學習第二語
言時發生，聽得懂對方的用語卻不知如何用第二語言回話時，為
達交際目的阿鳳會轉向「借用」，也就是直接地翻譯或使用母語
表達。

（五）成功語言學習者的特有策略運用

　　一個學習者成功的策略與其他學習者的策略有明顯的不同。O'Malley研究發現，成功的第二語言學習者能意識到她們使用的策略以及她們使用的原因，能選擇並有技巧的結合適合她們需求的學習策略（轉引自樂莉，2004：149～151）。阿鳳所以能成為新女性移民學習華語的成功代表人物，研究者認為她有Oxford、Rubin等語言學家所認為成功的第二語言學習者所具有的特質：

1、 樂於並善於猜測，而且猜得很準。阿鳳是採用漸進式的推理達到對目的語的交際意圖。從有邊讀邊猜字，並進一步利用字詞的上下文所提供的一切線索猜出句子的意義，由於阿鳳本身平時有大量的閱讀報紙、雜誌、故事書等，又常查字典，認識大量的詞彙，由於詞彙認識的多，使得阿鳳更加大膽的勇於猜測，且猜對的機率非常高，因為常常猜對的正增強，使得阿鳳更加樂於猜測。

2、 對於學習具有強烈主導態度。阿鳳常主動提出疑惑，請她人幫忙解答、釐清或是指正；與同伴合作學習求得新知，主動與新語言使用流利者合作發展文化意識，積極融入在地國的文化，並試著為其她學習者解決學習上的困難。

3、 學習動機很強，為了學會，不怕出錯。阿鳳善於利用一切學習機會，嘗試去說，即使可能說錯，也要大膽嘗試新學的辭彙。至於其她學習者在學習新語言時所出現的焦慮與不安，在阿鳳身上並不多見。

4、 重視語言形式的學習，尤其在學習生詞時，利用舊知在思維中與新知建立關係並進行學習。阿鳳非常排斥死背，她大都是利用聲音、形象、語意等記憶策略特徵來幫助記憶。

而在江新也認為這些記憶策略可以幫助語言學習者記憶大量的生字、生詞甚至句型（江新，2000：21～24）。

5、尋找機會不斷練習，包括課堂學習，課外的看報紙、雜誌、電視或聽廣播或主動與當地人交談。

6、能夠察覺自己和別人交談的過程中的錯誤，並自己糾正錯誤。

7、不僅關心語法或語言的表面形式，並嘗試進一步了解語言的內容。

8、擅用輔助工具，尤其是字典，阿鳳將字劃分若干意義，詞、詞組、句子等放在相應的字義下，作為該字義的使用例證。

9、有效的使用交際策略，阿鳳運用有限的知識達到無限的交際目的，具有強烈的交際慾望，不怕錯誤、不怕出醜。

本研究中發現，阿鳳在語言學習策略的使用上會比一般的二語言學習者（例如留學生、學生）來的頻繁。其中社交策略、補償策略是最常用的策略，主要是因為環境使然。對於阿鳳而言，為了達到生活上最基本的溝通與適應，常常不自覺的使用交際策略。至於認知策略使用的增加與學習時間相關，學習時間愈久，對認知策略的使用開始增多。文秋芳對成功的學習者與不成功的學習者的使用策略的對比研究中發現，成功的學習者比不成功的學習者更會使用策略幫助自己學習（文秋芳，1995：23～25）。

阿鳳具有以上成功學習者的學習特質，除了會運用對自己的學習有幫助的策略，學習態度積極又努力、學習方式活潑，更能在任何學習環境中把握任何學習機會主動學習，並以不同的方式學習，選擇適合自己的學習及思考模式，來增進使用第二語言的能力。研究中發現新女性移民和一般留學生在學習第二語言是有差異的，除了個人的學習特質、策略的運用外，先生和夫家的支持有無也會影響其成功與否，一般留學生則無此顧慮。

　　研究者在阿鳳身上發現，成功學習策略能夠提高第二語言學習的效率，但不能替代學習本身，須靠努力加策略才能成功。再者，她使用的策略不是一成不變的，因時因事而變，例如阿鳳在學習第二語言時，聽、說與讀、寫所採用的策略不一樣。訪談中也證實，策略可以幫助阿鳳控制自身的學習，並且提升自身的語言程度。適當的語言學習策略能夠促使阿鳳語言能力上的進步與自信心的增加，改變其想法朝正向發展。

第二節　阿水的跨文化學習與蛻變

　　阿水（化名），1976年出生於南越，父親是一名司機，在越戰時期專門替軍隊開車，越戰結束後，父親也就失業了。母親跟當時大部分的家庭的女人一樣，在家裡帶小孩。阿水家共有五個兄弟姐妹，她排行老四，上面有兩個哥哥、一個姊姊、下有一個弟弟。父親還在幫軍隊開車時，因為有固定收入，雖然家裡小孩多，日子還勉強過得去。自從父親失業後，家裡經濟從此陷入困境，因為學費繳不出來，五個小孩必須放棄學業。阿水的哥哥姊姊們因為年紀較大可以半工半讀，用自己賺的錢支付學費，因此都讀到高中畢業。阿水則被迫念到國小四年級就放棄學業，幫忙賺錢養家。日子雖然過的苦，但家人情感還算蠻融洽。

　　阿水因從小就得幫忙負擔家計，養成她刻苦耐勞的個性，只要有錢賺，再苦的工作她都願意做，而她的童年也就在划槳打工賺錢的歲月中度過。

　　二十一歲那年，經由仲介介紹嫁到臺灣，先生因為大他將近二十歲，又是續弦，對她很好也很疼她。因為阿水生性樂觀、刻苦耐勞、心地善良又處處為他人著想且樂於助人，不但老公疼愛她，也

深獲師長及同儕的歡迎。阿水嫁到臺灣轉眼已十年，在先生的支持下自己創業開店，大部分賣的是越南家鄉的日常生活食品及用品，因為阿水跟先生的個性隨和且好客，店裡的客人絡繹不絕，同鄉的姐妹也常常找她聊天敘舊。

　　阿水因為自己沒有生小孩，先生的小孩也已經長大工作了，加上先生不怎麼干涉她的行動，阿水的生活較其他新女性移民來的自由，平常她除了看店外，偶而也跟先生扮演起奶爸、奶媽，幫忙照顧姐妹們的小孩，日子過的非常愜意，她目前的目標是通過國小檢定考。

一、原生母國的語言學習

（一）母語的學習環境與經驗

1、模糊的學習經驗

　　阿水原生母國生長環境跟她嫁的夫家相距甚遠，越戰過後，雖然當時越南的生活環境普遍貧窮，但是幾乎每個家庭小孩都生的多，阿水家就是如此。父親有工作的時候，全家七口還可以餬口，自從父親失業後，全家就靠父母親打零工勉強維持一段時間。因為當時越南沒有施行義務教育，唸書的學費很貴，更沒有供應營養午餐，阿水回憶說：「越南小學只讀半天，下午就放學吃自己了。」

　　因為要幫忙賺錢，從小學開始，阿水常常在早上念完書放學後，下午就跟著媽媽去河邊幫忙划槳載客，「有時候客人多，為了賺更多錢就不去上學了。」一直到國小四年級時，因為家裡實在繳不出學費了，阿水就沒有再繼續唸書了。

　　「沒有繼續唸書，妳會不會覺得很遺憾？」

「因為家裡窮,學費沒辦法準時繳,老師都會把我叫到前面大聲的問我,為什麼不繳學費、繳不出學費還敢來上課之類的話羞辱我,讓我覺得很丟臉。」

為了不想因為繳不出學費被羞辱,加上自己也不是非常想上學,阿水接受家人的安排,放棄學業全力賺錢養家。

學習對阿水而言是一個遙遠且模糊的記憶。阿水說:「常常是上完課一回到家就跟著媽媽或姊姊出門賺錢去了,在家根本沒有時間摸到課本,有時候因為前一天工作的太晚、太累,上課還會打瞌睡。」

「學校課堂上表現如何?」

「我一點也沒有印象了,但是因為在學校可以跟同學玩,所以剛開始我是很喜歡上學的,一直到老師開始會因催我繳學費而罵我,我就開始不喜歡上學了。」

「沒有繼續上學,父母親或哥哥姊姊們會不會擔心妳因此中斷學業而在家教妳?」

「怎麼可能,大家都忙著賺錢,哪有空教我。」

(訪B摘2007.03.07)

因為家裡窮的關係,阿水從小就必須為分攤家計而放棄學業,連國小都沒畢業。為了填飽肚子,學習在她的童年只是生活中的點綴,這樣的結果不是阿水可以選擇的,只能說是環境使然。

2、學習環境影響學習態度

因為父親的長期失業,阿水深切感受到為圖生存的壓力,從小就必須肩負起家計,使得阿水比同年齡小孩顯得成熟許多,因為學習環境的無法配合影響她的學習態度趨於被動,也使她的學習態度傾向實際利益導向。

「在學校成績好嗎？」

「我上課的時候都很認真聽課，但每天一下課書包一丟就出門賺錢了，根本都沒有時間複習功課，所以成績不是很好，印象中名次都比較接近後面。」

「考試前父母親會幫妳複習功課嗎？」

「不會，因為她們忙著賺錢很少在家。」

「哥哥、姊姊？」

「也不會，他們都忙著做自己的事。」

「如果不會或不懂的時候怎麼辦？」

「因為沒有人教就算了。」

「妳有沒有嘗試用其他方法，例如問老師或問同學讓自己懂？」

「很少，大家都有自己的事，不好意思麻煩別人。」

（訪B摘2007.03.17）

阿水放學後回到家沒有時間複習功課，遇到不懂也沒有人協助她解決問題，加上阿水沒有強烈的解決問題慾望，學校成績表現平平。

（二）母語學習環境中的人際關係

1、同儕的關係及在學習過程中扮演的角色

阿水因為長得比其他同學高大，又比較兇，同學都很怕她。但因為她個性活潑樂觀、又樂於助人，也結交不少好朋友。

「妳在越南跟同學相處得好嗎？」

「我常常跟同學打架，男生也一樣打。」阿水笑著說：「我小時候在班上很兇，如果有人惹我，我就跟他打架。記得班上有一個同學很喜歡叫我媽媽的名字，我制止他，他不聽，我就跟他打架。」

「因為這個原因就跟人打架？」

「在我們越南直接叫人家媽媽的名字是非常不禮貌的，我們都不敢直接叫人家媽媽的名字，我覺得對方是故意的所以打他，就是因為這樣我被老師打手心打到手都腫起來了。」

「妳對同學這麼兇會不會擔心沒有人敢跟妳做朋友？」

「我雖然很兇，可是我的朋友很多。」

「在學習過程中遇到問題或困難，同學會幫妳嗎？」

「很少，一放學大家就回家了，根本沒有機會討論功課。」

（訪B摘2007.03.30）

阿水自認在班上很兇，但不是像霸凌一般的蠻橫無禮，加上因為她樂於助人及幫同學打抱不平的個性，也結交了不少好朋友。除此之外，在學習方面，同學之間很少會有互動，因此同學在她記憶中只是在課堂上一起上課的夥伴。

2、師長扮演的角色

阿水因為脾氣不好，常常跟同學吵架甚至打架，學費也因家裡窮而常常遲繳，因此老師對阿水印象不是很好；至於阿水印象中的老師，就像是一個「執法者」，不是罵她就是打她。

「老師對妳兇嗎？」

「我們越南的老師很嚴格、也很有權威，加上我又常常跟同學打架、學費也遲繳，所以老師常常處罰我。」

「所以妳覺得老師對妳不好？」

「做錯事被處罰是應該的。平常如果我沒犯錯的話，老師對我也還不錯。」

「上課聽不懂的地方，妳會利用下課的時間問老師嗎？」

「幾乎沒有過，聽不懂就算了。」

　　隨著學習環境的改變、師長所扮演的角色對阿水而言也有不同的意義。

　　「這裡的老師跟越南的老師比起來有不一樣嗎？」

　　「這裡的老師有的年齡跟我很接近，又很親切，容易接近，也比較關心學生，作業不會寫或沒有交也不會罵人，還常常鼓勵比較跟不上進度的同學。越南的老師只在上課的時候講課，下課很少跟學生有互動；如果有學生缺席，甚至連續好幾天沒來上課，他們也不會去問原因。這裡的老師除了上課教我們認字，下課的時候還會關心我們的生活，上起課來也比較輕鬆，沒有壓力，大家相處的就像朋友一樣。」

（訪B摘2007.04.08）

　　阿水到臺灣十二年來上課從不間斷，目前擔任臺東縣外籍配偶協會幹部，跟協會裡的老師、工作人員相處的很融洽，加上阿水較會為其他人著想也不會與人計較，還常常關心姐妹們的生活。在老師的心目中，雖然她在學習方面不是表現最好的，但是她是一個最得力的助手，在其他外籍配偶眼中她則是一位樂於助人的好姐妹。

二、來臺後參與第二語言學習

（一）第二語言學習歷程與經驗

1、參加政府機構與民間團體辦理的語言學習課程

　　踏上陌生的環境，因為語言不通，做什麼事都必須依賴先生，阿水急欲擺脫事事必須求人的處境，她告訴自己一定要先把國語學好才能擺脫目前的窘境，透過先生的的安排報名參加住家附近國小辦理的語言學習課程。

「妳如何知道哪些政府機構與民間團體可以學習？」

「我不知道，是先生自己去問的。」

「妳第一次參加什麼課程？」

「我先生幫我報名的語言課程，他希望我會說也聽得懂這裡的話。我記得我的同學都是阿公阿媽，我們一起學拼音、認字，大概學了三個月。」

「妳學了什麼？」

「基本的都聽得懂、簡單的也會說，字有的看得懂但是寫不出來；注音符號大部分都會唸，但是拼音對我而言比較吃力。」

「這次以後妳還有繼續參加學習課程嗎？」

「因為先生沒有再幫我報名，所以我就沒有再繼續去國小上課，一直到協會（臺東縣外籍配偶協會）開課，我每次都會參加，一直到現在。」

這次的學習，是阿水第一次學習華語，她跟一般初級階段的第二語言學習者一樣，她要求自己最起碼具備口頭交際能力（聽說），有助於融入當地社會文化。至於書面交際能力（讀寫），因為漢字的難寫、難懂，需花較多的時間去學習，因而影響學習者的積極性（陸節萍、彭茹，2007：57～61）。Gardner和Lambert指出，當學習者希望融入到目標語群體文化中，並成為其一員的時候，她／他就具備了融合性的動機（轉引自張立，2003：63～65）。阿水學習第二語言的初始動機，花大部分的時間在提高口語和聽力，希望能夠用第二語言與當地人交談、口語表達清楚。

「當時妳的同學除了妳之外，還有沒有其他的外籍配偶？」

「不多，因為那時候嫁到臺灣的外籍配偶不是很多，班上只有我和阿鳳幾個外籍配偶。」

（訪B摘2007.04.15）

　　第一次學習第二語言對阿水而言是一個美好的起程。因為她從學習中得到的立即回饋就是能脫離文盲且不需藉助他人的與當地人交談溝通。也因為這次的學習結果，提高阿水往後繼續學習第二語言的興趣。

2、與同儕的互動良好

　　說到曾經跟她一起上課的同學，阿水依稀只記得阿鳳。

　　「妳上了這麼多次課，有沒有交到好朋友？」

　　「十年前我第一次上課，是我第一次看到阿鳳，那時候因為兩個人都是從越南嫁過來的、年紀又接近，覺得很有緣分，常常利用下課的時間聊聊家鄉的事還有這裡的生活情形。課程結束後，我們就沒有再見面了。一直到我報名協會的語言課程，又跟阿鳳一起上課，一直到現在。阿鳳是我嫁到臺灣認識最久的、感情最好的姐妹。阿慧雖然認識的比較晚，但因為她的個性很好，我們三個很自然成為無話不談的好朋友。」

　　「為什麼妳們感情這麼好？」

　　「我想可能是因為個性接近、又是同鄉，阿鳳無論是做事、學習都很認真，也很關心我跟其他的姐妹。阿慧個性溫和、不愛計較、容易相處。我們三個人一起學習華語、一起參加社團、一起參加活動，也因為到外縣市參加比賽或領獎，我們三個人都會帶先生還有小孩一起出門，所以我們二個人的先生也都變成好朋友。雖然我們三個人現在很少一起上課，但是還是常常連絡，偶而也會去她們的家裡泡茶、聊天。」

　　「除了同鄉姐妹之外，就沒有認識其他人？」

　　「因為我的個性的關係，跟不熟的人比較不會主動跟人家聊天，同鄉姐妹大家可以用母語聊天，所以剛開始認識的朋友大部分

是同鄉姐妹。後來因為上課的關係，有機會認識其他國家的外籍配偶，剛開始大家因為語言不通無法交談，慢慢的因為大家都學會說這裡的話（華語），開始會用這裡的話（華語）交談，所以交的朋友也越來越多。」

（訪B摘2007.04.22）

因為對第二語言的不熟悉，限制了阿水的交際能力，間接影響到她的人際關係。學習第二語言後，具備口頭交際能力，她可以透過第二語言與同樣都是運用第二語言的其他國家的外籍配偶交流，這對她來說是學習第二語言的附加價值。

3、先生的信任使她學習無負擔

「上完第一次的課程之後，先生或先生的家人有再繼續幫妳注意或安排其他的學習課程嗎？」

「因為先生自己的工作比較忙，所以就比較沒有時間去注意這方面的消息，加上我會說也會聽，出門買東西、辦事情也都沒問題，也可以跟先生、先生的家人、先生的朋友交談，所以就沒有再繼續上課了。」

「後來為何會再繼續上課？」

「因為隔了一段時間沒有學認字、寫字，很快的就又不識字了。後來因為我要考駕駛執照，學開車的時候還沒問題，聽教練說路考之前必須先考筆試，筆試通過之後才可以路考，當時教練拿了一本路考的題目要我回去背起來、練習，我才發現因為太久沒有寫國字了，大部分的字都不認識了。雖然外籍配偶的筆試可以選擇用口試，但是要複習的時候因為很多字都看不懂，沒辦法自己複習，我先生也沒時間和耐心天天唸給我聽來幫我複習，所以我又開始上課了，我報名參加協會（臺東縣外籍配偶協會）辦理的語言學習課程。」

　　阿水的第二語言學習方式傾向功能性導向，為了融入目標語群體文化中，她積極學習，當學習成果達到此一階段性目標後，她覺得具備口頭交際能力足以應付當前情況，因為沒有繼續學習的動機而停止了學習。當她因為考駕照需要考筆試，發現她的第二語言口頭交際能力不足以應付時，她又開始繼續積極學習。

　　「先生和公婆對妳出來上課會有意見嗎？」

　　「我先生對我很信任，不大會限制我做事或學習，我公婆因為年紀大了、又沒有跟我們住在一起，所以也很少管我。因為我沒有生小孩、先生的小孩也長大工作了，所以出門比較方便，要學東西也很方便、不會像阿鳳及其他的姐妹這麼不方便。」

　　「先生會不會擔心妳因為學太多變得不聽話或被其他人帶壞？」

　　「我先生因為知道我的個性所以相信我，他不會要求我一定要學什麼、什麼都要學得很好，我想學就學、不想學也不會要我一定要繼續學。這幾年來外籍配偶嫁到臺灣的人越來越多，我的朋友中也有人因為打工或交到壞朋友變壞，連小孩和家庭都不顧，她們後來的下場都很淒慘。我如果可以都儘量勸，但是勸不聽我也沒辦法，只覺得很可惜。」

（訪B摘2007.04.30）

　　一旁的先生聽了忍不住帶著開玩笑的口氣說：「她不想學強迫她也沒有用，她自己又很懶，很少看她在唸書。只有老師說要考試了，才有看到她在拿課本，看一下就理由一大堆又不看了。」先生接著又說：「她那麼兇，不要欺負人家就好了，誰敢惹她。她自己就是壞人了，不要帶壞人家就不錯了。」

（訪E摘2007.04.30）

　　言談之間可以感受到阿水夫妻間的彼此信任，可能是因為年紀上的差距，先生對阿水非常疼愛與包容。跟其他姐妹相較之下，阿

水因為沒有跟公婆住也沒有被要求一定要生小孩，所以在生活上與學習更有自主性。阿水在語言學習上雖然沒有因為照顧公婆與小孩而受限，但是她沒有因此而將多餘的時間投注於讓自己學習得更好。影響語言學習的速度和結果的個人因素包括智力、語言能力傾向、語言學習動機、語言學習策略、語言焦慮、個性等認知、情感因素。許多研究表明，能力傾向和學習動機是預測語言學習成績的最重要變項（陸節萍、彭茹，2007：57-61）。

（二）跨文化語言學習與交際歷程

1、學習先從語言開始

阿水嫁到臺灣之前雖曾學過三個月的華語，但當時因為每天練習的時間很短，加上教她的老師又是香港的老師，阿水的華語基礎並不好，只會講簡單的「你好嗎」、「謝謝」等基本用語。

「第一次接觸華語跟妳的母語比起來覺得哪一個比較難學？」

「越南語因為從小就開始講，也沒有刻意去學就自然會說。華語就不一樣，這裡的字每一個是獨立的，要會念要先學會念注音符號，注音符號會唸接著還要會拼音，注音符號有的還要捲舌、拼音的時候還要注意是幾聲，對我來講比較難學。」

阿水接著說：「決定要嫁來臺灣之前是我第一次學華語，是我老公直接在越南找老師教我，那時候教我的老師是一個廣東人，她念的音怪怪的，雖然學了三個月，因為每天只念一小時，老師教完就忘了。」

「老師上完課後妳會複習老師教過的嗎？」

「那時候除了上課以外，我還要打工賺錢，沒有時間複習。」

（訪B摘2007.05.11）

　　坐在一旁的阿水先生連忙補充說：「她根本就是不愛唸書。」

（訪E摘2007.05.11）

　　對於學習，阿水從小抱持的態度就是隨緣，學習過程中遇到困難甚至不懂，並不會主動問人或尋求其他的方法解決問題，主是因為在她從小學習經驗告訴她：「即使不會，也沒人會告訴你；就算想問，也沒人可問」，這樣的想法也影響阿水學習時的態度及成效。

　　阿水的先生覺得阿水嫁來臺灣這一個新環境，最基本要先學會聽、也能說，才能跟得上這裡的生活腳步，也才能獨立。他說：「她剛嫁來的時候這裡的話聽不懂也不會說，因為那時候外籍配偶嫁來臺灣還不是很普遍，為她們開的語言班不像現在這麼多，聽朋友說國小有專門為失學的老人開的語言學習班，外籍配偶也可以去上課，就幫她報名了。」

（訪E摘2007.05.11）

　　阿水先生對阿水的學習是支持且會幫她注意學習的機會。

　　「妳參加識字班學語言，有學到妳想學的嗎？」

　　「當然有，比在越南學得多，至少老師講的我都聽得懂。」

　　「妳覺得妳學的比班上同學好嗎？」

　　「我上課非常專心，但是回到家因為沒有像阿鳳她們一樣有小孩可以一起學習、加上我老公教我也沒有耐心，所以比不上阿鳳和阿慧。」

　　從以前在越南到現在的臺灣，無論上什麼課、老師是誰，阿水除課堂上的學習之外，在課堂外沒有複習的習慣。

　　「妳覺得妳在語言學習班學得比較多，還是家裡、或是其他的學習管道？」

「主要都是在課堂上跟老師學習，回到家先生也會教我，尤其是我的發音，但是先生比較沒有耐心，教沒多久就不想理我了，有時候我們還會吵起來。因為上完課回到家都很晚了，加上我也不喜歡看電視、也不習慣聽廣播、報紙又看不懂、也不大會上網，而且上課老師教的已經很多了，就不會再想學其他的。」阿水補充說：「協會如果要我們出去表演或比賽，我就會很認真的練習，去年我們才練了兩天就得到全縣的優等。」

（訪B摘2007.05.11）

　　阿水雖然對學習較不積極、主動，但是對於她有興趣的：例如上臺表演或比賽詩歌朗誦等，則表現的非常積極、投入，且都有不錯的表現。至於上課的方式、老師的教法及課程內容則較沒有自己的想法也不會有意見。除了上課之外，她也不會自發性的透過其他學習管道來加強自己的語文能力。

2、先生是良師也是益友默默支持她

　　阿水的先生對阿水學習遭遇困難時，雖然會給予指導，但是較沒有耐心，對阿水的學習卻非常支持，尤其阿水又擔任臺東縣外籍配偶協會重要幹部，常常到外縣市表演、比賽或是領獎，先生從不反對，甚至擔任義工全力配合。

　　「華語學習過程中什麼最困擾妳？」

　　「這裡的字比較難寫難記，大部分的字我都看得懂也會唸，但是要我寫就寫不出來了；尤其這裡的字有很多是左右合併或上下合併的，看的時候都沒有問題，但是考試寫國字的時候我就容易搞混。例如左右合併的字，有時候左邊寫對了但是右邊的寫不出來，不然就是會寫右邊不會寫左邊。上下合併的字也是這樣，不是忘記上面就是忘記下面。遇到不會寫的時候，我會試著去拼拼看，但拼對的

機會不高。這次我參加國小學歷檢定，國語沒有過的主要原因就是因為我的國字錯太多。」

（訪B摘2007.05.19）

跟越南的拼音文字相比，漢字是一種正字法，由筆畫、部件組成，不同的筆畫和部件只有按一定規則組合起來，才能構成漢字。對於母語為拼音文字的學習者來說，結構是造成漢字難學最根本的癥結所在（王建勤，2006b：231）。拼音文字和漢字二者的結構及形式完全不同，因此阿水不習慣、難以適應。最常困擾她的就是「字形困擾」、「部件的合體」、「結構又蘊藏著字理」。

「妳上了這麼久的語文課，國語沒考過會不會很失望，有沒有想過是什麼原因？」

「還好啦，我雖然一直都有在上課，但是回到家很少練習寫字，所以考試的時候寫不出來。」

坐在一旁阿水的先生不諱言的表示，「她就是都不練習寫字才沒考過，早就跟她說要多寫，也沒看到她動筆在寫。」

（訪E摘2007.06.08）

阿水則不甘示弱的對她先生說：「我寫不出來的時候問你，你教我一兩次就不理我了，還叫我自己看，還好有兒子可以教我，他比你有耐心多了。」

阿水剛開始學華語時，她先生的跟前妻生的兒子當時唸國中，阿水遇到不懂也會問兒子。阿水回憶說：「兒子教我的時候比他老爸有耐心多了，但是因為他一大早就出門上學、放學以後又趕著去補習，因為碰面的機會不多，所以也不常有機會教我。」問到被兒子教會不會覺得不好意思，阿水毫不考慮的表示：「一點也不會。」至於誰教得比較好，阿水看看先生後回答說：「當然是兒子。但是

有時候老公開車載我出去兜風的時候，看到街道兩旁的看板，他都
會教我讀看板上的字，還跟我解釋那些字代表的意思，他講過一次
我就懂了。」

　　　　　　　　　　　　　　　　　　　　　　　（訪B摘2007.06.08）

　　阿水的先生也不得不承認，雖然阿水寫字不是很認真，但認字
卻很快，她看過的字只要唸一次給她聽，她幾乎都記得起來，而且
可以清楚的唸出來，「她現在唸出來的音已經非常標準，聽不出來
有越南鄉音。」

　　　　　　　　　　　　　　　　　　　　　　　（訪E摘2007.06.08）

　　阿水第一次參加國小學歷檢定考試，一共考國語、數學、社會
三科，她只有社會一科及格，國語沒過的主要原因是因為生字錯太
多。數學部分，礙於不了解題意，一般外籍配偶大多會在應用題方
面出錯，阿水卻跟別人不一樣，應用題問的意思她都懂，她反而不
會出錯，分數的運算或是乘法的演算對她而言比較困難。至於社會
科，因為問的問題比較生活化，而且大多是選擇題或是非題，只須
讀、不必寫國字，對她而言比較容易。阿水在學習過程中了解到自
己的弱點與優點，並能發揮所長彌補不足之處。
　　第二語言學習者學習華語大多是從課堂教學開始，這種正規的
教學通常是將漢語的形、音、義三者結合在一起。由於從一開始就
面臨形、音、義三者並存的狀態，因此漢字以形表義的特點就強烈
的影響到第二語言學習者對漢字的內部表徵，導致形表徵強於音表
徵，進而造成了第二語言學習者始終對漢字字型的意識居於主導，
而沒有像母語者那樣在一定的學習階段出現形音意識的優勢轉換
（王建勤，2006b：175-187）。阿水雖然學習華語多年，但在學習

漢字的過程中沒有先形成音義聯繫,而進行形音義聯繫,無法有系統的進行將形音聯繫和形義聯繫的學習。

3、學習從不缺席

一直到現在都可以在各項研習活動及語言學習課程中看見阿水的身影,不得不佩服她好學的精神。

「妳現在還繼續參加學習課程嗎?」

「因為我國小學歷檢定還沒過,協會(臺東縣外籍配偶協會)開課,我還是會去上課,有時候如果協會開的班因為參加的人數不足,我也會去報名參加。最近我就報名參加史前文化博物館辦理的多元文化動手做的課程,這個已經辦很多年了,每年都會研發新的作品,我每次都會參加,以往我都參加越南組的,今年我換報名泰國組了,希望可以學到不同的東西。」

(訪B摘2007.06.20)

多元文化動手做,是阿水、阿鳳等幾個好朋友們將越南的傳統文物結合臺灣當地的材料所研發出的新手工藝品,目前已研發出的包括有越南彩繪人偶、越南麻布筆記、越南傳統鍋蓋及越南斗笠。阿水也將研發出的作品應學校、機關等單位邀請巡迴教授。此外,阿水表示,她自從擔任協會幹部以後,公家機關或私人團體辦理的座談會、表演或比賽,只要她有空都會參加。

教育部為了解外籍配偶來臺學習的需求,在池上鄉福原國小辦理臺東場的「外籍配偶巡迴座談會」,邀請臺東縣內的外籍配偶與教育部社教司代表進行面對面的溝通與經驗分享,當天全縣各鄉鎮的外籍配偶出席的非常踴躍,阿水也應邀參加。

雖然當天的主角是阿慧,主要上臺跟其他姐妹們分享她的學習經驗,但因為是第一次在教育部官員及陌生人面前講話,怯場緊張

使得她的感言發表的不順暢，甚至有時還會出現停頓。阿水則在臺下非常著急的嘴巴念念有詞的幫她接話，還對著臺上的阿慧比個加油的手勢，兩人感情之好溢於言表。

　　座談會尾聲是教育部長官與姐妹們進行意見交流，有一位外籍配偶先生因為不滿臺東縣教育局的識字班沒有顧及到偏遠地區，讓她的太太沒有課可以上，言詞之間充滿了憤怒與不平，使得會場氣氛有點尷尬。坐在身旁的阿水則輕聲的跟身旁的姐妹說：「自己沒有幫老婆報名還在這裡亂，真丟臉。」我則好奇的問她怎麼會有這樣的想法，阿水則表示：「她參加過很多次的類似座談會，多少都會出現這樣的人來鬧場，不要理他就好了。」

　　最後的有獎徵答時刻，如果發問或回答問題都可以得獎。阿水為了不想讓從臺東市區千里迢迢來參加活動的姐妹們空手而回。催促著姐妹們趕快舉手發問，但因為姊妹們語文程度能力不足，無法用華語表達她們想要問的問題，阿水只好幫她們安排可以問的問題，眼看姐妹們個個滿載而歸而她自己沒有也不在意。

　　研究者發現阿水在整個座談會過程中，非常認真的看播放的影片、仔細聆聽每一個人講的話，尤其當她知道會後會進行意見交流，有提問就有獎，她開始收集可以發問的問題，像個大姐似的將問題一個一個的分配給其他同行姐妹，她還會去注意是否每一個人都已順利「獲獎」。對於自己的表現，她也非常要求完美，就她所要提問的問題列舉了幾題詢問我的意見，我問她為何如此慎重，她回答說：「我希望我問的問題跟別人不一樣，真的是我們姐妹們所關心的問題。」可見得阿水心思的細膩及凡事都會貼心的為人著想。

（觀B摘2008.01.05）

三、第二語言學習策略

　　研究者設計了與語言學習過程、語言和交際及自我管理有關的問題二十五題，與阿水進行對話，了解她學習華語時所使用的策略，包括課前、課中、課後各環節，引導她回顧所使用的策略，深入探詢她使用不同策略的環境，如課堂內和課堂外，以及她對不同學習策略的運用產生影響的因素，如學習內容、學習方式、談話對象以及學習動機等等。訪談的特性在於研究者以預先設計好的問題，去了解受訪者的想法、意見和態度，受訪者在訪談過程，接受類似問題情境的刺激，使得研究者所收集的資料不會太偏離主題。為使整個訪談進行過程交談自由度大，研究者依據實際狀況，對訪談問題作彈性調整。

（一）第二語言學習策略的運用

　　因為不想當一個不識字的文盲，阿水嫁來臺灣在先生的安排下，參加語言學習課程，對於新女性移民而言，參加學習課程必須徵求夫家的同意。阿水較其他一起嫁過來的姊妹幸運的是，先生對她非常信任，也支持她所有的學習。除此之外，阿水因為沒有跟公婆住、先生也沒有要求生小孩，所以她相對在時間及行動上都較自由、自主。阿水主動投入學習環境、把握各種學習機會，參加各種學習課程，急著想要成為臺灣社會的一員，加速了她的語言學習速度。

1、課堂上的學習

「妳嫁來臺灣之前完全都不會說華語嗎？」
「會說一些像『你好嗎』、『吃飽了嗎』簡單的。」
「妳覺得華語和越語哪一個比較難？」

「越語因為從小身邊的人都在說，所以不用學自然就聽得懂也會說，但是因為學習的時間不長，只上課到國小四年級，所以不要太難的讀和寫都沒問題。至於華語部分，說和聽比較不難，但是字比較難寫得出來。」

「為什麼字會讀卻寫不出來？」

「因為我平常就很少練習寫字。」

多數學者認為，導致學習失敗的原因之一是：學習者雖然懂得一些學習策略，卻往往由於惰性作怪而不夠積極去運用策略（吳增生，1994：22～26）。阿水自己也了解字不會寫的原因是因為疏於練習，也就是惰性使然。在語言學習過程中，動機是一個動態的發展過程。學習策略、學習成就可以在不同程度上影響學習者的動機的強弱（張立，2003：63～65）。阿水學習華語屬於動機類型的學習方式，她在學習華語過程當中，就個人需求強弱表現出不同的學習特徵。由於阿水將融入目標語群體文化中視為學習華語的主要目的，以聽、說、讀為主要學習活動，希望能提高聽、說能力。加上先生也重視阿水的華語發音，雖不常但只要聽到阿水發音錯誤，會立即糾正她。阿水在學習新單字時不曾嘗試利用字卡、圖案、或是有聲的CD、DVD等來加強輔助學習，她較喜歡與真人對話。

阿水目前發音已非常標準，先生也對於阿水說華語比當地人說的還標準而引以為傲。

「學習華語時覺得什麼最困難？」

「唸注音的時候四聲很難正確發音，尤其是第二聲和第三聲很難分的清楚，因為這兩個音太接近了。後來我在練習唸的時候發現，第二聲的符號是ˊ，讀這個音的時候就順著這個符號下巴往上移動。第三聲的符號是ˇ，讀這個音的時候頭也是順著打勾的筆劃方

向移動，先往下再往上，這樣多試幾遍，二、三聲就可以區分清楚了。」

（訪B摘2007.07.07）

　　阿水在學習中遇到困難或問題，會嘗試從學習的過程中揣摩解決問題的方法，而這次的嘗試是一個成功的經驗。

　　「對於上課的內容妳聽懂多少？妳常常發問嗎？」

　　「大部分都聽得懂，聽不懂我會問。但是我會看情形，如果很多人同時舉手發問，我會先讓給新同學問。如果老師問問題時，我也會讓新同學回答，都沒有人回答時，我就會回答。」

　　對於上課聽不懂的內容，阿水會禮遇給新同學先發問，回答問題時也是如此，因為課堂上的學習是它主要的學習來源，因此對於上課學習內容較少會質疑，大多能欣然接受。

　　談到阿水在課堂上的表現，教過他多年的黃老師說：「阿水上課較少問問題。但是她很少缺課，可能因為做生意較忙，上課偶爾手機會響，有時感覺會心不在焉。因為阿水要作生意，回家就沒有複習功課，加上對自己比較沒信心（因為在越南國小沒畢業），所以考試時容易緊張，導致表現不好。不過阿水跟其他同學互動很好，即使不是跟他同國籍的的外籍配偶，她都不吝嗇給予協助。」

（訪H摘2007.07.16）

　　「對於課堂上不懂的內容，妳會用什麼方法讓自己懂？」

　　「我直接問老師。」

　　「除了問老師以外妳會嘗試其他的方法嗎？例如查字典或其他方法。」

　　「我曾經試過查字典，但是都查不到我要查的字。」

　　「妳是怎麼查的？」

「我是用注音拼音查的，但是可能因為我拼的音不對，所以都查不到。」

「有沒有嘗試用查部首的方式查查看？」

「老師有教過，但是我不大會拆部首，筆畫也不能數錯，這個比較難，因為沒有習慣用，慢慢的就不會用了。我也想請先生教我，才發現先生也不大會查。因為沒人可以教我，所以我只好強記了。」

（訪B摘2007.07.26）

Ke分析學生對漢字學習常用的學習策略，儘管很多被試者都認同部件法是學習漢字的一種有效策略，但他們更傾向於將每一個漢字作為一個整體來記憶，而不是將其分解為形旁、聲旁等部件（轉引自王建勤，2006a：246～262）。雖然許多研究顯示，部件學習法對於漢字學習的重要性，但前提是需具備漢字部首知識（王建勤，2006a：246～262）。部件學習法對於母語以字母系統為主的阿水帶來很大的困擾，因此她在學習漢字時所採用的策略為強記法，又因為阿水的漢字部件知識不足，無法將其分解為形旁、聲旁等部件，只能將漢字作為一個整體來記憶。Mcginnis考察漢語初學者所使用的漢字學習策略，所收集的數據反映出部件學習法並未引起學習者的高度重視，相反地，強記法、創造聯想記憶手段是初學者最為普遍運用的策略（轉引自王建勤，2006a：246～262）。

「妳會注意其他同學的學習活動嗎？」

「會，尤其是對新來的同學。如果她們需要我的幫忙，我會去幫她。」

「妳會參與班上的團體討論活動嗎？」

「會。」

　　阿水藉由「參與課堂集體活動」、「主動與對方交流」等利用或創造學習環境促進語言的學習。認知理論認為，學習者通過多種信息系統收集多方面的信息，收集的信息越多，越是可靠，所獲得的知識也就越真實有用（王建勤，2006b：215-216）。類似討論這類課題的課堂集體活動，阿水參與其中，就處於一種特定的語言環境之中，可以接受來自於多方面的信息，所獲得的華語知識就越豐富。

　　「課文的重點妳會畫線、做記號、記筆記嗎？」

　　「老師特別提醒很重要要我們畫下來，我才會畫，作記號比較少。因為我會寫的字不多，寫筆記很困難，除非是老師寫在黑板上可以直接用抄的，如果要邊聽邊寫就沒辦法了。」

（訪B摘2007.08.13）

　　第二語言學習中，精細加工的典型例子就是記筆記。經過大腦精細加工過的知識會在大腦中保持的更為長久（王曉華，2004：133～134）。阿水會把老師寫在黑板上的重點詞語和重點句子記下來，但是老師隨口說的，礙於寫字能力有限，來不及記下來。阿水的學習成果會好於那些上課從不做筆記，或者記筆記也是敷衍了事的學習者。

（觀B摘2007.08.20）

2、課堂外個人學習

　　為了提升第二語言的學習成效，一般學習者除了有限的課堂學習外，會利用課堂外的時間，透過預習、複習、看電視、看電影、閱讀華文書籍、看報紙或與當地人交際等管道來幫助自己學習。比起一般外籍配偶，阿水在課堂外的學習時間更為充裕。由於阿水較擅長口頭交際，因而對口語相關的學習有高度興趣，學習態度積極；

漢字對她而言因為難寫難記且無趣而缺乏自信，學習較被動。因為學習的成效結果影響她學習的態度。

「老師還沒教的，妳會先預習嗎？預習哪些內容？」

「不會，如果老師有特別交代要先看，我才會看。」

「妳有在複習嗎？複習哪些內容？」

「很少，考試前才會複習，複習老師交代的重點。」

「妳有背課文的習慣嗎？」

「我不喜歡背課文，因為很難記得住。可是如果上臺比賽或表演的因為比較有內容又有趣，自然就背起來了。」

　　講到上臺表演，阿水眼神突然亮了起來，她說：「我們去年參加臺東縣教育局辦的多元文化成果發表會，有很多隊伍報名，我們表演的是『湄公河畔的詩語歌』，臺下的觀眾一邊看我們的表演一邊掉眼淚，真的很感人。」研究者問：「這麼多的內容要全部背起來會不會覺得很吃力？」阿水說：「因為內容是我們跟老師討論後才寫出來的，又是在講我們家鄉的事，唸的時候又很像在唱歌，多唸幾次就記住了，我們今年要表演有劇情的，這個會更有趣。」

（訪B摘2007.8.22）

　　阿水等人也曾在研究者所辦理的「多元文化種子教師研習」中表演「湄公河畔的詩語歌」，因為當天的研習屬靜態活動，「湄公河畔的詩語歌」是臨時加進去當開場的暖場用，由於不是正式的表演加上阿水等表演者事先沒有排練，因此當天的演出感覺有點像「喜劇」。

（觀B摘2007.12.22）

　　研究者聽到阿水說有人看了她們的表演後感動的哭了，不解究竟何處令人感動，於是進一步詢問阿水：「上次我看妳們表演這個

節目，感覺妳們有點像在演喜劇。」阿水說：「因為才排演一、兩次才會這樣，我們都是利用晚上時間排演，十幾個人要全部集合不容易，我比較沒有問題，有的人時間比較不容易配合，所以我都會先在家把我要說的部分背好，排演的時候才不會一直重來浪費時間。」

（訪B摘2007.12.25）

　　學習興趣是指學習者力求獲得某種知識時的情緒意向，學習者的學習情緒與其學業成績之間成顯著的正相關，也就是說濃厚的學習興趣會使學習者取得良好的學習成績，即使智力一般的人也是如此（王惠萍、歐曉霞，1996：81～83）。阿水對於適合表演的語料內容，因為可以自由發揮演繹，具有高度的學習興趣，學習的積極性較高，在排演及表演過程中，不但強化了記憶，也達到複述的目的，結果在不知不覺中達到了理想的學習效果。

　　「閱讀的過程中有看不懂的地方，怎麼解決？」

　　「先看上下文猜，如果猜不出來就問先生，如果先生沒空我就留著問老師。」

　　「有安排其他學習活動加強自己的語文程度嗎？」

　　「因為家裡開店比較忙，我沒時間也沒有習慣看書或聽錄音帶學習華文。先生的朋友常會到店裡來找先生泡茶、聊天，我也跟大家坐在一起聊天，從聊天當中可以聽到很多課堂上老師沒有教的，他們都說我的華語發音比其他外籍配偶標準，我想可能因為我常常跟這裡的人說話的關係吧！」

（訪B摘2007.08.31）

　　人格特徵影響第二語言的學習，外向型的第二語言學習者比內向型的學習效果要好。外向型的學習者更容易與其他第二語言使用者接

觸、交往，因而得到更多的關於第二語言的信息（王惠萍、歐曉霞，
1996：81～83；楊光，2005：68～71）。Krashen認為開朗的人格有
助於第二語言的習得，一個外向型的課堂學習者會因為得到更多的練
習機會而受益。Rossier研究發現，他的學生第二語言的口語流利程度
與人格測驗得來的內向／外向有著顯著的關係。具體的說，外向的第
二語言學習者的學習成績明顯的高於內向型第二語言學者（轉引自
王惠萍、歐曉霞，1996：81～83）。阿水在她先生印象中是「大膽」，
在同儕及朋友眼中是「熱情」，在師長眼中則是「開朗」，因為她獨
立自主的個性，使她在認識事物時很少受環境和他人的影響。

3、真實的語言環境

「為了提高會話能力，妳會用什麼方法訓練自己？」

「多跟別人交談。」

「跟人對話聽不懂妳會採取什麼解決辦法？」

「如果跟對方很熟，就直接問對方，如果不熟就記下來回去問
先生。」

「妳會主動找人交談嗎？」

「會。」

「妳會不會因為擔心對方聽不懂妳講的話，而不敢跟對方講話？」

「不會，因為自己開店的關係，店裡常常有客人進進出出，不
管自己講對或錯，我都會跟對方交談，只要能表達自己的意思就行
了。因為自己常常跟別人交談，我都可以感覺到自己的進步。」

（訪B摘2007.09.11）

日常生活中，阿水會儘量找機會與人交談，練習所學習的目標
語言，因為她樂觀又外向的性格，對自己持有積極肯定的態度、自

信心強、善於交際。阿水經由日常交際中能感受到自己的進步，因而強化她繼續學習的興趣與信心。

「平常跟人對話時妳都使用妳熟悉的句子嗎？」

「不一定，要看對象是誰。如果是別國的外籍配偶，我會用比較簡單的對話跟她們交談，因為太難的她們聽不懂。如果是跟當地的人對話，我會儘量用新學的句子，說錯了她們會糾正我，我才會知道我錯在哪裡。如果是跟越南的像阿鳳她們，華語、越南語、臺語混著講。」

（訪B摘2007.09.22）

對第二語言學習者來說，交際活動也是學習活動的一部分，因為它可以把學到的語言知識付諸實踐進行運用，是培養語言交際能力所必需的（李潔，2006：132-133）。阿水的交談時所使用的語料，因交際對象而有不同的選擇。如果對方是華語初學者華語程度較差的新女性移民，她為了配合對方選擇「透過描述事物或行為特徵的方式來達到交際目的」，甚至搭配「肢體語言」。如果對方是華語程度較高的當地人，她選擇「以目的語為基礎解決問題的策略」，就算知道這個新詞彙結構不正確，但對她來說有足夠的語意特徵可以表達意義，也就是說「這樣的表達雖不夠準確但也不影響交談」。至於與自己的同胞姐妹們，則是在華語中夾雜著母語或形成母語式的目的語。這幾類策略都反映出阿水在交際中所進行語言表達時，為使交際順利進行，所運用的一些策略手段，目的是對新語言知識的學習。

（觀B摘2007.09.22）

4、借助母語情形

「妳聽、說華語時會習慣先翻譯成母語再了解嗎？」

「剛開始學習時為了幫助自己學習會這樣做。」

「妳讀、寫（表達）華語時會先用母語思考再翻成中文嗎？」

「寫對我而言比較難，為了幫助自己學習，不會寫的字我會用注音代替，越南語比較少用。」

「妳會依賴母語語音注音嗎？」

「剛開始會，現在已經不會了。」

「妳記生字用什麼方式？」

「直接背，有時候也會用猜的，對於左右合併或上下合併的字我比較容易併錯。」

（訪B摘2007.10.01）

5、運用目的語（華語）情形

「妳平常對話時大多用華語嗎？」

「如果對方是越南的同鄉，就用母語，如果是這裡的人就用臺語或華語。」

「妳記筆記、寫重點時都用華語嗎？」

「老師上課在黑板上寫什麼我就跟著寫什麼，如果遇到不會的就用注音符號代替。」

「妳會要求自己在任何情形下儘量不講母語，直接用華語嗎？」

「我現在大部分都講華語比較習慣。可是如果跟自己的同鄉講話像阿鳳她們，我們都用母語交談比較親切，有時候交談中還會講華語。但是跟阿竹（泰籍外籍配偶）她們或印尼的我們就用國語或臺語交談。」

（訪B摘2007.10.13）

（二）學習後的蛻變

1、學習使自己更有自信

　　新女性移民藉由參與語言學習，改變自己所處的「位置」，藉由這樣的轉變過程，促進女性的「賦權」與「培力」。就Gilligan的道德發展理論，女性以自我需要為其核心來發聲。使用的語彙如「我想要」、「我的選擇」、「我看見我自己」、「我知道」。阿水的獨立自主、樂觀進取的人格特質，以「自我的方式作決定」，知道如何根據自己的情況採取不同的學習策略，學習上有所選擇、有所側重，使語言能力得到全面發展。

　　「妳有沒有想過，如果妳沒嫁來臺灣，會過得比現在好嗎？」

　　「不會，因為我家實在太窮了，如果我還在越南，我現在應該還是過著划槳載客人，在市場賣雞、賣菜賺錢的日子。」

　　「經過這些年的學習與生活，妳覺得妳有改變嗎？」

　　「有，當然有。」

　　「什麼地方改變最多？」

　　「生活。我可以自己決定自己要過的生活，因為先生非常信任我，不會管我，我決定要做什麼它都會支持我、幫助我。當然我自己也做得讓先生放心。」

　　「妳覺得別人因為妳的外籍身分而瞧不起妳嗎？」

　　「不會，先生的朋友反而常常稱讚我聰明又能幹。」

　　「妳會不會對自己是外籍的身分感到自卑嗎？」

　　「不會。」

（訪B摘2007.10.21）

　　阿水因個性外向樂觀喜歡交朋友，加上從小就跟著母親外出打工賺錢，從小耳濡目染的影響，造就她滿有生意頭腦，三年前在先

生的支持下自己開起店面，專賣越南小吃及生活用品，開店至今，生意漸入佳境，久而久之也成為外籍配偶的出入場所。研究者因為辦活動上的需要，偶而也會到阿水的店走動，發現阿水的店也有其他的姐妹進駐做起指甲彩繪的生意，阿水和她的先生也會幫忙打工的姐妹們義務照顧小孩。除了一樓店面外，二、三樓阿水則是分租給學生，每個月都有固定收入。

（觀B摘2007.10.21）

2、隨遇而安樂觀進取的人生態度

　　阿水目前擔任臺東縣外籍配偶協會的幹部及諮詢輔導志工，偶而也會跟著協會其他幹部到學校教小朋友認識東南亞文物，語文課程她也沒有間斷，教育機關辦理的研習課程她有空也都會去參加。雖然很忙，但她過得很充實，先生也以行動支持她，跟著她一起參與活動。

　　「妳對目前的生活滿意嗎？」

　　「很滿意。」

　　「有沒有想過有自己的小孩？」

　　「因為先生的小孩都很大在賺錢了，過不久可能也會結婚生小孩。加上我先生年紀也大了，如果再生小孩可能生活就沒有辦法像現在過的這麼輕鬆。」

　　阿水曾私底下表示，小時候家裡就是因為小孩多所以過得很辛苦，自己也沒有耐心帶小孩，既然先生不需要她傳宗接代，她也樂於接受。

　　「大家都認為妳很會幫助別人，是怎麼想幫助其他新女性移民？」

　　「因為我們都是從外面嫁過來的，每個人都有自己的家庭與小孩，我自己過得好也希望她們也過得好。這些年來陸陸續續接觸很多外籍配偶，有的因為賺錢而走錯路，有的因為交到壞朋友被騙了，

結果都不是很好，家庭也沒了，跟先生離婚後，沒有身分證的只能回到自己的家鄉。就算有身分證可以留在臺灣，為了生活就過著像報紙新聞上所說的那種日子。所以我現在只要發現對方有點在變了，就趕快勸她，能勸一個就可以減少一個破碎的家庭。」

「對於未來，妳有什麼目標？」

「我現在的目標是先通過國小學歷檢定考試，努力賺錢把現在這個租的店面買下來，有一棟屬於自己的房子。」

「拿到國小學歷後，會不會想再繼續升學？」

「當然想啊！要再更認真才可以。」

「妳想過怎樣的生活？」

「過跟這裡的人一樣的生活，努力賺錢改善越南娘家的生活，讓弟弟妹妹讀多一點書，成為社會上有用的人。」

「妳會不會希望重回自己的故鄉？」

「我已經很習慣臺灣的生活，我在這裡過得也很好，我想以後就在這裡定居了，但是每年我還是會回越南看看自己的親人，探親順便度假。」

（訪B摘2007.11.02）

在社會文化環境差異下，每種語言都是在一定的社會文化背景下存在，都具有一種文化內涵，對於成年人而言，往往已經在母語文化中形成一種思維模式，要學習第二語言，心中的排拒情緒將導致學習率降低，要清除這些障礙，必須糾正學習者認識上的偏差，讓他們了解兩種文化的差別以及思維方式，才有助於第二語言的學習（耿曉雲，2007：83〜86）。阿水在跨文化學習第二語言過程當中，體認到這兩種語言文化的相對性和豐富性。對她而言，二者之間沒有優劣之分而只有熟悉與不熟悉之分，她深知必須在學習第二

語言的過程中建立「新觀念」、新的思維模式，才能克服因文化差異而帶來學習上的障礙。

四、小結

（一）母國學習經驗影響來臺後的語言學習

1、童年母語學習態度影響第二語言的學習

　　阿水因為家裡貧窮繳不出學費，被迫唸到國小四年級就休學了，在此之前的四年求學過程中，為了分攤家計，大部分的時間都跟著母親外出賣菜、划船載客人賺錢，她對於學習的經驗是模糊的，僅限於短暫四年的課堂上的學習。在學校的四年求學生涯，是她對學習僅有的記憶，雖然學業成績在班上表現平平，但是因為她個性樂觀、樂於助人，頗受同儕歡迎。在課堂上不懂會發問，也會主動回答老師的問題。課堂外則是忙著打工賺錢，沒有時間複習功課，因為父母及兄長也都忙著賺錢，阿水即使在課業上有問題也無人可問，久而久之她也就不問了。這樣的學習態度一直延續到她嫁來臺灣後，她因為嫁到異國而變成文盲，她為了要融入當地生活，積極學習當地語言，很快的她會說也會聽，溝通上沒問題後她中斷了學習，直到現有的語文能力不足以應付生活上的需要後，她才再度學習。比起其他新移民女性幸運的是她沒有公婆及小孩的束縛，先生也從不干涉她。先生在她第二語言學習過程中，雖然不提供學習方法、也不督促她、規定她學什麼，對阿水而言先生的開明反而讓她的學習沒有壓力，可以順著自己的興趣發展，加上阿水能掌握自己的學習特點，能根據自己的情況採取不同的學習策略，使語言能力得到全面的發展。

2、兒童時期母語習得對第二語言學習策略運用的影響

兒童所以能夠習得語言，是因為他們認識到語言可以幫助做事，可以滿足他們自身的需要。語言結構只是表達意思的手段之一，不應該處於母語習得的中心位置。兒童為了學會如何表達意思，是掌握語言的語義體系（王舫，2006：113～114）。模仿是母語習得的一個重要途徑之一，喬姆斯基強調兒童能從模仿材料中抽出一般規則，韓禮德強調兒童所以有模仿的衝動，是因為他們發現學習語言可以幫助他們做事達到自己的目的（轉引自王舫，2006：113～114）。阿水學習第二語言的方式承襲自她兒童時期母語學習的模式，因為語言可以幫助她做事，可以滿足她自身的需要，她只需學會如何表達意思就可達到自己的目的。嫁到臺灣後，阿水在非母語環境中學習第二語言，因為從兒童時期母語習得的成功經驗得到啟發，藉由模仿練習強化第二語言的練習。只有透過大量模仿強化練習，使第二語言信號在大腦裡得到加強，以致於可以自動做出反應的地步。阿水跟其他外籍配偶一樣，在初學華語時，發音時帶有濃濃的「鄉音」，為了改掉自己的「鄉音」，阿水做語音模仿練習，模仿對象是先生及老師，希望透過練習，習得第二語言口語。在漢字的學習方面，對於識字量比較少的學習者，難以對數量有限的字進行歸納、總結，自然無法利用聲符和意符去記生字（陸節萍、彭茹，2007）。阿水了解部件字型策略不利於她對漢字書寫的學習，為了避免犯錯，無論是左右合併、上下合併的字她一律使用整體字型策略去記生字。為了減低因文化差異造成第二語言句法的錯置，她透過朗讀練習及戲劇表演，藉由不同的表達方式，強化第二語言句法的思維模式。

阿水第二語言學習策略的選擇和使用受到個人觀念的影響，這個觀念又與她幼年成長時的社會文化背景、認知經驗、教育環境等

息息相關。她從學習母語以來就沒有閱讀讀物、報紙的習慣，課後也不會主動複習學過的功課，因為從小就必須跟著大人做生意賺錢，培養良好的交際能力。嫁到臺灣後，她不閱讀報紙、書刊，而是透過與當地人交際的語言文化互動的學習機制，以此方式幫助理解華語文化內涵。

（二）新女性移民第二語言學習策略VS.女性主義認識論

1、第二語言學習呼應Gilligan道德發展論

Gilligan的道德發展理論，在日常生活中，女性的道德選擇方式是採取「自我」的方式，以「自我的方式作決定」、傾聽自我的需要作決定，或是藉著個人來定義自己作決定的方式（轉引自朱雅琪，2000）。阿水以「自我需要」為其語言學習核心。她的學習思維模式及策略運用依據「我想要」、「我的選擇」、「我看見我自己」、「我知道」。個人不是依著他者的需要而發聲，如：我「要」在家看我的店、我「要」參加研習（這是發聲者自我的需求）。Gilligan在探討自我、關係與道德的文章中，強調女性自我概念與真實生活中道德選擇的考量是與男性不同。關於她學到什麼、沒學到什麼，關於她怎麼喜愛學習、怎麼選擇學習等，她全都以「自我」取代了「服從」。女性傾向於聯繫人際網絡，關懷他人，並在關係中與他人相互依賴（蔡美玲譯，1995：23～36）。對阿水而言，自我概念的建構是在與他人的互動過程中產生，與同為外籍配偶的互動則以相互依賴的「回應」或是「關懷」為其首要，她認為最重要的是去領會她人的需要和她人的表現，而不要傷害工作中的人際關係。從發展方向來看，是朝向平面連結的人際網絡發展。

2、第二語言學習策略反映後結構女性主義論

女性主義立場論擴大了女性認識論，Goldberger以「實踐」的觀點主張認識方式是一種維持生存所發展出來的策略與手段。Goldberger認為在社會文化情境中，個人依循著自己的動機（甚至無意識），有目的的使用或組合一些明顯的、普通的認識方式。知識的建構不可避免地受到歷史條件和地點以及個人所處的社會位置所影響（轉引自林君論，2003）。阿水重視自己的主觀感覺，聽從自己的意見，依自己的偏好進行課程的篩選，選擇自認為有用的、想聽的，是主觀式的認識方式。她的學習必須要能滿足她的生活所需，思考並建構對顧客的理解與知識，運用關係與人連結應對來銷售商品，從生活經驗、工作知識中建構一套實用、問題解決導向並兼具理性與感性的知識觀。阿水對家人、先生、師長以及同儕交往大多使用獨立的認識觀，經營自己的事業的同時也發展出個人的知識觀。

Harding她以「弱勢的力量」描述弱勢位置所創造知識資源對真實與真理的貢獻：從女性生活出發的知識建構不會絕對化自身觀點，也不會壓制他者的價值觀。因此弱勢者位置生產的知識得以更完整與全面的掌握真實的全貌，相較於優勢認識社群的「絕對客觀性」，弱勢位置的認識可能是更具客觀性（轉引自吳秀瑾，2000）。阿水的原生家庭是越南社會中社會底層的弱勢群體成員，更在學校教育中經歷了繳不出學費而被老師指責的難堪處境，她所在的社會位置，未曾享受過資源充裕的滋味。嫁入臺灣後，因為現在家庭觀念開放，在先生鼓勵和支持下，讓她有寬闊的舞臺可以逐步實現自我理想，阿水藉由自身的女性生活經驗的知識資源促成個人位居的社會位置的改變。

（三）第二語言學習有助於與社會的詮釋互動

符號互動論重視與整個大環境中，人、事、物互動時所象徵的意義，與傳統心理學或社會學不同，人們藉著語言來賦予事情所具有的意義，並經由建立共同意義的語言符碼，使得人與人的互動得以持續進行（王瑞壎，2002：61〜90）。符號互動論基於三個基本前提：第一個前提是指「人們對事情的感受、舉止、行為表現等，是根據這些事情對他們具有的意義而來行動的」；第二個前提是指「意義的產生是根據社會互動過程而來」；第三個前提則是指「當個人要根據事情的意義來行動時，是經過一詮釋的過程」（轉引自胡幼慧，1996：225）。阿水是越南社會底層的弱勢群體成員，由於原生家庭經濟窘迫，到學校上課不但要繳超過家庭負荷的學費外，也不能改善家庭經濟，外出賺錢反而能稍微改變現狀，阿水根據自己的生活經驗得到一個啟示，受教育、學習是次要的，賺錢才是重要的。童年的生活經驗累積，因為過怕了窮日子，嫁到臺灣之後，因為存有脫離原生社會的慾望，希望到新的環境後，能提供她穩定的經濟來源，早日脫離貧窮。因為整個環境的改變、她陷入另一個困境（文盲），她試著用童年的生活經驗去跟這個社會互動來改變現狀，但是她失敗了，而她在跟整個環境互動中體認到需藉由受教育，尤其是語言的學習，才能改變現狀。她就在環境中與人、事、物的互動中累積經驗，藉由經驗賦予新的想法，一直持續進行著。由此觀之，詮釋的可貴，在於主體經驗的多采多姿，非能從一定理、規則所獲得。詮釋互動論解釋個人生活與公眾對個人困擾的反應之間的交互關係，察覺到語言與女性經驗間的落差，避免直接套用現有的概念來指涉女性的經驗，注意語言中的豐富內涵，仔細分析語言的多層面意義，允許現象有多種概念的呈現方式。

（四）成功語言學習者學習第二語言所使用的策略

1、有選擇的學習策略

這是阿水在華語學習中運用的最為廣泛的一種學習策略。阿水剛嫁入臺灣，她跟一般初級階段的第二語言學習者一樣，她要求自己最起碼具備口頭交際能力，花大部分的時間在提高口語和聽力，希望能夠用第二語言與當地人交談、口語表達清楚。對課堂上的種種信息刺激都願作出反應，對課堂活動也很注意，對她不熟悉的新信息，為達到目的她會主動提問與回答。

2、有效的記憶策略

雖然有些老師們認為字彙的學習是很簡單的，但是語言學習者對於記住大量的字彙以達到語言流暢仍感到困難重重。Lord曾說過「到目前為止，在學習任何語言時，無論是學習母語或外語，字彙是最難控制的一個因素」（轉引自蘇旻洵譯，2007：235）。漢字這種立體組合的方塊文字，不同於越語的拼音文字。阿水在漢字的學習上，記憶佔了很大的比重。阿水利用各種可以幫助自己記憶的方法，幫助自己從記憶中提取出所要的語言知識。部件學習法給母語以拼音字母系統為主的阿水帶來很大的困擾，因此她在學習漢字時所採用的策略為強記法，又因為阿水的漢字部件知識不足，無法將其分解為形旁、聲旁等部件，而採取將漢字作為一個整體來記憶。

3、利用或創造學習環境的策略

阿水接受來自多方面的信息，積極參與課堂集體活動、討論表演內容，她獲得的信息量十分豐富，討論時要思考、提問或回答，這時她的思考方式是開放型的。阿水在學習漢語時會找臺灣當地人交談，在與對方交流過程中，既要動用聽覺系統，同時輸出自己的

想法，提取所學的知識，並將其運用到新的情景中。這種運用的過程是鞏固的過程也是創造的過程。例如：一個句式，在課文中出現的是一種運用條件，聽別人談話時會得到第二種或第三種運用條件，而當她自己表達時，可能會出現完全不同於前面的創造性的運用。像這樣，所學的知識在鞏固的同時得到多方面的擴展。

4、補償策略的運用

這是學習者在自由學習或自由交際過程中為克服某些語言障礙以獲得最佳效果而採取的一些補救措施（王建勤，2006b：295～300）。對阿水來說，在交際中偶有不「遂意」的情況，或者一下子找不到適當的句式，她採用「迂迴表達」的策略，用好幾個簡單句來表達一個複句的意思；或用幾個簡單句描述某個語詞（概念），以此來補償自己學習、記憶的不足。阿水也會用自己的語言經驗來揣摩或解釋對方的意思，在一定程度上能夠達到交流思想的作用。

5、借用母語策略

借用母語是學習者所運用的一種很主要的學習第二語言的策略。借用母語是學習者為達到學習目的所使用的一種手段，其目的是為了進行信息編碼以及利用母語線索來提取目的語的語言信息（王建勤，2006b：286～288）。阿水在交談及閱讀時幾乎不需要借助母語，但是書寫時仍需藉助母語過渡和轉換。阿水對於母語的借用，主要是用於難以解釋的語詞和語法規則的對比上，比較典型的例子就是先用母語構思好要說或寫的句子或內容再翻譯成華語表達出來。另外在表達抽象概念時，也會先借用母語語義編碼，然後經過過渡和轉換成華語。

6、學習動機促成社交策略

　　學者對一般學習者學習策略的調查結果顯示，社交策略是留學生最常使用的策略，主要是環境使然（江新，2000：21～24、王建勤，2006b：295～301）。外籍配偶在臺灣學習華語，除了正式的課堂學習外，在自然交際環境中的非正式學習也是一個重要途徑，為了達到交際目的，常常自覺、不自覺地運用社交策略。阿水具有良好的語言學習意識，善於與他人合作學習，藉由與他人互動來增進語言技巧，提升自我價值與社會接受度。阿水感受到語言和文化的關聯性，常常參加具臺灣當地文化的才藝競賽及表演，正是對目的語所屬文化保持著濃厚的興趣，想要不斷地了解它，也使得她可以有傑出的表現。

7、學習環境與學習任務決定多使用交際策略

　　交際策略是第二語言學習者在表達上出現問題的時候所採用的技巧。阿水最常用的是「釋義」。「釋義」是在一定的交際語境中沒有或找不到合適的形式或結構時選用另一種可以接受的語言形式（王建勤，2006b：329）。它是一種替換，表達的不夠準確但也不影響交際。交際對象是目的語使用程度較高的當地人，設想即使表達的意思不完全，對方也能了解，並能進一步提供正確的語用知識，交談的過程中不僅可糾正自己的錯誤，同時也能提升語言知識。在日常生活中頻繁使用華語提問，請求對方把自己聽不懂的內容再說一遍，無形中在使用華語的過程中同時也學習了華語，進而了解華語背後的文化因素。

（五）成功語言學習者的特有策略運用

　　第二語言學習成功與否，關鍵在於適時調整學習策略，使其對學習過程進行最理想的調控。研究者認為阿水具有王曉軍、Cohen、

Oxford、Rubin、Naiman等語言學家所認為的成功的第二語言學習者
所具備的特質（王曉軍，2001：73～76；吳增生，1994：22～26）：

1、有意識、有計畫、有目的的使用語言學習策略。

2、對自己的學習行為進行自覺調整或糾正，使其適應第二
　　語言的學習需要，以求顯著的學習效果，阿水在學習過
　　程中了解到自己的弱點與優點，並能發揮所長彌補不足
　　之處。

3、善於處理學習動機和心理因素等方面的關係，以良好的精
　　神狀態和持續的努力面對挫折、克服困難。

4、有規畫地使用交際策略，積極參與真實的語言交際活動。

5、語言學習的成功主要在於學習者本人充分利用學習機會的
　　各種能力。

6、有強烈的學習動機、對於學習具有強烈主導態度，Gardner
　　指出，學習動機與其第二語言的學習成就有相當大的關
　　聯，學習動機越高表示學習需求越強烈，越能堅定地面對
　　挫折並繼續學習（轉引自蘇旻洵，2004b；蘇旻洵譯，2007：
　　16～17）。阿水亟欲學會華文，以了解當地時事、與當地
　　人溝通，藉學習來提升工作上的進展。

7、善用交際策略，提升語言知識，能視不同的學習任務彈性
　　運用各種策略。

8、選擇自己喜愛的學習環境，積極參與各種學習活動。

9、具有良好的語言學習意識，善於與他人合作學習，藉由與
　　他人互動來增進語言技巧，提升自我價值與社會接受度。

　　Chamot和Kupper、O'Malley和Chamot、Oxford、Green和Oxford
等人研究調查結果指出，成功的學習者傾向於使用適當的策略，且
能結合有效的策略以達到語言工作的需求（轉引自廖柏森，2006）。

Chamot和Kupper在他們的長期研究中發現高成效的學習者「較常使用學習策略，使用上也較適切，使用層面也較多元，並且能幫助他們成功地完成語言任務或工作」（同上）。有成效的學習者在執行語言任務或工作時都是有目標的。Huang和Van-Naerssen指出在口語溝通能力方面，成功的學習者較常使用功能性練習策略（同上）。有成效的學習者在執行語言任務或工作時都是有目標的，他們會監控自己的語言理解和產生，並善用其先備的一般知識和語言知識。研究者在訪談中發現阿水在語言學習策略的使用上，最常用的策略是交際策略、社交策略，其次是認知策略及補償策略。最不常用的是記憶策略、情感策略及後設。阿水學習策略的使用主要受到她個人學習風格的影響，重視自己的主觀感覺，聽從自己的意見，依自己的偏好進行課程的篩選，選擇自認為有用的、想聽的，是主觀式自我導向的學習方式。每一次的學習都是為了要達成某項目標，必須要能滿足她的生活所需，剛嫁入臺灣，為了要成為當地社會的一員（目標），她積極學華語。雖然她不是對所有的學習都表現的很積極、認真，也沒有花很多時間在機械式的練習或複習課業，但只要是她有興趣（表演）的或是對她的工作有幫助的，她則會很積極的投入學習，且要求一定要有成果。阿水不是很在意個人學業成績表現，但她學習思考並建構對學習的理解與知識，運用關係與人連結應對來拓展人際關係，從生活經驗、工作知識中建構一套實用、問題解決導向並兼具理性與感性的知識觀。阿水對家人、先生、師長以及同儕交往大多使用獨立的認識觀，經營自己的事業的同時也發展出個人的知識觀。

第三節　阿慧的跨文化學習與蛻變

　　阿慧（化名），1976年出生於越南，父親早期經營肥料生意，三年前已過世。母親幫忙父親看店，目前因輕微中風行動不方便。阿慧家共有十個兄弟姐妹，她排行老六，有五個姊姊、一個弟弟、三個妹妹。雖然兄弟姐妹多，因為家境富有加上父母親重視子女教育，每一個小孩都接受學校教育，阿慧的五個姊姊中有三個姐姐唸到高中畢業，三個妹妹、弟弟全部都唸到大學畢業，其中最小的妹妹目前在外商公司上班，屬於高所得的單身貴族。至於阿慧本身，國中時因為父親經商投資失敗，賠了很多錢，父親轉而務農，因為收入不穩定，家裡經濟大不如前，阿慧因繳不出學費，被迫在國中三年級時輟學。

　　二十一歲時，先生到越南相親，對阿慧一見鍾情，隨即展開熱烈追求，阿慧雖然對臺灣男人印象不好，因為被先生的真誠感動嫁到臺灣。先生家有自己的農地，阿慧跟著先生一起種茖葉，雖然辛苦，但收入穩定。

　　阿慧目前育有二女，在校成績都保持在前五名，自己在通過國小學歷檢定後，目前在國中補校就讀一年級，學習成績都保持在前三名，她希望最快明年可以通過國中學歷檢定，一直繼續唸到大學畢業。

一、原生母國的語言學習

（一）母語的學習環境與經驗

1、父母重視子女教育

　　阿慧家住在鄉下，因為距離學校遠加上農村普遍貧窮又重男輕女，左右鄰居的女孩幾乎都沒有機會到學校讀書。阿慧的媽媽因為

是當地的大地主女兒，繼承大片的土地嫁給阿慧的爸爸，她們家因此成為村子裡最有錢的人家。阿慧說：「外公因為從小就很疼媽媽，又顧慮到媽媽生了十個小孩，負擔較沉重，因此分了將近一甲地給媽媽，雖然當時受到再娶的老婆及子女們的抗議，但外公依然堅持這麼做。爸爸把部分農地賣掉開店賣肥料，生意還不錯賺了一些錢，轉而作其他投資，這段期間是我們家最有錢的時候。」阿慧的爸爸在越戰戰亂的年代裡仍完成高中學歷，可見他的原生家庭對教育的重視，也影響阿慧爸爸對子女教育重視的態度。阿慧的媽媽雖然家境富有，但因生母去世的早，繼母不願意花錢讓她去學校唸書，使得她連國小都沒唸畢業，因為這樣的遺憾讓阿慧的媽媽說什麼也一定要讓子女接受完整的教育。家庭經濟上的許可加上父母親都重視子女的教育，阿慧的三個姐姐得以順利完成高中學業。阿慧說：「我三姐因為比較會唸書，爸爸為了栽培她，還花錢讓她補習考大學，很可惜補了三次都沒有考上。我爸爸的觀念是只要妳想讀，一定會讓妳讀，女孩子也一樣，媽媽的想法也跟爸爸一樣。」這時候的阿慧正處國小求學階段，這個階段可以說是她學習表現的第一個高峰期，阿慧說：「我幾乎考試都在班上前三名，第一名也是常有的事。」平常上午上完課後回到家大部分的時間她都跟姐姐們在家複習自己的功課，爸爸媽媽則是在店裡顧店，農忙時期店裡非常忙，他們寧可花錢請人也不會要她們到店裡幫忙。

「妳爸媽有沒有因為妳在校的傑出表現而特別注意妳？」

「因為家裡小孩太多了，爸媽又很忙，他們會比較關心唸高中的姐姐的成績。姐姐們因為成績都不錯，我有任何課業上的問題，她們都會很有耐心的教我，不讓爸媽操心。」

（訪C摘2008.01.06）

　　阿慧家境優渥，雖然家裡女孩多，因父母親重視子女教育，她的國小求學階段不用像其他同學半工半讀貼補家用，使得她可以在課業上盡情發揮，加上姐姐們可以協助她解決課堂以外學習上的問題，阿慧求學過程非常順利。

2、家道中落仍不放棄學習

　　國中時期，因為父親投資虧損，阿慧家的肥料店被迫頂讓還債，父母親只好下田耕種養家餬口。最小的妹妹出生不久，阿慧媽媽身體狀況變差沒辦法做粗重的工作，使得原本有限的收入更是雪上加霜。阿慧第一次感受到生活的壓力，開始跟著姊姊到爺爺家附近的工廠打工賺錢。阿慧回憶說：「我們那邊從國小到高中都是讀半天，我跟姊姊都是讀下午班的，可以一起打工賺錢。為了方便邊唸書邊打工，我跟還沒有嫁人的姐姐住在爺爺家，一邊讀書、一邊剝蝦子賺錢。為了多賺點錢，我和姐姐一起研究剝蝦的訣竅，我剝蝦的速度快到一個小時可以剝好幾斤。」國二那年，家裡再也負擔不起龐大的學費，阿慧也開始面臨在學校被老師催討學費的窘境。老師的不斷催討學費加上半工半讀的辛苦，阿慧沒經過父母親同意就不再去學校上課了。父母親知道後極力反對，阿慧自己也覺得決定的太衝動而感到後悔，想要去學校辦理復學，卻被學校拒絕了。

　　「從此就沒有再學習？」

　　「我那時年紀小不懂事又愛面子，原本還覺得不去上課也無所謂，但是連續幾天都在剝蝦覺得無聊也沒有前途，開始懷念在學校上課的日子。原本以為再到學校上課就可以了。後來才知道學校已經把我除名退學了。現在回想起來覺得自己真的很不懂事，也深刻體會到什麼叫『後悔也來不及』。因為不能再去學校了，才發現自

己很喜歡讀書，我只好看姐姐唸過的書，不懂的就問她，雖然在越南國中沒有讀畢業，但是自己的學問應該不輸給國中畢業的人。」

（訪C摘2008.01.20）

　　訪談過程中可以感受到阿慧對於自己在越南國中沒讀畢業這件事耿耿於懷，因為她覺得只要她不休學繼續半工半讀，她也可以跟姊姊們一樣，至少讀到高中畢業，雖然輟學了，但她的學習並沒有因此中斷。

（二）母語學習歷程中的傑出表現

1、多才多藝全方位發展

　　阿慧國小時期在校成績名列前矛，不但很會唸書也很會唱歌，跟同學相處得也很愉快，因為多才多藝被班上遴選為學藝股長。阿慧說：「在我們那邊班長都要選很兇的成績不一定要很好，但是學藝股長就會選成績好、會表演，還要負責班上的表演活動、比賽。我就常常代表班上參加歌唱比賽、演講比賽。」

　　「妳上臺會不會緊張？」

　　「不會，我很喜歡上臺表演，尤其是唱歌，老師同學都說我唱歌很好聽。我也參加演講、朗讀比賽。」

　　「演講的內容都背得起來？」

　　「因為內容是我自己寫的，很好背。我很會背書、記憶力也不錯。」

　　「學習母語的過程中有沒有遇到什麼困難？」

　　「不覺得有什麼困難。」

　　「上課會做筆記或主動發表、提問？」

　　「我們越南上課沒有在記筆記的，通常都是老師一邊上課我們一邊發表，我很喜歡發表、常常主動發表。舉手提問比較少，因為有的老師很兇我不敢發問，有不懂的等到回家再問姊姊。」

（訪C摘2008.02.18）

　　阿慧屬於班上的風雲人物，不但功課好，還常常參加各種表演比賽，在學習方面，很積極、主動又充滿自信，記憶力佳又擅長背誦更為她的學習加分不少。

2、師長的極力栽培

　　在阿慧的印象中，越南的老師大部分都很兇，在講臺上只顧著自己上課，不管學生聽不聽得懂，下課也很少主動關心學生，師生之間除了上課以外，很少有互動。但是國小六年級時的導師卻令她印象深刻。

　　「老師上課認真嗎？」

　　「因為越南老師的薪水不會很高，有的老師也會去打工賺錢。國中時教我數學的男老師，可能是因為有在打工，上課大部分時間都在睡覺，很少管我們，下了課就走了，因為他很兇，就算有問題也不敢問他，所以我的數學變得很爛。」

　　「每一個老師都這樣？」

　　「印象中我們的老師就只有上課，很少會主動關心學生的生活。不過很幸運的是我六年級遇到了一位好老師。她不但上課很認真，對我很好，會主動關心我、問我家裡的生活情形。我常常跟她聊天，她知道我喜歡發表、也會唱歌，鼓勵我參加比賽。因為我們兩個人家離得很近，放學時會跟她一起走路回家，功課不會就直接去她家問她，班上如果有露營活動，老師也會叫我去她家幫忙準備

需要的用品，所以我常常去老師家。被老師教的那段時間，是我表現最好的時期，可惜快樂的時間只維持一年，我們班就換老師了。」

（訪C摘2008.02.25）

　　阿慧國小階段在班上可稱得上是風雲人物，成績好、積極參與各項才藝競賽與表演，跟同儕互動良好，也深得老師的信任與器重，她自己也認為這個階段是她學習表現最好的時期，學習對她而言是一件愉快又值得回味的經驗。

二、來臺後參與第二語言學習

（一）第二語言學習歷程與經驗

1、有效的策略組合奠定語言學習基礎

　　阿慧跟其他剛嫁來的外籍配偶不一樣的是，她嫁來臺灣之前就已經有不錯的華語基礎，日常生活的對話她都可以應付得過，簡單的字也認得出來。但是阿慧不因此而感到滿足，她希望能學的更完整，在她生完老大後，透過鄰長的介紹，先生幫她報名參加豐源國小的成人識字班。

　　「妳嫁來臺灣第一次參加什麼課程？」

　　「我先生幫我報名豐源國小的成人識字班，班上的外籍配偶就佔了一半，這六個月當中，我學會了所有的注音符號，包括正確的唸法與發音。當時教我們的老師為了讓我們學會正確的發音，每發一個音都要我們注意她的唇型跟著她唸，每個音都唸的非常清楚，例如發『ㄈ』的音時，她要我們把門牙放在下嘴唇上發音，令我印象非常深刻。我覺得第一個老師真的很重要，就是因為這個老師要求的非常嚴格，我的注音符號基礎打得好，不但每一個都會唸，拼

音、注音也不會搞錯。這六個月的學習對我而言真的很重要，我也很感謝那位認真的老師。」

「這次以後妳還有繼續參加學習課程嗎？」

「因為我生老二，我們住家附近的學校也沒有再開語言學習班，將近一年四個月的時間我都沒有上課。」

「妳就此中斷了學習？」

「因為我在越南學華語時先生有買一些書和錄音帶讓我練習，我覺得還不錯一直留在身邊，沒有去學校上課的這段時間，我就反覆聽這些錄音帶練習，先生也會教我。後來社會福利館開了外籍配偶識字班課程，這是我第一次上傅老師的課。雖然隔了很久沒有上課，因為我自己都有在練習，所以只要老師發問，我都會搶著舉手發表。有一次，傅老師要我們用『流』這個字造詞，我馬上舉手回答『細水長流』，傅老師對我的表現印象深刻，下課時還特別讚美我表現得很好，邀請我加入協會（臺東縣外籍配偶協會）。」

（訪C摘2008.03.03）

阿慧華語學習得到師長的認同及讚賞，不但增加自信，第一次從學習過程中體會到使用方法有助於學習，成就感促使她繼續學習，不僅學習華語，學習的層次及範圍更寬廣。

2、先生是語言學習的重要推手

認識阿慧先生的人，不得不感佩他對阿慧的用心良苦，從他在越南第一眼看到阿慧開始，就積極展開追求，為了博取阿慧好感，他留在越南，天天到她家爭取她家人對他的認同，直到阿慧點頭嫁給他為止。為了讓阿慧嫁到臺灣能夠馬上適應新環境，阿慧的先生還特別幫她在越南挑選華語老師。阿慧說：「我老公當時選了一個大陸來的老師，他還跟老師討論我的上課時間和內容。那時候要嫁

過來臺灣前都會先學三個月的華語，主要學一些日常生活用語，每天上課三小時。而我老公為了要讓我學好華語，要我辭掉工作，專心學好華語，不僅學習基本會話，還要學習認字，我也比其他人多學一個月，還買了教學錄音帶和教材要我有空自己練習。」阿慧的先生回到臺灣後，每天跟阿慧通電話。阿慧說：「老公打電話來都會問我今天學了什麼、發生的事，記得有一次老公問我有沒有『男朋友』，因為我不懂『男朋友』的意思，我直接問老公，老公要我去問老師以後再告訴他，後來我就對『男朋友』印象深刻。他就這樣每天問我問題，也不告訴我什麼意思，不懂就去問老師，只要被他問過的記得特別清楚。」除此之外，阿慧的老公還會寫信給她。阿慧說：「我接到信後，他因為擔心我看不懂，會在電話中按照信的內容一個字一個字的讀給我聽，並要我無論如何都要回信給他，不會寫的字就用注音的。」阿慧這四個月當中不但跟老師學習、加上錄音帶及教材的輔助學習，以及先生每天的真人對話及書信往返，聽、說、讀、寫同時進行，使她的華語進步神速，這也是為何她嫁來臺灣就具有華語基礎的原因。

（訪C摘2008.03.10）

　　阿慧的先生具有專科學歷，學校畢業後原本在外縣市經商，受到經濟不景氣的影響，父親要他回到家鄉繼承農業，因為父母不斷催促他早日成家立業，因而跟朋友一起到越南相親，促成了他跟阿慧的良緣。研究者非常好奇他對阿慧學習華語的「大費周章」，特別問訪問他。阿慧的先生說：「當初決定要娶阿慧時，就考慮到語言的問題，既然都要花錢學就要學好。只要對她學習有幫助的我都儘量去配合，老師很重要、教材也很重要，因為我沒辦法在身邊提醒她、教她，所以只好每天打電話跟她聊天，培養感情的同時也可

以知道她學習的進度。要她回信則是強迫她寫國字，希望能幫助她適應國字的寫法。」結果證明阿慧並沒有讓先生失望。阿慧來臺灣後先生不僅幫她注意有關華語學習的相關訊息，阿慧上課期間，先生不但幫忙帶小孩，也天天接送阿慧來回上課。

　　阿慧的先生說：「我老婆很認真，也很有上進心，頭腦反應也不錯，我覺得她很適合唸書，鼓勵她一直唸到空大畢業。」阿慧在通過東區職訓中心辦理的廚師丙級證照考試後，原本有機會可以讀高中。臺東某國立職校同意為取得證照的外籍配偶們開班授課，三年後畢業即可獲得高中學歷，結果只有阿慧一個人願意唸。阿慧的先生說：「得知這個消息後我鼓勵她就算班上只她一個人也去讀，如果擔心一個人上課沒伴很無聊，我可以天天去班上陪她上課。」可惜這個班最後還是沒開成，夫妻倆都覺得很遺憾。

（訪F摘2008.03.10）

　　「公婆對妳出來上課會有意見嗎？」

　　「婆婆一開始因為擔心我像我們家附近的外籍配偶會交到壞朋友被帶壞，不贊成我出去學習。先生跟她保證不會，加上婆婆也常常跟我一起參加活動，老師常常在她面前稱讚我表現很好，而我又常得獎，婆婆現在不但不會反對，反而會要我多唸書。」

　　「妳還參加了什麼學習課程？」

　　「我有空還報名參加指甲彩繪、美容課程，現在我有中餐丙級證照。」

（訪C摘2008.03.19）

　　先生及家人感受到阿慧的傑出表現，對她的學習全力支持。阿慧因為有先生的支持與鼓勵，學習更加認真，她目前就讀國中補校，上次月考剛考完，阿鳳就考了第一名。

（二）跨文化語言學習與交際歷程

1、多管道並用促進語言學習

阿慧嫁到臺灣之前學過四個月的華語，具備了華語初級階段的程度，跟家人基本的溝通也沒問題。但是漸漸接觸的人變多了，她覺得四個月的學習學的還是很有限，因為大部分的國字她還是不會唸，她發現要學會認字，必須要先會拼音，要會拼音就要把每一個注音符號背起來、發音正確。

「第一次接觸華語跟母語比起來覺得哪一個比較難學？」

「越南語因為從小就會講，覺得很簡單。華語就不一樣，記得以前在越南看臺灣的連續劇，字幕出現的就是漢字。那是我第一次看過漢字，跟我一起看的人都覺的得每一個字看起來很像符咒上的符號，難看難寫又難懂。現在自己要學，覺得真的不容易。」

阿慧根據自己所學的經驗得到一個學習心得，她說：「漢字真的很重要，要會唸漢字之前一定要先學會每一個注音符號，注音符號學得好拼音才不會有問題，拼音正確漢字自然就會唸會寫。有人上課十年了，漢字還是常常寫錯，就是因為注音符號學得不好。如果字認得多，造詞、造句也就沒問題。」

其次，常常困擾外籍配偶的發音問題，阿慧也難以倖免。她說：「我們越南母語的發音裡面沒有第四聲這個音，因為學華語後才知道有第四聲這個音，所以對我而言第四聲最難唸，我常常一、四聲不分。」

母語文化對第二語言學習者的影響最明顯表現在發音及腔調。大陸學者王建勤一項對越南學生漢語四聲偏誤情況的研究發現，去聲（第四聲）是越南學生漢語聲調學習的難點，其他三聲也存在著找不到位的各種偏誤形式（去聲唸成陽平，上聲唸成半上）。越南

學生中的漢語聲調偏誤幾乎都可以從越南語聲調中找到原因。越南語沒有全降調型，也沒有高平調，聲調的升降幅度較漢語窄而且急促，影響了對漢語四聲的學習（王建勤，2006c：68～72）。

「怎麼克服著個問題？」

「在學會第四聲的發音後，我發現自己不知道哪些字應該唸第四聲、哪些字應該唸第二聲，我習慣先查字典把全部的字一個一個標出注音，然後記起來，才發覺我以前把第四聲都唸成第二聲，也發現第四聲的字比第二聲的字多。我想第四聲的字這麼多不好記，先把比較少的第二聲的發音記起來，再來記第四聲就不會搞混了。還有常出現的第四聲的字：『爸爸』、『買菜』、『吃飯』、『賺錢』我都會要求自己記起來。在剛學的第一年，注音符號裡面的『ㄑ』和『ㄒ』這兩個音我常常搞混。記得有一次我跟鄰居一起疊菁葉，大家一邊疊葉子一邊聊天，當我講完我沒有『ㄒㄧㄢˊ』（錢）後，對方發現我發音錯誤，馬上告訴我正確的唸法，從這次以後我就沒有再唸錯了。」

（訪C摘2008.03.22）

阿慧學習第二語言時出現聲調的偏誤主要是來自母語的遷移。她發現自己的問題所在後，透過查字典將聲調區隔出不同的幾個音，再區分出量多、量少，常用、不常用，為了方便記憶及避免混淆，她採取記少不記多，常用字多記的方式，克服自己在學習華語聲調時的難點，這個方法對其他學習者成效雖有待商榷，但對阿慧本身而言，她覺得確實幫她解決了這方面的問題。

2、靈活運用策略達成交際任務

「為了提高自己華語能力，妳會用什麼方法訓練自己？」

「跟當地人交談，學習發音也訓練自己的說話反應。看報紙或比較專業的書，可以加深自己對文字的印象。」

「跟人對話聽不懂妳會採取什麼解決辦法？」

「直接問對方，比較特別或難懂的就問先生。」

「妳會主動找人交談嗎？」

「現在比較會。」

「妳會不會因為擔心對方聽不懂妳講的話，而不敢跟對方講話？」

「剛開始的時候，因為怕出錯，比較少跟不熟悉的人講話，現在我可以用客家話、閩南話跟人對話。我先生還說，我現在說話越來越有水準和內涵，常常會講道理、也會用成語。因為我會把新學到的或聽到的或看到的，直接用在我跟別人的交談中，也就是『學以致用』。」

阿慧將日常生活中與人的對話，作為訓練自己運用新的語言知識的一個管道，她對話時採用的話語，儘量用新的語詞和句子，豐富自己的對話內容與深度。

「平常跟人對話時妳都使用妳熟悉句子嗎？」

「不一定，要看對象是誰。我比較常用新學的句子，現在除了跟越南的同鄉阿鳳她們講越語之外，幾乎已經習慣講華語了。」

（訪C摘2008.03.31）

先生是阿慧最稱職的老師，它對阿慧學習過程中給予的協助及指導是促成阿慧學習進步的一大助力，他不但很有耐心，也會提供甚至安排對阿慧最有幫助的學習，不斷地鼓勵她更上一層樓。阿慧自己也表示，將來她如果成功，除了自己的努力之外，她最要感謝的是先生。

三、第二語言學習策略

研究者針對學習者的特質設計了和語言學習過程、語言和交際及自我管理有關的問題，了解她學習華語時所使用的策略，包括課前、課中、課後各環節，引導她回顧所使用的策略，深入探詢她使用不同策略的環境，如課堂內和課堂外，以及她對不同學習策略的運用產生影響的因素，如學習內容、學習方式、談話對象以及學習動機等等。

（一）第二語言學習策略的運用

在第二語言學習中策略非常重要，學習者如何用最少的時間掌握最多的語言知識和運用語言的能力是第二語言的難點。掌握好的學習策略是解決這個問題的關鍵，有效的使用學習策略，可以提高學習和記憶效率。透過以下訪談，了解阿慧在第二語言學習過程中，如何學會學習、如何記憶、如何進入分析思維。阿慧嫁到臺灣十二年來不斷學習，不但成為可以自學獨立的學習者，並獲得了促進自己學習的有效策略。

1、課堂上學習困難的解決策略

「妳嫁來臺灣之前會說華語嗎？」

「日常生活基本對話都沒問題。」

「妳覺得華語和越語哪一個比較難？」

「越語感覺自然就會了，不用怎麼學就聽得懂也會說，讀和寫也都沒問題。至於華語部分，因為跟我的母語差別太大，剛開始學的時候很吃力。」

「現在還會覺得吃力？」

「不會了，除了作文比較沒有把握，其他都還好。」

「課堂上學習對妳華語學習有沒有幫助？」

「課堂上學到的比較正式，每一個老師教的方法不一樣，對我會有不一樣的結果。有的老師很厲害，原本很難懂的成語，因為很會舉例子說明，讓人很容易懂。有的老師解釋的太複雜，就會聽不懂。」

「聽不懂怎麼辦？」

「比如是一個字，我會利用下課的時間先查字典，了解這個字的意思後，再看看這個字可以怎麼造詞、造句。我覺得舉例子說明很重要，如果只是死記字或語詞的意思，而不知道它怎麼使用在句子上，有時候會變成『牛頭不對馬嘴』。我剛學沒多久時就常常犯這種錯誤，鬧了不少笑話。」

「學習華語時覺得什麼最困難？」

「剛來的時候因為受到我的母語發音的影響，對於我的母語沒有的音，會發不出正確的音，我先生就常常說我讀第四聲時的腔調特別怪。另外生字難寫、語詞也很難記。現在唸國中了，有特別意義的長篇的文章比較難懂，寫作需要再加強練習。」

「妳怎麼克服這些問題？」

「發音的部分，剛開始我會聽我先生買的那套教學錄音帶，一邊做家事一邊聽，還會跟著唸，自己唸給自己聽。我覺得自己對自己說華語是練習聽力和學習發音的好方法。但是如果要認識更多字、語詞或句子就要靠閱讀了。除了上課用的課本，我會讀那種有注音的報紙《國語日報》，而且是每天大聲的讀，這樣在練習發音的同時還有很多好處。例如：對注音符號的印象更深刻、拼音速度變快、認識新詞、流行用語、優美的句子。現在我看報紙的速度越來越快，也可以看懂整篇文章的內容。我在看報紙時如果看到不錯的成語或句子，我會把它抄到筆記裡，如果是沒學過的，馬上查字

典，查過幾次就記起來也知道怎麼用了。我記語詞時習慣把詞和課
文結合在一起，因為我覺得這種方法比單獨記語詞效果要好得多。
寫作文時，先打草稿，檢查內容和用詞有沒有錯誤，自己在讀讀看
通不通順。」

（訪C摘2008.04.11）

　　信息要能夠長久的保持最有效的策略就是對信息進行編碼和組
織。信息編碼是以不同的形式存在，包括：視覺編碼、語音聽覺編
碼、語意編碼等，在第二語言的學習中，最好能夠多種編碼方式同
時並用，視、聽、讀、寫相結合，可以提高第二語言的記憶效果（王
曉華，2004：133～134）。阿慧聽錄音帶、廣播、看華語電視節目、
訂閱華語報紙，運用多重管道獲取華語信息，而不僅只從書本上學
習華語。閱讀時把重點放在閱讀速度和整篇文章的內容上。她不單
獨記單詞，而是記短語，並且把課文結合在一起。至於上課教材，
阿慧先歸納學習材料讓它更有條理，邊聽邊看邊作練習多感官並
用，提高記憶效果。

　　「對於上課的內容妳聽懂多少？妳常常發問嗎？」

　　「大部分都聽得懂，聽不懂我就直接問老師。我上課很愛問問
題，也喜歡回答問題，在越南跟在臺灣都一樣。」

（訪C摘2008.04.17）

　　談到阿慧在課堂上的表現，長期在外籍配偶語言學習班授課的
蔡老師對她的上課表現印象特別深刻，蔡老師說：「阿慧的學習表
現最積極、成績也最好的。（蔡老師還特別強調阿慧學力鑑定成績
最好，目前在國中補校也是第一名）她不但資質好，學習效率高，
上課也非常專心，遇到不會的詞語就會發問，也會觸類旁通的以其
他類似的語詞問老師（例：『和xx一樣嗎』）。學習非常積極，例

如在數學課中，遇到不會的題目就會作記號，在期中考（國中補校）前就會主動來我家請我幫她複習，幾乎每天都會用電話問我問題。不僅如此，她對學習非常認真，把握每一個上課機會，只要有開課她都會來上，不論是哪種班。她無論上什麼課都不會缺課，也不會遲到、早退，作業都一定會繳交。阿慧的老公很支持阿慧的學習，會幫她帶小孩，還會幫她打電話請教老師問題，每天都接送她上下課。阿慧有這樣強烈的學習動機，一開始是想要給孩子作榜樣，希望可以教孩子，後來唸書唸出興趣，表現越來越好。也會和補校同學互相勉勵要繼續升學。」

（訪I摘2008.04.17）

「對於課堂上不懂的內容，妳會用什麼方法讓自己懂？」

「我都直接問老師。」

「除了問老師以外妳會嘗試其他的方法嗎？」

「我會查字典或跟老公討論。」

「妳常查字典？」

「我第一次在豐源國小上課時就學會查字典。我大部分是用注音拼音查的，如果查不到我才會改用部首去查。我查字典不是因為不會唸這個字，主要目的是想要進一步了解這個字可以造哪些語詞和句子。我習慣先把字典裡所舉的例子看一遍，覺得不錯的句子就抄下來或背起來，以後都會用得到，尤其是成語。如果有不懂意思的，我會把它圈起來問老公。」

（訪C摘2008.04.21）

　　部件學習法對於漢字學習雖然很重要性，但對於母語以字母系統為主的阿慧而言，她採用她較擅長的注音查字法，她查字典，不

僅弄懂詞意，還注意它的用法。不過當它使用這個方法無法解決問題時，她會再改採其他方法，對於策略的行使較具變通性。

「妳會注意其他同學的學習活動嗎？」

「不會，我都專心在自己的學習上。」

「妳會參與班上的團體討論活動嗎？」

「會。」

「聽得多還是說得多？」

「如果是自己知道的就會說，不知道的就多聽別人說。」

「常常參與討論對妳的學習有幫助嗎？」

「剛上課時因為擔心自己說錯被笑，常常都是當聽眾，後來上了幾次課以後比較有自信，就比較敢把自己的想法講出來。多跟同學或老師討論，可以訓練自己的講話方式，多聽別人說什麼，覺得不錯的就學起來。」

認知理論認為，學習者透過多種信息系統收集多方面的信息，收集的信息越多，越是可靠，所獲得的知識也就越真實和有用（王建勤，2006b：325～326）。阿慧藉由類似討論這類的課堂集體活動，接收來自於多方面的信息，並有選擇性的篩選對自己有幫助的信息豐富自己的華語知識。

「課文的重點妳會畫線、做記號、記筆記嗎？」

「我覺得很重要或不錯的句子會特別畫線，如果特別提醒自己要注意的我會做記號，例如圈詞我覺得有問題，我會在圈詞旁邊畫一個小三角形記號，覺的不錯的句子我可能做個小星星記號，有空就把它背起來。比較沒有記筆記的習慣。」

對學習中重點、難點、疑點給予不同標注，這對提高學習者學習第二語言的效率有很大的幫助（王曉華，2004：133～134）。阿

慧在閱讀學習材料時，用不同符號代表不同涵義，方便自己在複習時可以快速的找到重要信息並提醒自己需注意的地方。

（訪C摘2008.04.29）

2、課堂外把握任何學習管道

為了提升第二語言的學習成效，一般學習者會利用課堂外的時間，透過預習、複習、看電視、看電影、閱讀華文書籍、看報紙或跟當地人交際等管道來幫助自己學習。阿慧跟先生重了近一甲地的茖葉，雖然有請工人幫忙，為了減少開銷，大部分的時間，阿慧都跟著先生一起採茖葉。沒有上課時，疊茖葉時是她跟當地人交流的最主要管道。阿慧說：「我沒有上課那一年多的時間，因為懷孕的關係，很少去田裡採茖葉，大部分的時間都在家疊茖葉，我們幾個人一邊疊茖葉一邊聊天，雖然跟我一起疊茖葉的人書不是讀得很多，但是人都很好，不但會提醒我做月子該注意的事，也會教我怎麼帶小孩。跟他們交談的過程當中，我發錯音或說錯話，他們都很有耐心的教我。記得有一次我說『我要去買菜』，因為ㄘ的音發不準，說成我要買『ㄙㄞˋ』，鄰居的阿巴桑想了一下問我說，妳是不是要買田裡面種的那個『菜』，我回答說：『是』。接著她跟我說，妳剛剛把買『菜』說成買『ㄙㄞˋ』，『ㄙㄞˋ』在臺灣話的意思是我們上廁所大出來的那種東西的意思。自從他告訴我之後，我在也不會把『菜』講成『ㄙㄞˋ』。先生說我這段時間說話的發音進步很多，不會再常常跟他要<u>鹽巴</u>（因為阿慧會把給我『錢』說成給我『ㄒㄧㄢˊ』）。」

阿慧藉由跟當地人口頭交際，訓練自己的發音。只要被糾正過後，因為印象深刻，就不會再犯同樣的錯，因此被糾正的越多，進步的越快。

「除了學校上課以外，妳有安排其他活動加強自學內容？」

「我會聽廣播、看電視、看報紙、跟女兒一起看故事書。」

因為疊荖葉的關係，阿慧常聽廣播，晚上跟著婆婆一起看連續劇，剛開始它也跟婆婆一樣把聽廣播和看電視當成無聊時打發時間的一種方法，漸漸的轉變成學習如何活用對話的一種方式。阿慧說：「在課堂上學到的字或詞再多，不會使用也沒有用。令我印象最深刻的是：有一次在上課的時候學到『勤』這個字，我查字典知道『勤』可以用在『勤勞』、『勤儉』。雖然我大概知道這兩個詞的意思，但是要怎麼用在平常的對話還是有點困難，碰巧晚上在連續劇對話中出現這樣的對話：婆婆跟別人說她的媳婦很『勤勞』的工作賺錢，也很節省、不會亂花錢，對方就回答說：恭喜妳這麼好福氣，娶到『勤儉』的媳婦。我馬上問老公，那我是不是『勤儉』的媳婦，老公點頭說：『是』。」阿慧也強調，「因為電視會打上字幕，雖然沒有注音，但透過對話跟字幕的配合，更能加深印象。」此外，阿慧早期因為透過閱讀《國語日報》練習發音、認字，現在看報已成為她每天的習慣。阿慧說：「電視上學的是比較生活化的對話，如果要學比較正式的語詞或句子，報紙裡面真的可以學到很多。我常常看報紙裡人家投稿的文章、短文或是詩歌，希望對我的作文有幫助。」

「老師還沒教的，妳會先預習嗎？預習哪些內容？」

「剛開始上課的前幾年才會，現在因為沒時間也就很少先看了。如果老師有特別交代要先預習，我就會看，免得隔天不會回答問題。」

「妳有在複習嗎？複習哪些內容？」

「很少，考試前才會複習，複習老師交代的重點。」

「妳有背課文的習慣嗎？」

「我背東西很快，我喜歡的課文我都會把它背起來。」

「妳喜歡上臺表演或比賽嗎？」

「我從小就喜歡上臺表演或參加比賽，但是要準備的很有把握我才會上臺，希望自己的表現最好。」

（訪C摘2008.05.05）

　　談到上臺表演，阿慧提到今年教育部為了解外籍配偶來臺學習的需求，在池上鄉福原國小辦理臺東場的「外籍配偶巡迴座談會」，她以臺東縣終身學習楷模的身分在臺上跟臺下的其他外籍配偶們分享學習經驗。由於研究者當天也在場，也很好奇當天阿慧難得發生失常表現的原因。

（觀C摘2008.01.06）

　　研究者於是問她：「那天是不是因為長官多所以很緊張？」阿慧有點不好意思的回答說：『唉！不知道什麼原因，一上臺後腦筋突然一片空白，越急就越記不起來，想想覺得有點丟臉。』阿慧一向求好心切、自我要求甚高，那天的失常演出確實也讓在場的許多人感到意外，更讓阿慧久久無法釋懷。

　　阿慧是臺東縣外籍配偶協會重要幹部之一，常常上臺表演、比賽，加上阿慧聲音清亮、咬字又清楚，又擅長背誦，大多擔任重要角色。阿慧說：「不管是表演或比賽，我要講的部分我一定會先背好的。排演的時候才不會一直重來浪費時間。」

（訪C摘2008.05.05）

「閱讀的過程中有看不懂的地方，怎麼解決？」

「課文中如果出現很多新的語詞，會影響我對整篇文章的了解。因為先生知道的很多，我習慣都會問先生，先生會先舉例子，

他跟我解釋的我比較容易聽得懂，我們也會一起討論。有時候他如果不確定講的對不對，他會叫我去查字典。我不是每個生詞都會去查，我會先把課文看一遍，不懂的生詞圈起來，覺得重要和有趣的才查字典。如果不重要的直接用猜的。」

（訪C摘2008.05.10）

阿慧學習生詞，能區分重要和不重要的，並採取不同的策略，她還把猜詞義和查字典有技巧的結合在一起。對於阿慧所提的問題，阿慧的先生都會不厭其煩舉一反三的跟他舉例說明、討論。

阿慧的先生說：「她剛開始上課那幾年，每次上課回來，就會把她上課聽到不懂的或是有趣的問題問我，最常問的就是成語。有時候她連要問的問題都沒辦法完全記住，例如四個字的成語，她就講頭、尾兩個字，例如：她會問『入××出』，我大概猜得出來她要問的是『入不敷出』。解釋給她聽這句成語的意思後，她還會舉一反三的問：『這就是跟上次學過的××××一樣嗎？』或是『這跟××××有什麼不一樣？』等類似的問題。」

（訪F摘2008.05.10）

阿慧說：「我老公很厲害，每次問兩個字的時候他都猜的出來我要問什麼，如果猜不出來，他會翻開字典一個一個問我，或是直接打話問老師，教過我的每一個老師都認識他，也稱讚他很認真。看到他這麼認真的在教我，如果自己不努力，真的會很對不起他。」

（訪C摘2008.05.10）

阿慧的先生除了給予阿慧學習上的協助外，他的學習態度和方法無形中也影響阿慧，而且是正向的遷移。

3、借助母語情形

「妳聽、說華語時會習慣先翻譯成母語再了解嗎？」

「剛開始會，現在把越語翻譯成華語或將華語翻譯成越語都沒有問題。」

「妳讀、寫（表達）華語時會先用母語思考再翻成中文嗎？」

「剛開始讀課文時，老師解釋在語詞或句子的意思時，為了怕忘記加上不會寫注音和中文，只好寫越語註記，學會注音後，就不再使用越語註記了。」

「妳會依賴母語語音注音嗎？」

「剛開始學習時為了幫助自己學會讀，會用母語注音，後來發現如果用母語的音來發華語的音，發出來的音反而會不標準，例如第四聲，就不敢再這麼做了。」

阿慧在剛學習華語時和第二語言初學者一樣，在聽覺方面，對於華語各聲母音素的語音特徵不了解，辨認不出各個部位發音方法的聲母音素，所以當她發音時，對越南語音系所沒有的華語聲母音素因為模仿不出來，只好以越南語一些語音特徵相近的因素和發音習慣來代替華語不好發的聲母。隨著學習時間及學習程度的增長，阿慧自覺用母語替代方式不能發出正確的音，反而會造成學習上的偏誤，立刻改採其他方法。

「妳記生字用什麼方式？」

「會拼音就容易記得起來，邊唸邊寫筆劃才不會寫錯，特別是左右合併的字，剛開始會分不清楚哪個放左邊、哪個放右邊。像『口』、『月』用在左右合併時，大部分都在左邊，這個比較不會弄錯。但是它們有時候也會出現在右邊，例如『加』、『和』、『知』、『明』等，對這些比較特別的字我會特別記起來。另外像『　』（阜、邑）在左邊是『陪』，放在右邊時是『部』，因為左右位置改變，

唸法跟意思變得完全不一樣。像這種忽左忽右變來變去的字對我而言最容易搞錯，後來我發現我女兒在學生字時，對於這樣的字也容易出錯。為了讓自己分清楚，我先記音（唸法），再查字典了解這個字的意思和用法，選擇一個我比較熟悉的語詞，兩個字一起記，例如：『陪』就想成是『陪伴』的『陪』，『部』就想成是『部首』的『部』，這樣不但記得住也記得多。我也是這樣教我女兒，字認得多，讀跟寫就沒有問題。」

（訪C摘2008.05.19）

　　成年人學習第二語言有別於兒童，他們具有較強的理解能力，學習過程中會比兒童多一點理性思考。大陸學者呂必松指出：「學會一種語言現象都需要經過理解、模仿和記憶這幾個階段。『理解就是懂得所學的言語現象的意思，也就是明白這種語言現象的形式結構和語義結構。』學習第二語言，不理解言語現象是學不會的。」（呂必松，1992：35～41）阿慧在生字的學習上採用「類推同化」的策略。對於像「口」左右結構的字採定量分析，先區分為「常規位置」和「非常規位置」，它的常規位置是在字的左邊；而非常規位置是在字的右邊，非常規位置屬特例要特別記住。至於像「部」、「陪」這種無法採用定量分析的字，她則採用類化分析，類化現象主要是由上下文影響而產生。對於第二語言學習者，利用上下文可避免和字在書寫上的偏誤，對語音、詞彙、語法等層面也有重要的作用（王建勤，2006c：319-329）。像「部」、「陪」因為各自加了上下文，產生了兩種不同的認知，如果沒有了上下文就會很難區分這兩個字的不同。

4、運用目的語（華語）情形

「妳平常對話時大多用華語嗎？」

「如果對方是越南的同鄉，就用母語，如果是這裡的人就用客家語或華語。」

「妳記筆記、寫重點時都用華語嗎？」

「老師上課在黑板上寫什麼我就跟著寫什麼，如果遇到不會的就用注音符號代替。」

「妳會要求自己在任何情形下儘量不講母語，直接用華語嗎？」

「我覺得上課是練習華語的好機會，我跟老師、同學用華語對話，如果突然有生詞想不起來不知道如何用表達時，我通常不用手勢，因為手勢不能清楚表達我的想法，我會用簡單的華語解釋，如果真的不知道如何表達我就直接問別人，不會因為這樣就逃避。我現在已經很習慣講華語，有時跟自己的同鄉阿水或阿鳳她們聊天，母語交談中還會穿插華語。」

（訪C摘2008.05.21）

阿慧充分利用任何機會積極用華語進行交際，她不用迴避策略、也不用非語言手段來解決交際過程中語言知識不足的情況。她知道要融入臺灣社會，除了在課堂上講華語外，她還隨時會跟當地人進行交際，用華語解決生活中的問題，只有多使用華語，才能讓自己說得更流利。

（二）學習後的蛻變

1、學習使自己獲得認同和肯定

阿慧嫁到臺灣的十二年來，學習從不間斷，曾有同鄉姐妹表示她們雖然沒有常常上課，平常生活上也沒有溝通的問題，也可以打工賺錢，實在不能理解為何她要花這麼多的時間在學習上。阿慧認為雖然別人感覺不到她的改變，但因為她的不斷學習，同村的外籍

配偶她們的先生，常常鼓勵也希望他們的太太多跟阿慧接近，甚至希望阿慧帶他們的太太一起去上課。阿慧自己也體認學習帶給她的改變與成就，也是因為這個動力，所以她想更上一層樓，直到達到她的目標。

「經過這些年的學習，妳覺得妳有改變嗎？」

「有，當然有。」

「什麼地方改變最多？」

「對自己更有信心。學會華語後，不必再依賴先生，自己可以獨立，也很習慣這裡的生活。上課後我的表現和進步獲得老師的稱讚，也常常得獎，讓我覺得很光榮。我們那邊的人知道我很喜歡上課，會在我公婆、老公面前稱讚我，還鼓勵我出來選舉。因為加入協會（臺東縣外籍配偶協會），我認識的人越來越多，也參加比較專業的課程訓練，偶而幫忙移民署翻譯，華文翻成越南文或越南文翻譯成華文都沒問題。」

「妳覺得別人因為妳的外籍身分而瞧不起妳嗎？」

「不會，先生的朋友反而常常稱讚我，鼓勵他們的老婆跟我做朋友。」

「妳會不會對自己是外籍的身分感到自卑嗎？」

「不會。」

「妳有沒有想過，如果妳沒嫁來臺灣，會過得比現在好嗎？」

「現在過得很好，因為我的關係，我三個妹妹都已經大學畢業了，還有一個妹妹還沒有結婚，我覺得這裡的生活還不錯，也認識很多不錯的人，想幫妹妹在這裡介紹好的對象。」

（訪C摘2008.05.23）

參與語言學習後阿慧得到轉變是具體可見的，變得更有自信：技能方面：因華文聽、說、讀、寫能力的提昇，脫離處處依賴他人的窘境。心理方面：上課後因獲得師長與同儕的關懷和認同而產生自信心與尊榮感，對新環境更加適應。家人關係：因語言溝通無礙跟家人聊天的話題增多，感情更融洽。社會方面：拓展了個人視野，人際關係和生活層面。

2、在平凡中求進步的人生觀

阿慧除擔任臺東縣外籍配偶協會的幹部及諮詢輔導志工，偶而也會雌參與協會辦理的研習活動。但是目前她全心投入國中補校的學習課程，希望明年就能通過國中學力鑑定考試。雖然很辛苦但她過得很充實，兩個女兒學校成績表現優異，先生也以行動支持她，天天接送她上下課，一起討論功課。

「妳對目前的生活還滿意嗎？」

「很滿意。」

「二個小孩子的功課表現如何？」

「原本怕教錯沒有自信教小孩，先生鼓勵我不要怕，這次中年級的大女兒參加臺東縣的作文比賽得到了優等，我比她還高興。我希望兩個女兒可以讀多一點書，不要像他爸爸一樣做農很辛苦。」

阿慧在越南時爸爸做農，嫁到臺灣後先生也務農，她深刻體認到靠天吃飯的辛苦，不希望自己的小孩也走這條路，她跟先生刻意栽培女兒，給她們補英文、作文，希望小孩日後都能有好的工作。

「對於未來，妳有什麼目標？」

「先生希望我可以唸到大學畢業，他都幫我想好了，國中畢業後唸農工，接著再唸我們家附近的大學（空中大學），我沒有想很多，可以的話就一直唸下去。」

「妳想成為什麼樣的人、過怎樣的生活？」

「希望這裡和越南的家人都平平安安的，有機會接越南的親人過來這裡玩幾天。因為越南的家人都沒有來過臺灣，尤其是我媽媽，她年紀已經很大了，她很想來臺灣看看我過的生活。可是這裡的規定越南的家人不能過來，連玩幾天也不可以，非常不合理。」

「妳會不會希望回自己的家鄉？」

「不會，因為我已經習慣臺灣的生活，如果有機會的話我希望越南的家人可以過來，這裡的生活比越南好多了，教育環境也很好。」

（訪C摘2008.05.27）

四、小結

（一）母國學習經驗影響第二語言學習策略的運用

1、原生家庭重視子女教育和學習環境造就獨特的認知風格

　　阿慧的父母重視子女教育，提供良好的學習環境給子女，使得阿慧的五個姐姐可以接受良好的教育。阿慧在注重教育的家庭環境下成長，因為從小耳濡目染對學習表現積極的態度，學習也趨於多元發展，唱歌、畫畫、朗讀、演講等，在各方面都有傑出的表現。Naiman等人研究個人認知方式（風格）對第二語言學習的影響，發現學習者的認知風格分為獨立性和依賴性兩種傾向，成功的語言學習者往往表現出獨立性。具有獨立性的學習者擅於剖析事物，把部分從整體中區分出來，善於區分有關的、無關緊要的信息，能把注意力集中在和學習有關的信息上，因而不太容易被多餘的信息分心。阿慧從小學習就具備Naiman所指的成功的語言學習者表現出獨立性的特質（轉引自楊光，2005：68～71），影響她在學習第二語

言時具有較強的分析能力，更能掌握第二語言的語法規則，認識事物時，很少受環境和他人的影響。例如：研究者在觀察阿慧課堂上課情形，老師在講解「會」的用法時，老師舉了例子「你會說華語」讓學生進行替換練習，並未說明就哪一部分進行替換，部分學習者只能說出「我會說華語」、「他會說華語」，僅就主語部分進行替換。阿慧卻能說出「婆婆會包粽子」、「先生會蓋房子」等句子，她不但會作主語的替換，再就「會」後面的部分進行替換，然後兩部分同時替換。阿慧能抓住關鍵的語言點，自己生成許多老師沒有講過的句子，表現出獨立性的特質。

（觀C摘2008.05.23）

2、母語學習觀念有助於第二語言學習策略的選擇

語言學習者的觀念大致可分為兩類，一為管理觀念，另一為語言學習觀念。管理觀念指的是學習者對確定目標、制定計畫、選擇策略、時間的安排、調控策略等一系列管理活動重要性的認識。語言學習觀念是指學習者對如何才能掌握好的語言知識、語言技能和交際能力的主張。學習者自己形成的學習理論對他們自身的學習行為有著直接的影響（文秋芳，1995：23～25）。阿慧在母國學習母語時就已具備有管理觀念，尤其策略的選擇上。例如：她在記憶表演、比賽內容時，如果一遍又一遍的朗讀，只要有足夠的時間，雖然最後也能記住，但是保持的時間不會太長，記憶也不會很牢；她嘗試背誦的方法，記憶的效果和效率大大的提高很多。這也影響到日後她在學習第二語言時習慣直接用背誦的方式來背新詞甚至課文。在學習過程中，運用策略控制學習過程的進行，使學習過程獲得最理想的調控。例如自我調配時間、學習順序，包括：學什麼內容、學習時做什麼、不做什麼、先做什麼、後做什麼。為了使信息

能有效地從記憶中提取,阿慧採用「多管道協同」策略,也就是利用多種感官互相配合,包括耳聽、手寫、口唸等並用。大陸學者李潔引用心理學工作者所做的一項實驗發現,運用多重感官對知識進行編碼,比單純只用某一種感官的編碼記憶效果要強得多(李潔,2006:132～133)。

(二)新女性移民第二語言學習策略VS.女性主義認識論

1、第二語言學習歷程呼應WWK「程序式」的認知結構

外籍配偶考慮嫁入臺灣的原因可能不止於個人層面的因素,家庭社經、原生文化對性別的歧視,大至國家經濟困境等,在在交錯著影響她們的行動抉擇。外籍配偶雖然都因婚嫁而移入臺灣,但其背後動機本身卻呈現出多元的不同面向。並非所有的外籍配偶都像我們想像的無助受害者,以印尼新娘為例,她們對自己的婚姻有相當理性的期待,所以遠嫁臺灣,主要是因為印尼華裔男子的不負責任及印尼的生活貧困,而這些印尼新娘中還不乏擁有碩士學位者及理想工作者(夏曉鵑,1997:10～21)。來自越南的阿慧原生家庭背景、經濟、教育程度在越南社會屬優勢,雖然身處父權社會中,但因父母親重視教育、也不會重男輕女,使得阿慧九個姊妹們都能獲得良好的教育,在校成績表現優異。父親經商失敗,家道中落,阿慧被迫放棄學業,打工一段日子後,想改變目前所處的環境,透過跨國婚姻遠離貧困生活。嫁到臺灣這個陌生的環境,她意識到臺灣人對外籍新娘形象的刻板印象,只有透過學習語言才能改變自身的處境。阿慧在整個語言學習過程中,她喜歡結構化和系統化的學習體系,習慣於學院派的學習刺激,希望學習環境中同儕之間因為競爭而努力用功。她更打算在同學都很認真、競爭的學習環境激勵

下繼續攻讀到大學畢業。阿慧的學習呼應WWK「程序式」的客觀的認知方式「信任權威，有意識、系統化、邏輯的分析，有計畫、精密地掌握生活」（蔡美玲譯，1995：25～27）。對於她的學習內容，她信賴來自於專家、師長的專業，但比較特別的是，她會進一步反省語言學習課程和教師的教法，並加以思考形成自己的觀點和知識。例如：豐源國小識字班教師的注音符號的教法令她印象深刻，因為她從這位老師身上不僅學習注音符號，還包括如何學會注音符號的方法。

2、第二語言學習策略對應Magolda認識反省模式

Magolda以Miami大學101位大學生為對象，就大學生學習的認識和推理發展進行追蹤探討，研究中顯示，在大學生的反思模式中可以發現人我關係在認知發展的重要性。跨文化研究學者Steglitz、Kappler主張，文化和個人認知發展現很密切。跨文化能力發展涉及知識的認知、個人的認同和人際關係三個獨立卻彼此相關聯的面向（轉引自林君論，2003）。女性的認知和價值的判斷是依存於關係之中，藉由認知、理解和詮釋外在世界，在和他人的互動中，進行互為主體性的動態辯證和反思，進而展現自我和他者經由溝通所形成的共識性世界（林君論，2003）。在臺灣的語言學習歷程中，阿慧參加過多種的語言學習課程，她並不會將課堂中的學習視作知識的唯一來源，她專心於學習，重視實用資訊，把握各種管道學習，追求更高層次的學習。她藉由跟同學合作或與當地人的互動來增進語言知識，並確信知識會促成個人在家庭和社會位置的改變，學習第二語言是獲得知識的根本之道。

（三）第二語言學習歷程印證對初始條件敏感的「蝴蝶效應」

　　混沌理論主張學習的過程是複雜的，是一種非線性過程。根據皮亞傑的理論，學習是一種認知結構改變的歷程。學習者的認知發展、性向、學習風格、甚至情緒都會改變學習成果，而改變後的認知結構又會回過頭來影響這些系統的表現。混沌理論提到的，複雜理論正好可以進一步說明那一變化過程是怎麼可能的。

　　阿慧和其他新女性移民一樣，在學習第二語言時，是無法事先預知學習的結果。能影響並改變學習結果的因素很多，包括個人的認知發展、性向、學習風格，情緒，甚至先生和夫家態度、和教學者的互動……等，任何一個變因都互為影響也都可能影響其學習成果。訪談中發現，阿慧的先生在阿慧的語言學習過程中扮演重要推手（因子），從決定娶阿慧時就有計畫的安排她的學習，也提供學習策略，包括發音、聽、說、讀、寫多管道並用。阿慧將先生所提供的策略實際用於學習中達到很好的效果，並進一步篩選建構自己的學習策略，隨著學習時間的拉長，策略使用的愈頻繁；策略使用的愈頻繁，學習效果愈佳。其他差異因子包括教過她的老師、同儕、一起疊茖葉的婆婆媽媽，也都促使她的語言學習產生變化，而且這些變化都偏向正面發展。阿慧在訪談中開玩笑的提到一種假設：「如果當初我不是嫁給我先生而是嫁給別人，結果可能大不同。」（訪C摘2008.01.20）印證混沌理論強調「對初始條件敏感，在開頭輸入的小差異就會造成『蝴蝶效應』般的變化」。

（四）學習第二語言過程中所使用的策略

　　阿慧在第二語言學習過程中試用了適合自己的策略幫助自己更成功、自主、有效率的了解、學習或記住各種新的知識和信息。

1、有效率的認知策略

認知策略包括對目標語的練習、接收和傳發訊息，對新語言的學習很重要，是學習者最普遍使用的學習策略，其中又以練習策略最為重要（蘇旻洵譯，2007：83）。認知策略是阿慧最常使用的策略，她的認知策略直接作用於學習語言的活動中，用許多不同的方式作聲音的練習；以新的方式重組已知的元素，用以產出較長的結果，例如：在整個句子中將片語詞組串聯起來；把握任何機會練習新的語言，例如：參與課堂上的對話和討論、閱讀書籍或報紙、用新語言寫信；藉由交叉比較分析將新語言的元素（聲音、字彙、文法）和自己母語的元素型分析比較，把已知的母語知識轉移到第二語言學習中；做筆記寫下主要的概念和特定的要點；使用不同的重點標示技巧標明重點，例如：在重點處劃線標明、用星號標示、或是用不同顏色座標標記，將注意力集中在段落中的重要訊息上。

2、記憶策略幫助學習

儲存和擷取新的資料訊息是記憶策略主要的關鍵功能，主要幫助學習者將他們所聽見或是所閱讀到的標的語言重要信息儲存在她們的記憶中，使學習者在需要理解或產出語言時，從他們的記憶中擷取需要的資訊（蘇旻洵譯，2007：45）。對母語為拼音文字的阿慧而言，字彙的學習，記憶占了很大的比重。就如阿慧所說：「學習生字時最困難，因為每個字都有好多的意義。」記憶策略幫助阿慧解決這樣的困難。阿慧運用記憶策略中的分組方式讓原本不連貫的片段信息更容易被記住，例如：左右結構的字採定量分析方式分組後方便記憶；將新字或新語詞放入句子或文章中，用以記住此新字或新詞。

3、補償策略彌補不足

補償策略幫助學習者在聽、說、讀、寫四大語言技能方面，克服知識上的限制，對於初級和中級的學習者來說是很重要的。當學習者偶而會有一些字詞不知如何表達、有些信息沒有聽清楚，或是面對意義含糊不清的情境，這時就需要運用到補償策略（蘇旻洵譯，2007：109～111）。阿慧使用補償策略來彌補句法上特別是字彙上技能的不足。猜測是阿慧處理新信息的方式之一，利用上下文背景和她本身的生活經驗來詮釋信息，例如：調整信息或用較簡單的近似義的信息來補足對新信息知識上的不足，阿慧在接受研究者的訪談過程中想要表達「有時候家裡開銷太大，『入不敷出』」時，會調整另一種較簡單的說法「有時候家裡開銷太大，『賺的錢不夠用』。」或是調整信息或使用大致上相近信息，例如：她在課堂上學到新的成語「栩栩如生」、「嘆為觀止」，回到家要問先生這兩句成語的意思，一時之間說不出來，而用「栩××生」、「嘆××止」表示。使用意義類似的字句來表達概念，或是使用相同意義的字來替代，例如：「你用來洗碗的東西」來描述「洗碗精／抹布」。

（訪C摘2008.03.22）

4、後設認知策略整合學習發展語言技能

後設認知策略對成功的語言學習來說是必須的，包括集中學習、安排和計畫學習、學習後的評估。阿慧專心注意在語言學習上，把握任何練習機會，尤其是在課堂以外尋找練習管道，主動從這些機會中儘量學習，從錯誤中學習。例如：藉由閱讀書本、報紙或跟當地人交談得知信息來幫助自己的語言學習。有目的的聽、說、讀、寫，例如：為了解最新資訊而聽廣播、為了練習發音而聽錄音帶，為學習日常生活會話看電視連續劇、為了增進閱讀能力而看報紙。

阿慧藉由自我監測的方式來檢視自己的語言表現。例如：學習新的語言知識時發生錯誤，追溯錯誤的起源為何，立即糾正錯誤後不再犯。透過自我評量檢視自己學習進展。例如：看報紙是不是比一個月前閱讀速度更快、自己是否在每次的對話中可以理解的部分有提升。

5、社交策略提升語言技能

大陸學者江新對留學生學習漢語所使用的學習策略的調查結果顯示，社交策略是他們最經常使用的策略，排在第一位，她對此解釋主要是環境使然（江新，2000：21～24）。阿慧嫁到臺灣來，除了正式的課堂學習外，隨時都需要用華語跟當地人交際，為了達到交際目的常常運用社交策略，例如：為了聽懂或確認而進行提問，阿慧聽不懂對方在講什麼時會說：「你可不可以再說一次、你可不可以慢慢說、你可不可以解釋給我聽。」為了確認自己的了解是否正確無誤，阿慧會重複對方所說的內容，取得對方的回應，例如：「你說的是不是××××」或「你說的是不是和××××一樣。」與當地人交談時自己覺得沒把握會在對話中請求對方糾正。此外，阿慧藉由與同學合作或與當地人的互動來增進語言技巧，這樣做不但能提高本身的語言表現、也能提升自我價值和社會接受度。學習一段時間後，阿慧了解到語言和文化的密不可分，必須對華語文化產生認同感，學習語言背後所蘊含的文化背景知識，才是對華語真正的理解，表達時會更貼切。

（觀C摘2008.04.17）

（五）成功語言學習者的特有策略

策略指對學習過程最理想的調控，調控的內容可分兩個方面，一是和過程有關，指的是管理策略。二是和語言學習材料本身有關，

指的是語言學習策略（文秋芳，1995：23～25）。管理策略涉及目標的制定、策略的選擇、時間的安排、策略有效性的評估和調整，這一系列活動都以自我評價為前提。語言學習策略直接用於第二語言學習，策略本身並沒有明顯的好壞之分，它們的成效高低要看學習者使用得是否恰當。學習者如果能有效管理策略來合理地調控語言學習策略的使用，就會收到預期的效果。研究者綜合對阿慧以上訪談及觀察紀錄發現她學習第二語言具備Abraham、Vann、Naiman、Stern、O'Malley和大陸學者文秋芳（轉引自蘇旻洵，2004b；樂莉，2004：149～151；文秋芳，1995：23～25）等語言學家認為成功的第二語言學習者的特質：

1、 成功地管理自己的學習過程，掌握了學習的主動權，對自己有分析有評價，對語言學習策略有選擇有評估，一發現問題及時調整。

2、 使用學習策略非常彈性，能針對不同的學習任務，適當地使用不同的學習策略組合。為達成學習任務，阿慧常使用認知策略在新語言學習上，並以補償略彌補語言知識的不足。例如：學習新語詞、句子時，反覆以口頭及手寫練習，並將語詞或句子放入不同的情境中運用，以幫助新語詞、新句子的理解。

3、 能充分利用或自己創造學習環境，發展適合自己需要的學習技巧和策略。阿慧從小記憶力強，很會背誦，她善於利用自己的優勢，勤勞的背生字，並靈活的運用在句子上。

4、 很清楚自己使用的策略以及使用的原因，選擇性的結合符合語言學習需求的策略。阿慧最擅長把認知策略和後設認知策略結合起來使用，每次學習任務完成後，檢視自己在學習過程中的利弊得失。

5、 控制自我的情緒或態度，讓自己處於有利於學習的狀態。
　　學習動機很強，不易受環境或其他人干擾、不易分心。

6、 訂定學習目標和時間計畫表，閱讀相關書籍以增進自己的
　　能力，可說是規畫學習。阿慧專注於學習，並自我要求按
　　照規畫進度走，為達目的、全力以赴。繼續升學是她的人
　　生規畫，而她也確實做到了。

7、 語言學習策略是有彈性的，在語言學習策略的選擇、組合
　　及應用沒有固定的順序或一定的模式。阿慧為達到交際目
　　的而運用社交策略，例如：為了聽懂主動向他人提問請教
　　語言學習的問題。

　　本研究中發現，阿慧在語言學習策略的使用上，最常使用的是
認知策略。其次是記憶策略、後設認知策略、社交策略、補償策略，
最不常用的是情感策略。

　　因為阿慧的課堂學習不間斷，語言學習一直持續，認知策略、
記憶策略的運用也不間斷。她的華語基礎已由原本剛開始較低層次
的日常生活基本會話的理解，提升到較高層次的富有意涵的語言知
識的探索。訪談過程中她可以很輕鬆的運用成語、流行用語、雙關
語等豐富的詞彙跟研究者侃侃而談，言談之間充滿了自信。也因為
她的語言理解能力的精進，正遷移至她對其他學科如數學、歷史、
地理的學習。因為這樣的激勵之下，原本她在語言學習才使用的策
略也延伸到其他學科運用。對她而言，這是策略運用的附加價值。

　　研究者認為阿慧具有一個最重要的個人特質就是她對學習的執
著與恆心。在第二語言學習過程中，她雖然不斷的使用策略，她也
自覺到策略的運用對她在語言學習的幫助，但值得一提的是她非常
清楚「策略不是萬能的，它不能替代學習。」她強調：「華語需要
長時間下功夫、持之以恆的學習。」也就是說，即使掌握了學習策

略，也改變不了持之以恆、日積月累的本質。苦功加策略才能保證成功。

　　此外，阿慧的先生對於她的學習不僅只是支持，可以稱得上是費盡心思、傾囊相授。誠如阿慧在訪談中所言：「如果有一天我會成功，最要感謝的是我老公。」阿慧雖然很謙虛的表示自己需要學習的還很多，但教過她的師長、一起學習的同儕、同社區的婆婆媽媽、先生的朋友、當地結交的朋友（包含研究者），對於阿慧的學習成果抱持高度的肯定。

第四節　第二語言學習策略運用對比分析

一、影響語言學習策略運用的因素分析

　　Oxford歸納出語言學習策略的選擇取決的因素包括：對語言及語言學習策略了解的程度、學習階段、學習型態、學習語言的動機與目的等。此外，學習任務的要求、年齡、種族、性別、教師的期望，這些因素都會影響個人的學習策略。研究者針對三個案訪談、觀察後發現，對新女性移民而言，原生母國的學習經驗及學習者的個人因素對她們在學習策略的運用上佔有決定性的作用。

（一）母國學習經驗的影響

1、母語學習經驗對第二語言學習的影響

　　三個案在母國的學習經驗對直接影響第二語言學習，包括學習態度、學習方法、和同儕的相處及師生關係等。很巧的是三人都因家庭經濟因素而被迫輟學，阿鳳和阿慧的父母受教程度及社經地位

在當時的社會屬中上家庭，阿水所處的環境對她的學習較其他二人不利。

　　阿鳳在母國愉快的學習經驗，使她對學習不畏懼，且勇於嘗試任何新的挑戰。在課堂上不懂就發問，也會主動回答問題，課堂外會自動複習功課。對學習充滿自信及熱忱。這樣的學習態度一直延續到她嫁來臺灣，母國的學習經驗正向的延續到二語言的學習，加上二語言學習環境及學習因素都朝向有利於她學習的方向發展，促使她的學習得以順利且持續進行。

　　阿水因為家裡貧窮唸到國小四年級就休學了，大部分都跟著母親打工賺錢，對於學習的經驗是模糊的。在課堂上不懂會發問，也會回答老師的問題。課堂外則是忙著賺錢，沒有時間複習功課，即使課業上有問題也無人可問，久了也就不問了。嫁來臺灣後，阿水學習第二語言的方式承襲自她兒童時期母語學習的模式，學習語言的目的為了滿足自身的需求，並非求得更高學歷。

　　阿慧在注重教育的家庭環境下成長，對學習表現積極的態度，學習也趨於多元發展，學習獨立，分析事物，必能區分信息的重要性，把注意力集中在和學習有關的信息上，不易分心或被其他人影響。

2、母國語言文化對第二語言學習的影響

　　成人學習第二語言解碼所依賴的工具就是自己的母語和已有的知識結構，母語文化對第二語言學習者的影響最明顯表現在發音及腔調，學習者在學習第二語言時或多或少的把母語的發音習慣帶到第二語言的表達中來。第二語言的發音學習策略的選擇和使用受到個人觀念的影響，這個觀念又與她幼年成長時的社會文化背景、認知經驗、教育環境等息息相關。鄉音腔調的困擾，阿鳳、阿水、阿慧都有，也都想辦法改掉，方法雖有不同，但都發揮了效用。

　　阿鳳為了改掉自己的「鄉音」，所採取的策略是「不斷地重複練習、透過大量模仿強化練習」。為了避免因「文化空缺」或「文化衝突」而影響學習，她藉由與母語文化找出相似處並產生連結幫助自己理解華語文化內涵。並藉由看電視、閱讀報紙或書籍累積文化知識、增進閱讀能力及語言中的文化內涵。

　　阿水也是藉由模仿、練習、跟讀改掉自己的鄉音。但跟阿鳳、阿慧不同的是，她從學習母語以來就沒有閱讀讀物、報紙的習慣，嫁到臺灣後，她不閱讀報紙、書刊，而是透過與當地人交際的語言文化互動的學習機制，以此方式幫助理解華語文化內涵。

　　阿慧很努力改掉鄉音，在學習的過程中，她還能分辨出母語與正在學習語言的差異，針對母語沒有第四聲加強練習。剛開始她也會藉由母語與第二語言的相似點來幫助第二語言的學習，克服母語與的二語言的差異干擾第二語言的學習。

　　三人意識到語言和文化的息息相關，將母國文化結合當地素材，研發出麻布筆記，參加詩歌朗誦比賽及各項才藝表演，參與文化活動與研習，這方面的表現已獲得多方面的認同。

（二）學習者個體（非智力）因素

1、學習動機

　　動機對於學習語言是非常重要的。Corder曾經說過，只要具備動機，任何個人都可以學會一門語言（轉引自張立，2003：63-65）。動機是決定第二語言學習者所能達到的熟練程度的重要因素（王惠萍、歐曉霞，1996：81～83）。加拿大的Gardner和Larnbert等人在1970年代研究了一些雙語地區的社會心理，並據此提出了「結合型動機」和「工具型動機」。「結合型動機」指學習第二語言的目的

是要成為該語言社團的成員。「工具型動機」學習第二語言的目的是為了掌握語言工具，例如：為了閱讀語言資料、尋找職業、取得學歷等等（轉引自王惠萍、歐曉霞，1996：81～83）。

三個案嫁來臺灣為解決基本生活上的溝通問題，對華語的學習動機都很強。

阿水的動機傾向融入在地生活機能的「結合型動機」；阿鳳則是「結合型動機」、「工具型動機」的綜合；阿慧則偏向追求更高學歷的「工具型動機」。

阿鳳剛嫁來臺灣學習動機很強，她學習第二語言的動機屬「結合型動機」，急欲想成為臺灣社會的一員，為了學會，不怕出錯。有了語言基礎後，她善於利用一切學習機會，參加故事媽媽、通譯人才、輔導志工培訓，也取得丙級廚師等多項證照。只要是對她有利她都會去學，不會僅專注於某項學習。

動機在阿水第二語言學習過程當中扮演非常重要的角色，阿水在學習華語過程中，會表現出不同的學習特徵，學習成就影響學習動機的強弱。剛嫁到臺灣時，她學習第二語言動機跟阿鳳一樣屬於「結合型動機」。漸漸的學習興趣影響她的學習意向，而使她專注於某項學習。例如：她對可以發揮想像及創意、較活潑的口語式的表演活動較有興趣，會主動且投入較多的時間及心血去學習。反觀對於通過國小學力鑑定這件事，因為對她的生活沒有明顯的影響，加上她的惰性使然，她並未盡全力也不很在意。

強烈的學習動機是促成阿慧學習不間斷的主要動力，她的學習動機從剛開始的脫離文盲到追求更高學歷的自我肯定，屬於「工具型動機」。

2、個人特有學習特質

　　個性差異、人格特徵影響第二語言的學習，外向型的第二語言學習者比內向型的學習效果要好。Krashen則認為開朗的人格有助於第二語言的習得（轉引自王惠萍、歐曉霞，1996：81～83）。具體的說，外向的第二語言學習者的學習成績明顯的高於內向型第二語言學習者（王惠萍、歐曉霞，1996：81～83）。阿鳳與阿慧對學習較主動、學習目的明確、學習策略的運用較多元，阿水則較固著於擅長的策略。她們個人特殊學習特質有助於第二語言的學習。

　　阿鳳因為家中排行老大的關係，從小就很獨立，個性活潑又樂觀、平易近人、待人親切。學習態度積極、學習方式活潑，更能在任何學習環境中把握任何學習機會主動出擊，勇敢表達自己的想法，學習使她更有自信，頗有大將之風。

　　家人、師長、同儕眼中的阿水，具有大膽、熱情、個性開朗、獨立自主、樂觀進取的人格特質，以「自我的方式作決定」，學習上有所選擇、有所側重。阿水因個性隨和、容易與人相處，得到更多關於第二語言的信息。日常生活中，阿水會採用自己較擅長的口頭交際與當地人溝通互動幫助自己練習所學習的目標語言。她對具有高度興趣的學習，例如表演或比賽，學習態度積極，投入較多的時間。漢字對她而言因為難寫難記且無趣，因而缺乏自信，學習則變得較被動，甚至出現惰性。

　　阿慧自我要求甚高，多才多藝、各方面表現傑出。個性溫和、長相甜美，人緣佳。學習有計畫、有目標，屬於自我導向的學習者。為了要得到好成績，會很努力的達成目標。阿慧自認理解能力和記憶力佳，運用這方面的優勢在語言學習上，憑著她對學習的毅力與執著，研究者預言阿慧將是臺東第一個取得我國大學學歷的外籍配偶。

二、策略運用對第二語言學習成效的對比分析

（一）學習策略運用的差異與第二語言學習的關係

1、策略運用的分析比較

阿鳳和阿慧在語言學習策略的使用上會比阿水來的頻繁且靈活，也更會使用策略幫助自己學習。三人在策略的運用上有明顯不同：阿慧最常使用的是認知策略、記憶策略；阿鳳最常使用的是認知策略、社交策略；阿水常用的是交際策略、社交策略。其中社交策略、交際策略是三人都會使用的策略，主要是因為環境使然。

除了認知策略、社交策略之外，為了達到生活上最基本的溝通與適應，阿鳳會不自覺的使用交際策略，學習時間愈久，對補償策略的使用開始增多。她使用的策略不是一成不變的，因時因事而變，例如阿鳳在學習第二語言時，聽、說與讀、寫所採用的策略不一樣。

阿水學習策略的使用主要受到她個人學習風格的影響，重視自己的主觀感覺，聽從自己的意見，依自己的偏好進行課程的篩選，選擇自認為有用的學習方式。例如：她積極學華語，但不是對所有的學習都表現的很積極，也沒有花很多時間在機械式的練習或複習課業，因此不常用記憶策略。但如果是她有興趣（表演）的或是對她的工作有幫助的，她則會很積極的投入學習，且要求一定要有成果。阿水對於學習較隨興，沒有習慣事先規畫或訂定目標，也不會自我評量檢視學習成效，也就不使用後設認知策略。

阿慧在語言學習策略的使用上，最常使用的是認知策略、記憶策略。其次是後設認知策略、社交策略、補償策略，最不常用的是情感策略。阿慧在後設認知策略運用上較其他兩人成功，她會做事先的學習規畫，訂定學習目標和時間計畫表，閱讀相關書籍以增進

自己讀和說的能力。此外，透過自我測驗評估學習的效果，了解學習成功及不成功的原因何在。

2、策略運用的差異對第二語言學習的影響

第二語言學習過程中，策略運用是否合宜、對學習是否發揮有效的調控，會影響學習的成功與否。學習者在語言學習策略使用上的差異也會影響學習結果。研究者在觀察阿鳳、阿水、阿慧在課堂上和課堂外進行的聽、說、讀、寫四種語言技能活動，同時訪問她們在學習策略運用上的差異如下：

聽力練習部分，在訪談中阿鳳對這問題做了以下回答：「我聽廣播、看電視連續劇，每天聽三十分鐘，要求自己聽得懂內容，不一定要聽懂每一個字」

（訪A摘2007.06.29）

阿慧的回答是：「我聽錄音帶時一邊聽一邊記筆記，希望聽懂每一個字、每一句話。我會一邊做家事一邊聽廣播、看有字幕的電視劇，多聽總是對自己有幫助。」

（訪C摘2008.02.25）

阿水：「我沒有習慣聽廣播、看電視，也不會邊聽錄音帶邊跟著唸。」

（訪B摘2007.09.22）

從以上她們三人的回答可以看出，阿慧課外練習聽力有兩種，一種是精聽、一種是半精聽。精聽時要求聽懂每個字、每句話。半精聽主要放在聽懂內容，不要求聽懂每個字，但不忽略句法形式。阿鳳則偏重在半精聽，沒有聽錄音帶的習慣。阿水則除了課堂上活動外，沒有另外安排課堂外的練習活動。

口語練習部分，阿鳳：「上課我有問有答，平常我不管自己會不會、聽不聽得懂，找機會跟當地人交談。」

（訪A摘2007.08.01）

阿慧：「我聽錄音帶或廣播時，自己會跟著大聲唸出來，我認為自己對自己說是練習說話的好方法。」

（訪C摘2008.03.03）

阿水：「在家我跟先生練習說話，因為怕說錯不好意思，比較不會跟陌生人交談。」

（訪B摘2007.09.11）

阿慧在課堂內會找機會跟老師交談，積極參與課堂上的討論活動，課堂外把握機會積極跟別人說也對自己說華語。阿鳳和阿慧類似，但在課堂外的交際活動較阿慧頻繁，可能是因為開店當老闆的關係。阿水雖然也開店當老闆，但比較不會主動跟陌生人交談，教過她的老師認為，因為她比較沒有自信。

閱讀練習部分，從訪談中得知阿慧的閱讀內容分為兩部分，上課教材和自選讀物。阿慧：「上課教材中的每一課裡的每一個生字和語詞都要求自己記起來，同時弄懂每篇課文的內容，如果老師要求重要的或是自己有興趣的課文，就直接背下來。」看報紙或其他課外讀物時，重點放在閱讀速度和讀懂整篇文章的內容，「我在閱讀的過程中遇到有趣的生詞，會查字典，查它的意思，還注意它的用法。」

（訪C摘2008.03.10）

阿鳳對於上課教材，會先閱讀，遇到生詞，會先根據上下文猜測，猜不出來才查字典：「我查字典，除了看它的解釋外，還會看它的例句，這樣才能知道它更多的用法。」

（訪A摘2007.10.13）

阿水因為忙碌，課堂上教材沒有時間預習、複習，考試前才針對老師交代重點複習。遇到不懂的語詞時「我會查字典，但是常常查不到，就直接記老師講的意思，但是很容易忘記。」

（訪B摘2007.08.31）

阿鳳、阿慧擅用字典輔助對生詞及句子的使用，阿鳳把猜詞意和這一策略和查字典結合在一起。阿慧他不單獨記單詞，而是把記單詞和讀課文結合在一起，她是在試過幾次後發現這樣做效果最好。阿水因不擅長使用字典，也花很多時間記生詞，但因她不記課外閱讀中出現的語詞，就限制了她語詞學習的範圍，所以常常記不住。

寫作練習部分，阿鳳和阿慧對提高自己的寫作能力下了一番工夫。阿鳳除了課堂上學習的寫作技巧外，每寫一篇作文他會先打草稿，反覆修改，既改內容，也改語法和用詞錯誤。阿慧寫作能力提升最有效的學習策略就是良好的寫作習慣，她閱讀各種範本，模仿作者的寫作手法和有趣的表達方式，她還將練聽力和練寫作結合起來。阿水除了完成老師交代的寫作練習外，就沒有再進行額外的練習。

綜觀三人在學習第二語言的過程中，都很認真也很努力積極。為了學好，常常不自覺使用策略，三人在策略使用上或多或少都有重疊處，甚至使用相同的策略在同樣的學習上，但卻產生不同的學習效果。研究者認為除了個人能力及學習特質外，主要是在三人學習觀念和管理策略上的差異所導致。阿鳳和阿慧不但了解並能夠清楚地表達自己的學習策略，學習策略直接使用在學習上且產生效

果。阿水對策略的使用隨意性較大，欠缺事前規畫和學習後的自我檢核。如果根據美國學者Oxford、Rubin、大陸學者文秋芳對成功學習者和不成功學習者的定義，阿鳳和阿慧符合成功學習者所具有的特質（詳見第二章第四節），阿水雖較不具有以上成功學習者特質，在學業成績上表現不及阿鳳及阿慧亮眼，但就研究者觀察及訪談結果發現，她在個人事業的經營、人際關係的拓展獲得教過她的師長、志工及姐妹同儕們的高度肯定。研究者認為阿水除了考試這個罩門外，在社會成就方面已開創出自己的一片天空。

（二）成功語言學習者的特有策略分析

　　語言學習策略直接用於第二語言學習，策略本身並沒有明顯的好壞之分，它們的成效高低要看學習者使用是否恰當。學習者如果能管理策略來合理地調控語言學習策略的使用，就會收到預期的效果。研究者綜合對三人的訪談及觀察紀錄發現她們學習第二語言時學習方法的最重要差別在管理策略上，三人中又以阿慧的自我管理與自我調控能力最佳。

1、個人策略運用模式

　　在學習過程中，阿慧有出色的管理觀念和管理策略。她的認知策略直接作用於學習語言的活動中，講求效率，將注意力集中在重要信息上；字彙的學習，記憶策略佔了很大的比重；以補償策略來彌補句法上特別是字彙上技能的不足，利用上下文背景和她本身的生活經驗來詮釋新信息；用後設認知策略來檢視自己的語言表現；為了達到交際目的常常運用社交策略，與同學合作或與當地人的互動來增進語言技巧。此外，她經常對學習進步情況和策略的成效進行反思，並及時作出調整。對聽說讀寫各項活動沒有偏廢，認真完

成老師交辦的任務，又有自己的學習計畫，二者相輔相成達到全面的發展。使用學習策略非常彈性，能針對不同的學習任務，適當地使用不同的學習策略組合。

主動提問和積極回答是阿鳳在課堂上運用的最廣泛的一種學習策略，尤其是對她不熟悉的新信息；利用記憶策略把新知識與頭腦中的舊知識串聯起來，產生連結；課堂外利用或創造學習環境，藉由與人對話、看報紙、雜誌、故事書和聽廣播等多重知覺系統來收集新信息；透過補償策略有邊讀邊、上下文及當時的情境猜測新單字的意義；借用母語幫助第二語言的學習；後設認知策略用於訂定學習目標和時間計畫表，透過先生的測驗來監測評估學習的效果，並自我檢討學習成功及不成功的原因；交際策略是在語言交際過程中遇到超越自己語言能力時最常用的策略。訪談中也發現，策略可以幫助阿鳳控制自身的學習，並且提升自身的語言程度，比其他二人更會使用策略幫助自己學習。

有選擇的學習策略是阿水在華語學習中運用最為廣泛的一種學習策略。漢字這種立體組合的方塊文字給母語以拼音字母系統為主的阿水帶來很大的困擾，她採取有效的記憶策略將漢字作為一個整體來記憶；利用或創造學習環境的策略將所學的語言知識在鞏固的同時得到多方面的擴展；補償策略的運用在交際中偶有不「遂意」的情況，採用「迂迴表達」的策略，用好幾個簡單句來表達一個複句的意思；借用母語在難以解釋的語詞和語法規則的對比上，比較典型的例子就是先用母語構思好要說或寫的句子或內容再翻譯成華語表達出來；學習動機促成社交策略，藉由與他人互動來增進語言技巧，提升自我價值與社會接受度；交際策略的對象是程度較高的當地人，設想即使表達的意思不完全，對方也能了解，並能進一步提供正確的語用知識，交談的過程中不僅可糾正自己的錯誤，同

時也能提升語言知識。阿水每一次的學習都是為了要達成某項目標，只要是她有興趣（表演）的或是對她的工作有幫助的，她則會很積極的投入學習，且要求一定要有成果。她不是很在意個人學業成績表現，學習思考並建構對學習的理解與知識，從生活經驗、工作知識中建構一套實用、問題解決導向並兼具理性與感性的知識觀。

2、成功學習者VS.不成功學習者

研究者另外探討阿紅、阿竹、阿巧三位不成功學習者與阿鳳、阿慧、阿水三位成功學習者使用學習方法的差異，阿紅三人不使用學習策略加上惰性致使無法與阿慧等人的成就相匹敵。

研究者訪談、觀察阿紅、阿竹、阿巧三位新女性移民，她們嫁到臺灣大約四到五年的時間，也陸陸續續上了二至三年的語言課程，但是她們的華語程度仍停留在聽與說的基本階段。閱讀、寫作必需先識字，她們要達到這個階段，必須再努力一段時間，但這之間她們打退堂鼓放棄了，寧可去打工賺錢。

阿紅（越南籍，嫁來臺灣五年，斷斷續續上了兩年課）說：「我學華語只要會說也聽得懂就好了，要看得懂字、還要會寫太難了，要花很多時間，我又要帶小孩、又要疊苦茗葉，還要做家事，怎麼有時間！」

（訪J摘2008.05.17）

阿竹（柬埔寨籍，嫁來臺灣四年，陸陸續續上了兩年課）說：「我公公說，我學這樣已經很好了，又不是要讀大學，上這麼多課又不能當飯吃。」

（訪K摘2008.05.17）

　　阿巧（柬埔寨籍，嫁來臺灣五年，陸陸續續上了三年課）說：
「我又要帶小孩、又要賣菜、晚上還要上課，真的很累，先生一直
喝酒也不幫忙帶小孩。」

（訪L摘2008.05.17）

　　研究者連續五天觀察她們參加某所國小夜間識字班上課情形，
七點半上課，八點才陸續到，可能是白天工作太累，阿巧有時候會
打瞌睡（觀L摘2008.05.17）；阿紅偶而接手機講電話，還提早下課
（觀J摘2008.05.17）；阿竹跟老師之間幾乎沒有互動，老師提問也
不會主動回答，不懂也不會舉手發問（觀K摘2008.05.17）。隨著上
課天數的增加，缺課的情形也跟著增加。

　　研究者發現，成功學習者與不成功學習者所使用的策略處於對
立。就如大陸學者文秋芳、吳勇毅等人對成功的第二語言學習者和
不成功的第二語言學習者在學習上的差異進行研究的發現，「成功
的學習者所具有的特殊學習策略，正好是不成功學習者所欠缺的」
（文秋芳，1995：23～25）。阿紅三人因家庭因素及個人惰性，不
僅學習態度不積極，也不使用策略。此外，她們在學習的過程中也
不具有下列成功學習者的特質：

（1）強烈的學習動機、態度可能導致學習者想辦法克服一切困
　　　難大量使用學習策略的結果（轉引自王小萍，2000：16～
　　　19）。阿鳳、阿慧、阿水三人不約而同的在同一年從越南
　　　嫁到臺灣，為了擺脫不識字的處境，積極投入華語的學習，
　　　在亟欲想學會的強烈學習動機促使下，導致大量使用策
　　　略。阿慧在訪談中曾提及：「有些姐妹覺得我很奇怪，為
　　　什麼這麼喜歡上課，明明會都已經會了，還一直上課。」
　　　阿慧認為她們會有這樣的感覺是因為：「以她們的程度沒

　　辦法體會到我的進步。」（訪C摘2007.05.10）阿紅等三人，對於學習自我要求不高，得過且過，安於現狀。

（2）策略本身並沒有明顯的好壞之分，它們的成效高低要看學習者的個性及使用是否恰當。阿慧等三人在學習過程中都不自覺使用策略，單就課堂上學業成績表現，阿水表現雖然較不及阿鳳、阿慧來得出色，但也不影響她其他方面的傑出表現。例如：因人際關係、個人事業經營有成，阿水已在外籍配偶這個社群當中已佔有一席之地。反觀阿紅等三人只是被動的學習，對學習沒有事前的規畫，也沒有目標可言。課堂內上課不認真、遲到早退，課堂外沒有預習也不複習，遇到問題沒有尋求解決策略。

（3）策略不是萬能的，它不能替代學習。需要長時間下功夫、持之以恆的學習。大陸學者桂詩春認為「策略的使用很可能是語言能力提高的結果，而不是策略導致語言能力的提高」（桂詩春，1992：10）。阿慧、阿鳳、阿水學習語言過程中她雖然不斷的使用策略，她們也自覺到策略的運用對她們在語言學習的幫助，但她們卻是下了一番苦功加上持之以恆的學習才有今天的成就。反觀阿紅等三人，最欠缺的就是持之以恆的學習態度。

　　此外，還有一個重要的變因：先生扮演的角色，因為他可能是助力，也可能是阻力。阿慧等三人能結合有效的策略以達到學習需求；在語言學習過程中不斷使用策略，且都具備有成功學習者的特質，也都有不同程度的學習成果，她們能有今天的表現，了個人的努力之外，先生扮演重要角色。三人之中，阿慧先生的學歷最高，有大專學歷；其次是阿鳳先生的高中學歷；再次是阿水先生的國中學歷。是否跟學歷有關還是巧合，研究者發現，阿慧的先生對阿慧

的學習投入心力最多，不但協助他解決學習上的困難，還提供了許多學習方法；阿鳳的先生像個嚴師督促阿鳳學習；阿水先生雖然在協助學習或提供方法這部分顯得沒耐心，但是完全尊重阿水參與任何學習活動，是一位好好先生。雖然很難證明先生的支持與協助跟語言學習成功的關係，但至少對阿慧三人而言，她們能有今天成就，先生是重要推手。阿紅三人的先生及家人經濟狀況不佳，屬於社會的弱勢，對生活的需求勝於對學習的需求，如果以Maslow需求理論分析，她們追求的是生理需求和安全需求，而這樣的人都處於社會的最底層，人數也最多。

第五章　結論與建議

　　本研究以三名越南籍新女性移民為對象，試著找出她們在學習第二語言時所使用的特殊的學習策略，交叉比對分析三個案的語言學習者的特質、所使用的學習策略，並歸納相關文獻、研究，找出影響學習者選擇學習策略的因素，歸納出成功的第二語言學習者學習策略的使用情況，進而把成功的學習策略推介給新進的語言學習者。希望藉由對成功語言學習者的學習策略的研究結果，有助於教師了解學習者個體學習策略的有效性，並作為未來研究者、教學者、學習者、政府單位的參考依據。

第一節　結論

　　本研究採深度訪談法及參與觀察法歸納相關文獻探討，以阿鳳、阿水、阿慧三個案為對象，主要探究從她們原生母國受教經驗到臺灣的跨文化語言學習，她們認識世界的方式是否一樣？在學習第二語言的歷程中，運用了哪些策略、使用的情形？學習策略的運用對學習成效的影響？成功語言學習者的策略運用是否有個別差異？成功學習者的學習策略是否可複製到其他學習者身上？學習策略訓練的可行性？另外，新女性移民本身是否因語文能力的提升，進而可以自我發聲，爭取應有的權益，對於這些學習較有成就的新女性移民，政府相關單位應如何規畫教育課程，才能真正符合她們的需求？根據前述研究者的研究結果總結如下：

一、母語學習經驗和文化背景對成功學習者第二語言學習策略的運用上佔有決定性的作用

母國的學習經驗、學習環境和母語文化背景直接影響三個案的第二語言學習，包括學習態度、學習觀念、學習方法和同儕的相處及師生關係等。

（一）母國語言學習經驗影響第二語言學策略運用

阿鳳是在越南籍新女性移民中少數有接受學前教育的。她在母國的學習過程中，因為父母的刻意栽培及重視、同儕的友善相處以及老師的信任，造就她的自信以及對學習的熱忱。阿鳳的自信促使她在學習第二語言時，不怕犯錯、勇於嘗試，對於學習具有強烈主導態度。

阿水是三人當中最貧窮、父母社經地位較低的。她對於學習的經驗僅限於短暫四年的課堂上的學習。因為全家人忙著賺錢餬口，對她而言生活中的求溫飽比學習來得實際，這樣的觀念影響日後她對第二語言學習的態度與動機。阿水第二語言學習策略的選擇和使用受到個人觀念的影響，這個觀念又與她幼年成長時的社會文化背景、認知經驗、教育環境等息息相關。她從學習母語以來就沒有閱讀讀物、報紙的習慣，課後也不會主動複習學過的功課。嫁到臺灣後，她不閱讀報紙、書刊，而是透過與當地人交際的語言文化互動的學習機制的方式幫助理解華語文化內涵。

阿慧在注重教育的家庭環境下成長，從小對學習表現積極的態度也趨於多元發展，在唱歌、畫畫、朗讀、演講等方面都有傑出的表現。原生家庭重視子女教育與學習環境造就獨特的認知風格，影響她在學習第二語言時具有較強的分析能力，更能掌握第二語言的

語法規則，認識事物時，很少受環境和和他人的影響，表現出獨立性的特質。

（二）母語文化背景影響第二語言學習策略的運用

母語文化對第二語言學習者的影響最明顯表現在發音及腔調，學習者在學習第二語言時或多或少的把母語的發音習慣帶到第二語言的表達中來。第二語言的發音學習策略的選擇和使用受到個人觀念的影響，這個觀念又與她幼年成長時的社會文化背景、認知經驗、教育環境等息息相關。鄉音腔調同時困擾了阿鳳、阿水、阿慧，她們積極想辦法改掉鄉音，方法雖有不同，但都發揮了效用。

阿鳳在初學華語時，因為受到母語「鄉音」的干擾，例如像「ㄑ」、「ㄒ」、「ㄕ」、「ㄙ」等音無法清楚讀出來。她所採取的策略是認知策略「不斷地重複練習、透過大量模仿強化練習」，在讀過幾遍之後結合記憶策略「進行背誦把信息留在長期記憶」。阿鳳意識到語言中的文化內涵很重要，對於母語文化中所欠缺的，運用補償策略「藉由與母語文化找出相似處並產生連結」的方式幫助理解華語文化內涵，她採取的措施是閱讀報紙、雜誌。運用情意策略「培養第二語言文化認同心理和文化意識」，提高跨文化語言學習效率。

阿水也是藉由認知策略「模仿、練習、跟讀」改掉自己的鄉音。阿水運用後設認知策略「評估部件字型策略不利於她對漢字的學習」，為了避免犯錯，無論是左右合併、上下合併的字她一律結合記憶策略「使用整體字型策略去記生字」。

受到越南母語的發音裡面沒有第四聲的影響，去聲（第四聲）是阿慧漢語聲調學習的難點，她透過查字典將聲調區隔出不同的幾個音，再區分出量多、量少，常用、不常用，為了方便記憶及避免

混淆，她採取記少不記多策略，常用字多記的方式，克服自己在學習華語聲調時的難點。注音符號裡面的「ㄑ」和「ㄒ」分不清的問題，藉由他人糾正錯誤方式提醒自己不再犯錯。

二、女性主義認識論影響第二語言學習及策略運用

（一）女性主義認知型態影響第二語言學習及策略的運用

　　阿鳳第二語言學習呼應Belenky等人的WWK女性認知型態。與WWK中定義「程序式認識」投入學習，並「運用客觀的程序去獲取知識，與人作知識的溝通」（蔡美玲譯，1995）。而阿鳳所運用的客觀的程序就是學習的策略，目的是「學會華語方便與人溝通」。追求WWK中「建構式知識」方式，「以整體性的觀點看待知識，經驗到自己能創造知識的認識策略」（詳見第二章第一節），學習第二語言的最終目的是希望擺脫目前的位置（文盲），深信只有學習新語言才可以使她改變現況並成長，而學習語言則是她獲得知識的最佳捷徑。

　　阿水第二語言學習呼應Gilligan道德發展論，她的學習思維模式及策略運用依據「我想要」、「我的選擇」、「我看見我自己」、「我知道」的「自我的方式作決定」（詳見第二章第一節）。關於她學到什麼、怎麼喜愛學習、怎麼選擇學習等，她全都以「自我」取代了「服從」。學習反映後結構女性主義論，選擇自認為有用的、想聽的，是主觀式的認識方式。她的學習必須要能滿足她的生活所需，思考並建構對顧客的理解與知識，運用關係與人連結應對來銷售商品，從生活經驗、工作知識中建構一套實用、問題解決導向並

兼具理性與感性的知識觀，與人交往大多使用獨立的認識觀，經營自己的事業的同時也發展出個人的知識觀。

阿慧第二語言學習歷程呼應WWK「程序式」的認知結構。她意識到臺灣人對外籍新娘形象的刻板印象，只有透過學習語言才能改變自身的處境（詳見第二章第一節）。阿慧在語言學習過程中，她喜歡結構化和系統化的學習體系，習慣於學院派的學習刺激，希望學習環境中同儕之間因為競爭而努力用功。她更打算在競爭的學習環境激勵下繼續攻讀到大學畢業。阿慧的學習呼應WWK「程序式」的客觀的認知方式「信任權威，有意識、系統化、邏輯的分析，有計畫、精密地掌握生活」。學習策略對應Magolda認識反省模式（林君論，2003），在語言學習歷程中，參加多種的語言學習課程，不會將課堂中的學習視作知識的唯一來源，專心學習，重視實用資訊，把握各種管道學習，追求更高層次的學習，藉由跟同學合作或與當地人的互動來增進語言知識，確信知識會促成個人在家庭和社會位置的改變，學習第二語言是獲得知識的根本之道。

（二）第二語言學習策略超越女性主義認識論

大家都習慣把外籍配偶看成是一個統稱的範疇。其實同樣是外籍配偶，其社會位置、知識觀和學習態度仍存在著歧異性。例如：原生社會的背景、文化族群、社會位階的不同；臺灣夫家的接待史、家庭形態、發展史和成員特性種種因素，交織成不同的生命脈絡，因此外籍配偶並不是同質性的整體。探討新女性移民語言學習經驗及策略的運用必須從她們的生命脈絡去看，才能體驗她的經驗，便是其間的自我形構和轉化。當關係網絡結構改變時，她們的自我才有可能關係的牽制，進而開始自我重構。女性主義認識論，對於女

性間的差異，特別是種族、結構的議題，並沒有處理。新女性移民中又存在著歧異性，這恐怕是Belenky等人的女性主義認知方式所無法理解的（詳見第四章第一節）。嫁來臺灣是阿鳳、阿慧、阿水生命中重要的轉折，婚前的「自我」環繞在原生家庭的成員中，婚後則是活在先生、公婆、姑嫂叔伯、小孩等人際關係中，也同時兼具女兒、媳婦、太太、母親的多重角色。訪談中發現，關係決定她們自我建構的內容，關係的改變導致她的自我建構的改變，自我建構的改變則影響她在語言學習時策略的運用，策略的運用影響第二語言學習成效，進而改變她們所處位置。

三、成功語言學習策略的使用模式有個別差異

　　一個學習者成功的策略與其他學習者的策略有明顯的不同。語言學習策略本身並沒有明顯的好壞之分，它們的成效高低要看學習者使用得是否恰當。阿鳳、阿水、阿慧能意識到她們使用的策略以及她們使用的原因，能選擇並有技巧的結合適合她們需求的學習策略。她們在第二語言學習過程中，個人學習特質與努力、策略運用是否合宜，影響學習的成功與否。她們三人在語言學習策略使用上的差異也影響學習結果。

（一）學習策略的運用影響第二語言學習成效

　　具備成功語言學習特質者所使用策略未必相同，根據研究者上述訪談觀察結果，阿鳳、阿水、阿慧皆具備有成功學習者特質，但因在學習過程中策略運用上的差異產生不同的學習成效。阿鳳所以能成為新女性移民學習華語的成功代表人物，研究者認為她有Oxford、Rubin等語言學家所認為成功的第二語言學習者所具有的特

質（詳見第四章第一節）：使用適當的策略，且能結合有效的策略以達到語言工作的需求；樂於並善於猜測，而且猜得很準；對於學習具有強烈主導態度、學習動機很強；重視語言形式的學習，尋找機會不斷練習；擅用輔助工具，尤其是字典。阿鳳除了會運用對自己的學習有幫助的策略，學習態度積極又努力、學習方式活潑，更能在任何學習環境中把握任何學習機會主動學習，並以不同的方式學習，選擇適合自己的學習及思考模式，來增進使用第二語言的能力。

阿水學習策略的使用主要受到她個人學習風格的影響，重視自己的主觀感覺，依自己的偏好進行課程的篩選，選擇自認為有用的，是主觀式自我導向的學習方式。每一次的學習都是為了要達成某項目標，必須要能滿足她的生活所需。

沒有花很多時間在機械式的練習或複習課業，但只要是她有興趣（表演）的或是對她的工作有幫助的，她則會很積極的投入學習，且要求一定要有成果。阿水不是很在意個人學業成績表現，但她學習思考並建構對學習的理解與知識，運用關係與人連結應對來拓展人際關係，從生活經驗、工作知識中建構一套實用、問題解決導向並兼具理性與感性的學習策略。

研究者認為阿慧具有一個最重要的個人特質就是她對學習的執著與恆心。在第二語言學習過程中，能有效管理策略來合理地調控語言學習策略的使用，自覺到策略的運用對她在語言學習的幫助，不斷地使用策略，使用後評估發現問題及時調整。阿慧在學習策略使用上非常靈活彈性，能針對不同的學習任務，適當地使用不同的學習策略組合。她的課堂學習不間斷，學習時間越長，策略使用的越頻繁，華語基礎已由原本剛開始較低層次的日常生活基本會話的

理解，提升到較高層次的富有意涵的語言知識的探索，可以很輕鬆的運用成語、流行用語、雙關語等豐富的詞彙。

（二）學習動機影響語言學習策略選擇的主要因素

影響學習者對語言學習策略的選擇因素包括：性別、年齡、學習年資、學習風格、學習動機、語言能力、人格、文化背景、種族、學習任務、教學方式等。本研究結果顯示，學習動機是影響阿鳳、阿慧、阿水語言學習策略選擇的主要因素，因個人的學習需求、學習興趣、學習任務的不同，而使用不同的語言學習策略。動機對於學習語言是非常重要的，只要具備動機，任何一個人都可以學會一門語言，並達到的熟練程度。三個案剛嫁來臺灣為解決基本生活上的溝通問題，對華語的學習動機都很高。學習動機和第二語言的學習成就有相當大的關聯，阿慧在課堂上成績最好，這樣的學習成就促使她對學習需求越強烈，越能堅定地面對挫折並繼續學習追求更高學歷；阿鳳不會僅專注於某項學習，對她有利的不管自己有沒有興趣都會去學；學習興趣和成就影響阿水學習動機的強度，加強語言溝通能力的動機促使她經常使用社交策略。

（三）成功語言學習者的策略運用有個別差異

三個案會使用策略幫助自己學習，隨著學習年資越長，學習策略使用的頻率也越高。三人在策略的運用上有明顯不同，所產生的成效也不同。阿鳳和阿慧在語言學習策略的使用上會比阿水來的頻繁且靈活有彈性，能針對不同的學習任務，適當地使用不同的學習策略組合。阿慧學習新語詞、句子時，使用認知策略在新語言學習上，並以補償策略（查字典、反覆以口頭及手寫練習，並將語詞或

句子放入不同的情境中運用幫助理解）彌補語言知識的不足。阿鳳學習新語詞非常排斥死背，她利用聲音、形象、語意等記憶策略特徵來幫助記憶。而江新也認為這些記憶策略可以幫助語言學習者記憶大量的生字、生詞甚至句型（江新，2000：21～24），她使用的策略因時因事而變，例如在學習第二語言時，聽、說與讀、寫所採用的策略不一樣。阿水遇到不懂的語詞時會查字典，因為方法不對，常常查不到，就直接記老師講的意思，但是很容易忘記。

值得一提的是，三人在遇到生字時，都會查字典，因個人觀念和使用方法不同而有不同的成效，阿鳳、阿慧擅用字典輔助對生詞及句子的使用，阿鳳把猜詞意和這一策略和查字典結合在一起。阿慧他不單獨記單詞，而是把記單詞和讀課文結合在一起，她是在試過幾次後發現這樣做效果最好。阿水因查字典方式不對，常常查不到，就算查到了，就只單記這個字，不會像其他二人嘗試猜測或漢語詞結合使用，因為這樣限制了她語詞學習的範圍，所以常常記不住。

（四）學習觀念和管理策略上的差異影響第二語言學習的成效

三人在學習第二語言的過程中，都很認真也很努力。為了學好，常常不自覺使用策略，或多或少都有重疊處，甚至使用相同的策略在同樣的學習上，但因學習觀念和管理策略的差異而有不同的學習成效。阿鳳和阿慧不但了解並能夠清楚地表達自己的學習策略，學習策略直接使用在學習上且產生效果。阿水對策略的使用隨意性較大，欠缺事前規畫和學習後的字我檢核。倘若根據美國學者Oxford、Rubin、大陸學者文秋芳對成功學習者和不成功學習者的定義，阿鳳和阿慧符合成功學習者所具有的特質（詳見第二章第三節），阿水雖較不具有以上成功學習者特質，在學業成績上表現不及阿鳳及阿

慧亮眼，但就研究者觀察及訪談結果發現，她在個人事業的經營、人際關係的拓展獲得教過她的師長、志工及姐妹同儕們的高度肯定。研究者認為阿水除了考試這個罩門外，在個人事業方面卻比阿慧與阿鳳有成就。

（五）策略不能替代學習，需要配合持之以恆的學習

　　阿鳳具有以上成功學習者的學習特質，除了會運用對自己的學習有幫助的策略，學習態度積極又努力、學習方式活潑，更能在任何學習環境中把握任何學習機會主動學習，並以不同的方式學習，選擇適合自己的學習及思考模式，來增進使用第二語言的能力。研究者也在阿鳳、阿慧身上發現，成功學習策略能夠提高第二語言學習的效率，但不能替代學習本身，須靠努力加策略才能成功。阿慧她對繼續升學的執著與恆心令人佩服。阿鳳則因為家庭因素及生活壓力而暫時放棄升學，雖然覺得可惜，因為高學歷是她們的理想，但當它與現實生活相牴觸時，她們仍會忍痛放棄。阿水雖沒有繼續升學的打算，但她也了解不讓自己退步就是要繼續上課的道理，有課就去上，維持一定的水準。

　　學習策略的使用反映出學習者的學習歷程。「一分耕耘，一分收穫」是阿慧、阿鳳、阿水三人學習策略運用成功的最佳寫照。在她們學習歷程中，她們能有今天的成就是下了一番苦功加上持之以恆的學習。研究者認為她們的先生也功不可沒，除了精神上及經濟上的支持外，協助她們解決學習上的困難，提供學習方法，她們三人在新女性移民這個社群當中，已獲得各界的肯定與認同。舉凡各單位辦理和新女性移民教育、生活適應、輔導諮商、多元文化技藝等相關研習、活動、表演、競賽，都可以看到她們三人的身影，甚

至已從學員角色轉換為講師。研究者認為，學習讓她們增加自信，自信讓她們更能充分展現自我，知道自己想要什麼，怎麼做對自己最有利。她們三人也跟其他新女性移民一樣，希望能多賺點前改善越南家人的生活，她們懂得利用社會提供資源，其他姐妹在忙著打工賺錢的時候，她們仍以學習為重，經過這幾年的累積，她們跟阿紅、阿竹、阿巧三人的差距越來越大。不斷學習的結果，阿鳳三人已經提升到以擔任講師的方式來增加收入，在家庭方面因為獲得先生的信任而掌管經濟大權；在新女性移民社群中處於領導者地位。

第二節　建議

一、實務上的反思

（一）從新女性移民的成功學習個案反思學習策略培訓的可行性

　　無論國內外都有相當多的研究結果證實學習策略可透過學習而獲得。此外，學習策略的教學也由單一策略的教學到兼顧認知、後設認知、動機策略的統整性教學，以培養具有技巧與意願的自我調節學習者。

　　Oxford強調，策略培訓的一般目標是使語言學習更有意義，鼓勵師生之間的合作精神，在語言學習中學會選擇，學習有助於自立的策略（轉引自王柳生、張海燕，2006：133～137）。O'Malley對75個學生進行策略培訓結果發現，透過對能力差的學習者教授成功學習者所使用的策略，能夠提高他運用第二語言的技能，課堂上綜合語言技能訓練中學習策略的培訓有利於學習。Wenden也呼籲在第

二語言學習與教學中發展學習者訓練的重要性。Brown把學習策略訓練看作現代教學方法與傳統教學方法的重要差異所在（同上）。

　　雖然上述研究結果證實學習策略可透過學習而獲得，但學習策略的教學成效不盡相同。透過大量的經過策略訓練的學習者在語言行為上的進步顯示他們比那些沒有經過訓練的學生要好得多。但並不是絕對都如此；Vann在對兩名不成功語言學習者的案例研究中發現，這兩人在進行動詞練習、作文學習時，都大量使用了成功學習者常使用的猜測、關注中心語義等策略，但其結果卻不如成功者所獲得的學習成效（轉引自王柳生、張海燕，2006：133～137）。另外，成功的語言學習者所使用的成功學習策略可能基於特定的文化模式，不具有廣泛性。例如，成功學習者所具備的特質：積極的學習態度，積極的行為表現就是上課時會主動提問或回答問題。但是我們能說那些上課不提問或不發問的學習者就不積極嗎？例如有些學習者因為個性特質因素，在課堂上只是默默的記筆記，但是她們在課堂外是積極的、自我獨立的學習。

　　從許多研究顯示學習策略有助於第二語言學習、學習策略可透過學習而獲得，研究者也認同教師在第二語言教學過程中進行學習策略培訓，在培訓過程中應注意選擇適合學習者認知風格和個性特質因素的技巧和策略。

（二）從新女性移民語言學習歷程反思當前識字教育政策

　　識字教育目的在於協助學習者了解她們所學習的內容，讓她們的學習植基於日常生活的脈絡，並反省她們個人的經驗，且能看到社會行動，也就是「批判性識字」，而不僅是獲得閱讀與讀寫技能。因此，現今對於新女性移民識字教育辦理目標與項目上，已不能再

像過去僅侷限在「增進其語言及生活適應能力」等「適應」與「同化」功能上（何青蓉，2003：2～10；王瑞宏，2004）。目前有關新女性移民的華語文學習，主要由教育部委託各縣市政府教育處請有附設成人識字班的國小辦理。阿鳳、阿慧、阿水嫁來臺灣後就是參加國小附設成人識字班學習華語。三人都一致肯定參加識字班的學習成果，讓她們具備語言表達能力，獲得語言知識性的內容，學習較有步驟，學習結果不但讓她們更有自信，也從學習過程中體會到使用策略有助於學習。

此外，研究者從研究訪談與觀察過程中三個案從自己的語言學習經驗與歷程，對於辦理識字教育機構及政策有著非常多的期許與建議，結合研究者本身這三年承辦新女性移民家庭教育業務時與擔任教學的老師、新女性移民及其家人接觸經驗，對當前政府辦理的識字教育政策，包括：教學目標、課程內涵、教材編製、師資培訓、教學環境、教學活動等要項，綜合整理出下列幾點建議：

1、新女性移民對語言學習機構與政策的期許與建議

阿鳳希望政府開班前能進行妥善的規畫，設計貼近她們的生活經驗的課程，協助她們用更寬廣與多樣化的視野看待她們所處的世界。除現有補校及成人基本教育班外，綜合上述的意見可再加強：

（1）將家庭視為一個整體的學習單位，藉由共同的學習活動來提升父母與孩子的識字能力，考慮到識字與親職角色之間的互動關係。（蕭寶玉，1997：42～49；王瑞宏，2004）。（2）不僅要讓她們學會一般性的閱讀、書寫與數學能力，且得培養在某些職場或行業的識字素養，和一般性問題解決、繼續學習與人際合作等共通性能力（何青蓉，1997：1～25；王瑞宏，2004）。而對於因農忙、家庭、交通不便等其他困擾因素而無法繼續到夜間補校上課的外籍配

偶，如果能針對她們另闢學習管道與彈性學習方式，塑造多元而廣泛的學習途徑，讓她們學習不中斷，則更見「設想周到」。

2、從新女性移民實際需要，規畫適當的課程內容

研究者認為，要有效推展新女性移民識字教育，應打破「功能性識字」的狹隘教育觀，需讓識字功能深入她的生命經驗與意義建構當中，協助她們用更寬廣與多樣化的視野看待她們所處的世界。就教學內容而言，應由具體到抽象；就學習情境而言，應由近而遠，由學習者生活世界出發，及至改善整體社區成員的生活以影響社區的改變；就學習者的改變而言，應由協助學習者認識其生活世界，進而能將所學付諸行動。因此，識字教育課程內涵的規畫設計，除應配合其學習特性外，更應依據新女性移民所面臨的「語言障礙」、「生活適應」、「子女教育」、「文化和宗教認同」、「法律與社會」等家庭與生活困擾問題，重新省思教育目標，將「自我發展」、「家庭生活」、「親職教養」、「社區互動」、「文化分享」等議題融入課程主題，期許新女性移民在參與識字教育活動後，在「技能方面」能逐漸具備或提升中文聽、說、讀、寫能力，脫離處處仰賴他人協助的窘境；在「心理方面」能產生自信，對外在的不安也逐漸消失；在「社會方面」能拓展人際關係與生活圈，使她們走出孤立的處境，同時用更寬廣與多樣化的視野看待她們所處的世界。

3、配合新女性移民學習需求，選擇或編輯適合她們學習的教材

新女性移民特質差異性大，統一教科書不但無法適應學習者的個別差異，而且沒有凸顯地區特性，因而有賴教師自編或選擇教材以適合學生的經驗、能力、程度及地方的特殊需求。教材的選擇與編製，研究者認為應特別注意以下事項：（1）「提供自學式教材」，

以激發新女性移民「主動參與學習」或「進行自我學習」的動機。可以輔導學習者採用隔空方式或利用各種刊物、錄音及錄影帶等自學教材從事學習活動。因為目前國內並沒有提供外籍配偶人士閱讀的出版品，因此可委託深諳新女性移民學習特性的人員，配合她們學習需求，編輯適合閱讀的刊物，或提供自學式教材，增進彈性自我學習的機會，期能從生活閱讀中，培養良好的讀書習慣，有效增進學員語文能力。（2）讓阿鳳等新女性移民成功學習者參與教材內涵的規畫與設計，因為她們相當了解自己的學習需求與能力，倘若她們有機會參與教材內涵的設計，所編製完成的教科書或講義，將較能融入外籍配偶實際生活需要，對學員學習動機的引發與學習興趣的提升助益頗大。

4、加強新女性移民教育種子教師培訓，增進教學專業知能

　　由於學習對象為來自不同國家的新女性移民，她們的學習心理與特性跟臺灣一般成人及青少年不同，因此教師教學時必須協助排除影響學習活動的各項障礙；主管機關應提供擔任新女性移民識字教育的教學者有關的研習活動，幫助教師了解如何配合學習者特性與需求，設計有效的教學活動。培訓應著重下列專業知識與能力的增進：（1）充實教師新女性移民心理與學習專業知識：在明瞭新女性移民與一般成人教學上的異同後，能完全接納並樂意協助她們解決所面臨的各項家庭與生活困擾問題。（2）增進教師自編教材能力：教師應體認自編教材的重要，在教學時如果發現教材有不適用情形，與其經常反應與抱怨，倒不如自己積極地發展更適合的教材，隨時視學員學習狀況彈性調整授課內容能確實配合學員能力與需求。（3）安排新女性移民學習困擾與輔導課程供教師進修：由於新女性移民經常會有家庭、生活與心理方面的困擾與問題，教師倘若

能接受「新女性移民學習困擾與輔導」方面的培訓，當她們有任何學習或心理上的問題，可隨時協助學員解決各項學習心理障礙，把學習的阻力化減至最少。（4）培訓資深外籍配偶成為種子教師或志工：像本研究三個學習有成的「資深」新女性移民應是我們可善用的資源，一方面她們與地區有相當密切的關係；另一方面藉由同鄉語言、文化的熟悉可提升其他新女性移民的親切感，協助推展工作順利進行。

5、尊重外籍配偶原生文化，安排適宜的教學活動

　　教師面對來自不同文化背景的新女性移民，必須要以尊重、包容、多元文化的觀點，除著重本地文化特色的學習外，並輔以跨國婚姻婦女母國的文字或人文風俗加以比較，兩相結合，才能豐富學習內涵、激發學習者學習動機，以利學習成效的提升。藉由雙方文化內涵的互動與交流，讓家人也能了解新女性移民在文化適應上遭遇的困難與矛盾，並且予以尊重，而孩童也能了解其母親的文化，並引以為榮。可行的作法如：（1）「從新女性移民生活的經驗切入，進而進行文字、語言的學習，以及相關事務的分享」，教師教學時以外籍配偶處境息息相關的問題，引導學員觀察、討論和表演以練習說話，加深學習印象，然後教師再指導學員將其發表時所用到的語詞寫成文章，經師生共同訂正後編成課文當作讀書教材，頗能符合學習者實際學習需求。例如教師設計「妳從哪裡離開家鄉？妳聽到什麼？」、「妳從哪裡搭上飛機？妳看到什麼？」、「妳在飛機上想臺灣時，臺灣是什麼樣的地方？」、「妳到臺灣時，第一個印象是什麼？」等問題引導學員討論後，再依據學生討論的內容，彙整編寫成如「我從河內離開家時，聽到海鷗叫和船的聲音。然後我到場搭飛機，看到傷心的旅客，我在飛機上想臺灣會是很進步的地

方」等類似的課文範例,供學生朗讀習寫。(2)「教師可自學幾句東南亞語言以拉進師生距離」,新女性移民教如果能親自前往東南亞體驗當地文化,學習幾句東南亞語言,並蒐集學員母國重要訊息並融入相關課程中,將有助於提升學習者的學習動機與意願。(3)「引導學員表達自己母文化的特色,與臺灣相互比較,以利學習成效的提升」,例如越南與臺灣春節的異同,不同國籍的新女性移民介紹自己國家的吉祥物或幸運顏色等。(4)「安排與其原生文化有關的教材內容」,教師可讓學員參與課程與教材的與規畫,引導學員將其原生國文化內涵,編入相關教材中。(5)「設法讓家人融入學員的學習過程」,在跨國婚姻議題中我們通常關注在新女性移民身上,事實上她們的家人更是需要被關注的一個族群,對她們的文化及婚姻等教育,更是不容忽視。因此,在其先生及家人部分,也可開辦文化適應、家庭溝通相關課程,藉由夫妻共學,以消弭夫家對外籍配偶參與識字的一些疑慮,讓家人也得以同步受教、學習成長(王瑞宏,2004)。

二、未來相關的研究

　　基於樣本的可親近性及語言的可溝通外,本研究選取的三位研究對象都是居住在臺東市區越南籍成功第二語言學習者,後續如果再有相關的研究,研究對象的篩選可以考慮在臺灣不同地區城鄉差異中選取,在國籍、母國受教程度、學習經驗及來臺後的學習年資可有不同的組合。另外也可就本研究結果進一步探究「成功學習者所使用學習策略複製到其他學習者的可行性」。

　　此外,未來尚可就本研究結果延伸下列幾個方向繼續探究:

(一) 新女性移民的深度跨文化學習（包括道德規範、價值觀、信仰等）。

(二) 第二語言學習與融入當地社會的密合度（可透過鄰居、同儕、職場夥伴、自己小孩、家人等方面進行驗證）。

(三) 跨文化語言學習與全面性的認同度的關聯性。

(四) 成功學習者VS.不成功學習者，比較面可再擴展（有無擔任講師、現實生活有無需要、認同感等）。

(五) 研究結果如何回饋給新女性移民學習者。

參考文獻

一、中文文獻

王政（2007），《越界——跨文化女權實踐》，天津：天津人民。

王舫（2006），〈成人二與習得初級階段的口語策略〉，《語言研究》7月號下旬刊，113-114。

王小萍（2000），〈外語學習策略研究述評〉，《廣東農工商管理幹部學院學報》第2期，16-19。

王有芬（1996），〈談談文化對學習第二語言的影響〉，《北京第二外國語學院學報》第2期，72-74。

王君琳（2005），〈性別與國族——從女性主義觀點解讀新移民女性現象〉，載於夏曉鵑主編，《不要叫我外籍新娘》，192-205，臺北：左岸。

王秀喜（2004），《高雄市旗津區「越南與印尼」外籍配偶生活適應與人際關係研究》，國立臺南大學臺灣文化研究所碩士論文，未出版，臺南。

王彥文譯（1994），John Briggs F. David Peat著《混沌魔鏡》，臺北：牛頓。

王柳生、張海燕（2006），〈第二語言學習策略可教性研究綜述〉，《哈爾濱學院學報》第27卷第10期，133-137。

王建勤（2006a），《漢語作為第二語言的學習者習得過程研究》，北京：商務。

王建勤（2006b），《漢語作為第二語言的學習者與漢語認知研究》，
　　北京：商務。

王建勤（2006c），《漢語作為第二語言的學習者與語言系統研究》，
　　北京：商務。

王逢振（1996），《女性主義》，臺北：揚智。

王惠萍、歐曉霞（1996），〈非智力因素對第二語言習得的影響〉，
　　《山東外語教學》第1期，81-83。

王瑞宏（2004），〈外籍配偶成人教育課程內涵及教學策略探析〉，
　　高雄縣外籍配偶成人教育顧工作坊研討會議，檢索日期：2007
　　年11月5日，網址：http://www.csea.org.tw/_filehome/upload/
　　1114098515_1.doc。

王瑞壎（2002），〈從符號互動論的觀點探討學校組織文化〉，《臺
　　東師院學報》第13期（上），61-90。

王曉軍（2001），〈學習策略的差異與二語習得的關係〉，《固圍
　　師專學報》第22卷，73-76。

王曉華（2004），〈淺談第二語言學習的學習策略〉，《和田師範
　　專科學校學報》第32期，133-134。

文秋芳（1995），〈英語學習成功者與不成功者在方法上的差異〉，
　　《外語教學與研究》第3期，23-25。

文秋芳、王立非（2004a），〈中國英語學習策略實證二十年〉，《外
　　國語言文學》第1期，39-45。

文秋芳、王立非（2004b），〈對外語學習策略有效性研究的質疑〉，
　　《外語界》第2期，2-7。

方能御譯（1994），G. F. Mclean & R. T. Knowles編，《道德發展心
　　理學》，臺北：商務。《中國時報》（2007.10.22），〈專題報

導：臺灣希望專題系列之七——新移民的衝擊〉,《中國時報》,T4版。

內政部移民署(2007),〈各縣市外籍配偶人數按國籍分與大陸(含港澳)配偶人數統計〉,內政部入出國及移民署全球資訊網,檢索日期:2007年12月5日,網址:http://www.ris.gov.tw/ch4/static/st1-9-95.xls。

申小龍(1993),《文化語言學》,江西:江西教育。

白曉紅譯(1994),C.Weedon著,《女性主義實踐與後結構主義理論》,臺北:桂冠。

江新(2000),〈漢語作為第二語言學習初探〉,《語言教學與研究》第1期,21-24。

朱玉玲(2002),《澎湖外籍新娘生活經驗之探討》,國立嘉義大學家庭教育研究所碩士論文,未出版,嘉義。

朱雅琪(2000),《國中女性教師認識論及其教育實踐之研究》,國立臺灣師範大學公民教育研究所碩士論文,未出版,臺北。

任懷鳴(1995),〈混沌理論與科學教育〉,檢索日期:2007年11月13日,網址:http://www.wretch.cc/blog/trackback.php?blog_id=alexrhm&article_id=6195083

何青蓉(1997),〈職業識字教育:建立學習社會新機制〉,《成人教育學刊》第2期,1-25。

何青蓉(2003),〈跨國婚姻移民教育初探——從一些思考陷阱談起〉,《成人教育》第75期,2-10。

呂必松(1992),《華語教學講習》,北京:北京語言學院。

李潔(2006),〈第二語言學習中的學習策略及其應用〉,《和田師範專科學校學報》第26卷第2期,132-133。

李萍、李瑞金（2002），〈臺北市外籍配偶社會適應之研究：以越南籍配偶為例〉，《社教雙月刊》第119期，4-20。

李政賢譯（2006），Catherine Marshall & Gretchen B.Rossman著，《質性研究設計與計畫撰寫》，臺北：五南。

李素蓮（2004），《臺南縣外籍配偶學習需求及其相關因素之研究》，國立中正大學成人及繼續教育研究所碩士論文，未出版，嘉義。

李曉琪（2006a），《對外漢語閱讀與寫作教學研究》，北京：商務。

李曉琪（2006b），《對外漢語口語教學研究》，北京：商務。

吳秀瑾（2000），〈女性之認知方式：從立場觀點談起〉，本文發表於臺灣大學主辦「跨學科教學研討會」，2000年4月24日，臺北。

吳昌期（2004），〈臺北縣外籍配偶基本教育學習需求評估之研究〉，《臺北縣教育局外籍配偶專案研究報告》，未出版，臺北。

吳芝儀、李奉儒譯（1999），Michael Quinn Patton著，《質的評鑑與研究》，臺北：桂冠。

吳美雲（2001），《識字教育作為一個「賦權」運動：以「外籍新娘生活適應輔導班」為例探討》，世新大學社會發展研究所碩士論文，未出版，臺北。

吳增生（1994），〈值得重視的學習者策略的研究〉，《現代外語》第3期，22-26。

汪素娥（2005），〈從多元文化教育觀點，看外籍配偶基本教育教材〉，《北縣成教》第26期，27-35。

汪素娥（2005），《外籍配偶成人基本教育教材研究——以多元文化教育觀點》，國立臺灣師範大學社會教育學系社會教育與文化行政碩士論文，未出版，臺北。

汪敏棻（1998），《成人識字教育中女性參與者參與障礙之研究》，國立高雄師範大學成人教育研究所碩士論文，未出版，高雄。

余漢儀（1998），〈社會研究的倫理〉，收錄於嚴祥鸞編，《危險與秘密：研究倫理》，臺北：三民。

呂美紅（2001），《外籍新娘生活適應與婚姻滿意及其相關因素之研究——以臺灣地區東南亞新娘為例》。中國文化大學生活應用科學研究所碩士論文，未出版，臺北。

宋如瑜（2004），〈文化適應與語言學習〉載於柯華葳主編，《華語文能力測驗編製——研究與實務》，147-165，臺北：遠流。

林可、呂峽（2005），〈越南留學生漢語學習策略分析〉，《暨南大學華文學院學報》第4期，19-24。

林和譯（1991），James Gleick著，《混沌：不測風雲的背後》，臺北：天下。

林君論（2003），《東南亞外籍新娘識字學習之研究》，國立臺灣師範大學社會教育研究所碩士論文，未出版，臺北。

林振春（1999）〈從成人教育的基本現況談識字教育的推動作法〉，《成人教育》第50期，10-16。

周慶華（1997），《語言文化學》，臺北：生智。

周慶華（2004a），《語文研究法》，臺北：洪葉。

周慶華（2004b），《文學理論》，臺北：五南。

邱汝娜、林維言（2004），〈邁向多元與包容的社會——談現階段外籍與大陸配偶的照顧輔導措施〉，《社區發展》第105期，6-19。

邱琡雯（2000），〈在臺灣東南亞外籍新娘的識字／生活教育：同化？還是多元文化？〉，《社會教育學刊》第29期，197-219。

邱琡雯（2003），〈從多元文化主義觀點談嘉義縣外籍新娘配偶的識字教育〉，《成人教育》第75期，11-19。

亞磊絲（1994），〈從識字教育談成人教育〉，《師友》第330期，
　　10-12。

洪漢鼎譯（1999），Hangs-Geog Gadamer，《真理與方法》，上海：
　　上海藝文。

胡榮、王小章譯（1995），《心靈、自我與社會：從社會行為主義
　　者的觀點出發》，臺北：桂冠。

胡文仲（1999），《跨文化交際學概論》，北京：外語教學與研究。

胡幼慧主編（1996），《質性研究──理論、方法及本土女性研究
　　實例》，臺北，巨流。

俞建章、葉舒憲（1990），《符號：語言與藝術》，臺北：久大。

范琳、范玫（2001），〈國外學習策略研究探微〉，《山東師大外
　　國語學院學報》第2期，98-101。

高樺（2002），〈論外語學習者學習策略〉，《遵義師範學院學報》
　　第4卷第2期，57-59。

高敬文（1999），《質化研究方法論》，臺北：師大書苑。

夏林清（1996），〈對抗生命衝擊的女人〉。收錄於蔡美玲譯，《對
　　抗生命衝擊的女人》，臺北：遠流。

夏曉鵑（1997），〈女性身體的貿易──台灣／印尼新娘貿易的階
　　級、族群關係與性別分析〉，載於《騷動》第4期，10-21。

夏曉鵑（2002），《流離尋岸》，臺北：臺灣社會研究雜誌社。

徐子亮（2000），〈外國學生漢語學習的認知心理分析〉，原載《第
　　六屆國際漢語教學討論會論文選》。北京：北京語言大學。

徐宗國譯（1997），Anselem Strauss and Juliet Corbin著，《質性研
　　究概論》，臺北：巨流。

徐福文（2002），〈第二語言學習策略研究述評〉，《河西學院學
　　報》第4期，54-57。

馬康莊、陳信木譯（1995），Jonathan H .Turner著，《社會學理論（下冊）》，臺北：巨流。

馬廣惠、程月芳（2003），〈第二語言學習策略理論模式〉，《上海大學理工大學報社會科學版》第25卷24期，33-35。

唐文慧、蔡雅玉（2000），〈全球化下的臺灣越南新娘現象初探〉，原載於《全球化下的社會想像——國家經濟與社會學術研討會論文集》，35-48，臺北：臺灣大學。

桂詩春（1992），《中國學生英語學習心理》，湖南：湖南教育。

耿曉雲（2007），〈第二語言習得過程中困難因素淺析〉，《昆明理工大學學報》第2期，83-86。

張正（2003），〈解放還是同化？天足還是禁果？——初探臺灣新女性移民（外籍新娘）識字教育的風險〉，《文化研究月報》第30期，檢索日期：2007年11月3日，網址：http://hermes.hrc.ntu.edu.tw/csa/journal/30/journal_30.htm。

張立（2003），〈學習動機與外語習得的個案研究〉，《開封教育學院學報》第23卷第4期，63-65。

張惠華（2004），〈教學過程中應注重培養學生的語言學習策略〉，《職業教育研究》第12期，53-54。

張瑞鴻（2004），《外籍生華語文「說」的學習策略語教學》，國立臺灣師範大學華語文教學研究所碩士論文，未出版，臺北。

張鈿富（2006），〈外籍配偶子女教育問題與因應策略〉，《教育研究月刊》第141期，5-17。

張慶勳（2002），《論文寫作手冊》，臺北：心理。

陳奎（1991），《教育社會學研究》，臺北：師大書苑。

陳心怡（2007），《越南籍新住民華語語音偏誤及教學策略研究》，國立臺東大學語文教育研究所碩士論文，未出版，臺東。

陳永寬譯（1989），Terence Hawkos著，《結構主義與符號學》，臺北：南方。

陳明和、郭靜芳（2004），〈符號互動論與學校組織文化〉，《屏東師院學報》第20期，65-104。

陳美玉（1994），〈師生關係的本質是和諧還是衝突？〉，《教育資料文摘》第34期，165-168。

陳美玉（1996），《教師專業實踐理論及其應用之研究》，臺灣師範大學教育研究所碩士論文，未出版，臺北。

陳美玉（1998），《教師專業——教學法的省思與突破》，高雄：麗文。

陳美玲（2006），《新移民女性識字教學之行動研究——以竹東國小補校為例》，國立新竹教育大學人資處語文教學碩士班，未出版，新竹。

陳美惠（2002），《彰化縣東南亞外籍新娘教養子女經驗之研究》。國立嘉義大學家庭教育研究所碩士論文，未出版，嘉義。

陳雪慧（2005），〈我們會是一家人？〉，載於夏曉鵑主編，《不要叫我外籍新娘》，170-191，臺北：左岸。

陳源湖（2002），〈外籍新娘識字教育實施之探析〉，《成人教育》第68期，25-33。

陳源湖（2003），〈從多元文化教育觀點論述外籍新娘識字教育之實踐〉，《成人教育》第75期，20-30。

陳節萍、彭茹（2007），〈初級階段越南留學生漢字學習策略運用情況考察〉，《東南亞縱橫》7月號刊，57-61。

畢恆達（1996），〈詮釋學與質性研究〉，收錄於胡幼慧編，《質性研究》，臺北：巨流。

畢恆達（1998），〈社會研究的研究者與倫理〉，收錄於嚴祥鸞編，《危險與秘密：研究倫理》，臺北：三民。

畢恆達（2007），《太空人與小紅帽》，臺北：教育部。

教育部（2006），〈教育部發展新移民文化計畫成果〉，《教育部電子報》第211期，95年6月22日，檢索日期：2007年12月10日，網址：http://epaper.edu.tw/020/number.htm。

郭惠燕、賈正傳（2005），〈第二語言學習策略系統分類法〉，《煙臺師範學院學報哲學社會科學版》第22卷第4期，85-89。

曾小珊（2001），〈外語學習中學習策略與交際策略的對比分析〉，《陝西工學院學報》第17卷第2期，67-71。

曾佳美（1993），〈學生學習策略、學習心理與漢語教學關係之研討〉，載於《中國對外漢語教學學會第五次學術討論會論文選》，北京：北京語言學院。

黃正治（2003a），〈當前外籍配偶識字教育之省思〉，臺北縣政府教育局出版，《臺北縣成人輔導教育季刊》第22期，16-26。

黃正治(2003b)，《臺北縣國民小學辦理外籍配偶識字教育之研究》，臺灣大學社會教育學系在職進修碩士班碩士論文，未出版，臺北。

黃軍生（2004），〈第二語言學習策略中文化因素初探〉，《福建教育學院學報》第1期，33-35。

黃瑞琴（1995），《質的教育研究方法》，臺北：心理。

黃馨慧（2005），〈外籍新移民家庭及其子女教育〉，《教師天地》第135期，19-25。

楊光（2005），〈學習者的個體因素對對外漢語教學的影響〉，《北京是經濟管理幹部學院學報》第20卷第1期，68-71。

楊孟筠（2004），〈學習策略對第二語言學習的影響〉，《青島外國語學院學報》第2期，171-172。

楊國德（1988），《喬治米德的社會心理學說及其在教育上的意義》。國立臺灣師範大學教育研究所碩士論文，未出版，臺北。

楊淑晴（2000），〈英文學習策略、學習類型與英文能力之相關研究〉，《國家科學委員會研究彙刊：人文及社會科學》第10卷1期，35-39。

葉至誠、葉立誠（1999），《研究方法與論文寫作》，臺北：商鼎。

廖柏森（2006），〈技職學院應用外語科系學生英語學習策略使用之探討〉，《英語教育電子月刊》第22期。檢索日期：2007年11月35日。網址：http://ejee.ncu.edu.tw/search.asp

趙碧華、朱美珍譯（2003），Allen Rubin and Earl Babbie著，《研究方法——社會工作暨人文科學領域的運用》，臺北：學富。

趙靜華（2003），〈影響第二語言學習的諸多因素及相關理論研究〉，《錦州醫學院學報》第1卷第1期，42-45。

魯苓（2004），《視野融合：跨文化語境中的闡釋與對話》，北京：社會科學文獻。

樂莉（2004），〈第二語言習得過程中成功語言學習者的學習策略研究〉，《黑龍江高教研究》第123期，149-151。

齊力、林本炫（2003），《質性研究方法與資料分析》，高雄：復文。

齊若蘭譯（1995），M.Mitchell Waldrop著，《複雜——走在秩序與渾沌的邊緣》，臺北：天下。

潘淑滿（2003），《質性研究理論與應用》，臺北：心理。

潘慧玲（1999a），〈教育學發展的女性主義觀點：女性主義教育學〉，本文發表於臺灣師範大學教育系主辦「教育科學：國際化或本土化國際學術研討會」，臺北。

潘慧玲（1999b）〈Belenky 等人的女性知識論〉。本文發表於臺灣師範大學教育學系八十八學年度專題演講，1999年11月26日，臺北。

鄧中階（2005），《外籍配偶的成人教育需求之探索性研究》，元智大學管理研究所碩士論文，未出版，桃園。

鄧豔麗、陳智勇（2004），〈利用上下文猜測詞義在詞彙習得中作用的調查〉，《長春工程學院學報》第5卷第3期，68-69。

鄭雅雯（2000），《南洋到臺灣：東南亞外籍親娘在臺婚姻與生活探究──以臺南市為例》，國立東華大學族群關係與文化研究所碩士論文，未出版，花蓮。

劉雲德譯（1991），《社會學》，臺北：五南。

璞玉譯（1994），S.Bierig著，《從依賴到獨立：了解及超越女性的依賴》，臺北：自立晚報社。

蔡文欽（2006），《臺北市萬華區東南亞外籍配偶學習需求、識字教育實施現況與成效之研究》，輔仁大學教育領導與發展研究所碩士論文，未出版，臺北。

蔡美玲譯（1995），M. F.Belenky & B. M.Clinchy & N. R. Goldberger& J. M.Tarule著，《對抗生命衝擊的女人： 女性自我、聲音與心智發展》，臺北：遠流。

蔡雅玉（2001），《臺越跨國婚姻現象之初探》，國立成功大學政治經濟研究所碩論文，未出版，臺南。

盧宸緯（2005），《越籍新移民女性中文學習經驗之研究》，國立臺灣師範大學社會教育學系碩士論文，未出版，臺北。

蕭昭娟（2000），《國際遷移之調適研究：以彰化縣社頭鄉外籍新娘為例》，國立臺灣師範學地理研究所碩士論文，未出版，臺北。

蕭寶玉（1997），〈識字教育的新途徑〉，《成人教育》第36期，
　　42-49。

戴昭銘（1996），《文化語言學導論》，北京：語文。

顏錦珠（2002），《東南亞外籍新娘在臺生活經驗與適應歷程之研
　　究》，國立嘉義大學家庭教育研究所碩士論文，未出版，嘉義。

羅常培（1996），《語言與文化》，北京：語文。

嚴祥鸞（1996），〈參與觀察法〉，載於胡幼慧主編，《質性研究
　　——理論、方法及本土女性研究實例》，195-221，臺北：巨流。

嚴祥鸞（1998），〈女性主義的倫理和政治〉，收錄於嚴祥鸞編，
　　《危險與秘密：研究倫理》，臺北：三民。

顧瑜君（2006），〈談教育工作者如何正視新弱勢群體學生處境〉，
　　《教育研究月刊》第141期，37-49。

顧燕翎主編（1996），《女性主義理論與流派》，臺北：女書。

蘇旻洵（2004a），〈淺談語言學習策略與其應用Part I——理論介紹
　　篇〉，《敦煌英語教學電子雜誌》，May 2004。檢索日期：2007
　　年11月10日，網址：http://cet.cavesbooks.com.tw/htm/m0130710.
　　htm。

蘇旻洵（2004b），〈淺談語言學習策略與其應用Part I II——影響語
　　言學習策略選擇的因素〉，《敦煌英語教學電子雜誌》，May
　　2004。檢索日期：2007年11月13日，網址：http://cet.cavesbooks.
　　com.tw/htm/m0130710.htm

蘇旻洵譯（2007），Rebecca Oxford著，《語言學習策略手冊》，臺
　　北：寂天。

二、外文文獻

Oxford, R. L. (1990)，*Language learning strategies: What every teacher should know*, New York: Newbury House.

Oxford, R. L. (1993)，Research on second language learning strategies，*Annual Review of Applied Linguistics 13*，175-187.

Oxford, R. L. (1996)，Employing a questionnaire to assess the use of language learning strategies，*Applied Language Learning 7* (1&2), 25-45.

附錄

一、資料編碼表

阿鳳					
代碼	資料類型	時間	地點	紀錄方式	編碼
A	訪談	2007.03.05	阿鳳家	錄音摘記	訪A摘2007.03.05
		2007.03.12	阿鳳家	錄音摘記	訪A摘2007.03.12
		2007.03.16	阿鳳家	錄音摘記	訪A摘2007.03.16
		2007.03.22	阿鳳家	錄音摘記	訪A摘2007.03.22
		2007.03.30	阿鳳家	錄音摘記	訪A摘2007.03.30
		2007.04.10	阿鳳家	錄音摘記	訪A摘2007.04.10
		2007.04.18	阿鳳家	錄音摘記	訪A摘2007.04.18
		2007.04.27	阿鳳家	錄音摘記	訪A摘2007.04.27
		2007.04.30	打工處	錄音摘記	訪A摘2007.04.30
		2007.05.05	打工處	錄音摘記	訪A摘2007.05.05
		2007.05.07	咖啡廳	錄音摘記	訪A摘2007.05.07
		2007.05.12	打工處	錄音摘記	訪A摘2007.05.12
		2007.05.24	店裡	錄音摘記	訪A摘2007.05.24
		2007.06.05	研究者辦公室	錄音摘記	訪A摘2007.06.05
		2007.06.13	研究者辦公室	錄音摘記	訪A摘2007.06.13
		2007.06.20	店裡	錄音摘記	訪A摘2007.06.20
		2007.06.29	研究者辦公室	錄音摘記	訪A摘2007.06.29
		2007.07.07	店裡	錄音摘記	訪A摘2007.07.07
		2007.07.18	阿鳳家	錄音摘記	訪A摘2007.07.18
		2007.08.01	阿鳳家	錄音摘記	訪A摘2007.08.01
		2007.08.10	打工處	錄音摘記	訪A摘2007.08.10
		2007.08.24	打工處	錄音摘記	訪A摘2007.08.24
		2007.09.10	店裡	錄音摘記	訪A摘2007.09.10
		2007.09.23	小吃店	錄音摘記	訪A摘2007.09.23

		2007.10.09	打工處	錄音摘記	訪A摘2007.10.09
		2007.10.13	店裡	錄音摘記	訪A摘2007.10.13
		2007.10.21	店裡	錄音摘記	訪A摘2007.10.21
	觀察	2007.07.07	店裡	摘記	觀A摘2007.07.07
		2007.07.21	研習處	摘記	觀A摘2007.07.21
		2007.07.22	研習處	摘記	觀A摘2007.07.22
		2007.07.23	研習處	摘記	觀A摘2007.07.23
		2007.08.10	打工處	摘記	觀A摘2007.08.10
		2007.10.13	研習地點	摘記	觀A摘2007.10.13

阿水					
代碼	資料類型	時間	地點	紀錄方式	編碼
B	訪談	2007.03.07	阿水的店	錄音摘記	訪B摘2007.03.07
		2007.03.17	阿水的店	錄音摘記	訪B摘2007.03.17
		2007.03.30	阿水的店	錄音摘記	訪B摘2007.03.30
		2007.04.08	研究者辦公室	錄音摘記	訪B摘2007.04.08
		2007.04.15	阿水家	錄音摘記	訪B摘2007.04.15
		2007.04.22	阿水家	錄音摘記	訪B摘2007.04.22
		2007.04.30	阿水的店	錄音摘記	訪B摘2007.04.30
		2007.05.11	阿水的店	錄音摘記	訪B摘2007.05.11
		2007.05.19	研究者辦公室	錄音摘記	訪B摘2007.05.19
		2007.06.08	阿水的店	錄音摘記	訪B摘2007.06.08
		2007.06.20	研究者辦公室	錄音摘記	訪B摘2007.06.20
		2007.07.07	小吃店	錄音摘記	訪B摘2007.07.07
		2007.07.26	阿水家	錄音摘記	訪B摘2007.07.26
		2007.08.13	教室	錄音摘記	訪B摘2007.08.13
		2007.08.22	研習地點	錄音摘記	訪B摘2007.08.22
		2007.08.31	阿水的店	錄音摘記	訪B摘2007.08.31
		2007.09.11	阿水的店	錄音摘記	訪B摘2007.09.11
		2007.09.22	阿水的店	錄音摘記	訪B摘2007.09.22
		2007.10.01	阿水家	錄音摘記	訪B摘2007.10.01
		2007.10.13	阿水家	錄音摘記	訪B摘2007.10.13
		2007.10.21	阿水的店	錄音摘記	訪A摘2007.10.21

		2007.12.25	阿水的店	錄音摘記	訪B摘2007.12.25
		2007.11.02	阿水的店	錄音摘記	訪B摘2007.11.02
	觀察	2007.08.20	教室	摘記	觀B摘2007.08.20
		2007.09.22	阿水的店	摘記	觀B摘2007.09.22
		2007.10.21	阿水的店	摘記	觀B摘2007.10.21
		2007.12.22	研習地點	摘記	觀B摘2007.12.22
		2008.01.05	福原國小	摘記	觀B摘2008.01.05
			阿慧		
代碼	資料類型	時間	地點	紀錄方式	編碼
C	訪談	2008.01.06	咖啡廳	錄音摘記	訪C摘2008.01.06
		2008.01.20	阿慧家	錄音摘記	訪C摘2008.01.20
		2008.02.18	阿慧家	錄音摘記	訪C摘2008.02.18
		2008.02.25	阿慧上課教室	錄音摘記	訪C摘2008.02.25
		2008.03.03	研究者辦公室	錄音摘記	訪C摘2008.03.03
		2008.03.10	阿慧家	錄音摘記	訪C摘2008.03.10
		2008.03.19	阿慧家	錄音摘記	訪C摘2008.03.19
		2008.03.22	咖啡廳	錄音摘記	訪C摘2008.03.22
		2008.03.31	阿慧同學家	錄音摘記	訪C摘2008.03.31
		2008.04.17	阿慧上課教室	錄音摘記	訪C摘2008.04.17
		2008.04.21	阿慧家	錄音摘記	訪C摘2008.04.21
		2008.04.29	阿慧同學家	錄音摘記	訪C摘2008.04.29
		2008.05.05	阿慧家	錄音摘記	訪C摘2008.05.05
		2008.05.10	阿慧家	錄音摘記	訪C摘2008.05.10
		2008.05.19	阿慧上課教室	錄音摘記	訪C摘2008.05.19
		2008.05.21	阿慧上課教室	錄音摘記	訪C摘2008.05.21
		2008.05.23	阿慧上課教室	錄音摘記	訪C摘2008.05.23
		2008.05.27	阿慧同學家	錄音摘記	訪C摘2008.05.27
	觀察	2008.01.06	福原國小	摘記	觀C摘2008.01.06
		2008.04.17	阿慧上課教室	摘記	觀C摘2008.04.17
		2008.05.23	阿慧上課教室	摘記	觀C摘2008.05.23

阿鳳先生					
代碼	資料類型	時間	地點	紀錄方式	編碼
D	訪談	2007.05.24	店裡	錄音摘記	訪D摘2007.05.24
		2007.06.20	店裡	錄音摘記	訪D摘2007.06.20
		2007.07.07	店裡	錄音摘記	訪D摘2007.07.07
		2007.10.21	店裡	錄音摘記	訪D摘2007.10.21
阿水先生					
代碼	資料類型	時間	地點	紀錄方式	編碼
E	訪談	2007.04.30	阿水的店	錄音摘記	訪E摘2007.04.30
		2007.05.11	阿水的店	錄音摘記	訪E摘2007.05.11
		2007.06.08	阿水的店	錄音摘記	訪E摘2007.06.08
阿慧先生					
代碼	資料類型	時間	地點	紀錄方式	編碼
F	訪談	2008.03.10	阿慧家	錄音摘記	訪F摘2008.03.10
		2008.05.10	阿慧家	錄音摘記	訪F摘2008.05.10
陳老師					
代碼	資料類型	時間	地點	紀錄方式	編碼
G	訪談	2007.07.29	陳老師家	錄音摘記	訪G摘2007.07.29
黃老師					
代碼	資料類型	時間	地點	紀錄方式	編碼
H	訪談	2007.07.16	研究者辦公室	錄音摘記	訪H摘2007.07.16
蔡老師					
代碼	資料類型	時間	地點	紀錄方式	編碼
I	訪談	2008.04.17	教室	錄音摘記	訪I摘2008.04.17
阿紅					
代碼	資料類型	時間	地點	紀錄方式	編碼
J	訪談	2008.05.17	教室	錄音摘記	訪J摘2008.05.17
	觀察	2008.05.17	教室	摘記	觀J摘2008.05.17
阿竹					
代碼	資料類型	時間	地點	紀錄方式	編碼
K	訪談	2008.05.17	教室	錄音摘記	訪K摘2008.05.17
	觀察	2008.05.17	教室	摘記	觀K摘2008.05.17

阿巧					
代碼	資料類型	時間	地點	紀錄方式	編碼
L	訪談	2008.05.17	教室	錄音摘記	訪L摘2008.05.17
	觀察	2008.05.17	教室	摘記	觀L摘2008.05.17

二、臺東縣家庭教育中心96（2007）年度「繪聲繪影繪童年」性別平等教育計畫

壹、依據：臺東縣家庭教育中心辦理96年度專案計畫辦理

貳、目標：

　　一、透過閱讀簡潔趣味的文字及生活化之素材，增進其子女之語文及閱讀能力。結合藝術與人文教育及多元文化探索深入了解性別平等之內涵進而認同多元文化及族群。

　　二、運用各繪本主題閱讀內容結合實作，讓親子透過親密的肢體語言及互動，分享閱讀喜悅。

參、指導單位：教育部、臺東縣政府

肆、主辦單位：臺東縣家庭教育中心

伍、協辦單位：臺東縣教育局

陸、辦理時間：96年7月21（星期六）、22（星期日）

柒、研習地點：臺東縣家庭教育中心三樓研習室

捌、研習對象：國小一至三年級50名（低年級小朋友家長陪同優先錄取）

玖、活動方式：主題書閱讀、導讀、討論、分享經驗、實作

拾、預期效益：從繪本、童書的團體學習中自我成長，藉由不斷的閱讀中提升自己語文能力並結合藝術教育、多元文化繪本，促進學童更加了解性別平權概念及族群認同。

拾壹、講師介紹：

　　　　徐季筠：國立臺東大學兒童文學研究所畢業，臺東縣教育局國教輔導團藝術與人文領域深耕種子教師。

　　　　葉啟貞：東河鄉農會家政指導員，釋迦乾果創作研發指導。

胡玉鳳：95年教育部——教育部第一屆外籍配偶終身學習
　　　　獎、東大通識教育講座（越南文化）教學講師、臺
　　　　東縣外籍配偶協會——臺東縣外籍配偶家庭服務中
　　　　心外語諮詢工作人員。

拾貳、本計畫奉核後實施，修正時亦同。

拾叁、課程表

日期	時間	課程內容	講師
7月21日	08：30-09：00	報到、始業式	江芷玲
	09：00-09：50	越南繪本欣賞（討論發表）	講師：胡玉鳳
	10：00-11：50	在地素材造型藝術押花創作	講師：徐季筠
	12：00-13：30	午餐	
	13：30-16：20	圖畫書創作（親子創作）	講師：徐季筠
7月22日	09：00-09：50	越南繪本欣賞（討論發表）	講師：胡玉鳳
	10：00-11：50	多元文化動手做～越南麻布筆記	講師：胡玉鳳
	12：00-13：30	午餐	
	13：30-15：20	親子動手玩創意—乾果飾品D.I.Y.	講師：葉啓貞
	15：20-15：30	結業式	邱殊勝主任

三、臺東縣96（2007）年度外籍配偶「快樂學習新生活」成長營

壹、依據：教育部核定「96年度外籍配偶教育活動」辦理。

貳、計畫緣起：鑑於目前國內異國聯姻者顯著增加，為因應縣日益增加之外籍配偶家庭生活適應需求，極需辦理相關家庭教育課程活動。藉由多元與活潑生動的課程設計，解決外籍新娘文化適應不良問題，促進家庭和諧。

參、目標：提供外籍配偶及其家庭共同學習成長機會，藉由彼此交流及經驗傳承與分享，促進外籍配偶早日融入在地生活，共創和諧幸福美滿家庭。

肆、指導單位：教育部、臺東縣政府

伍、主辦單位：臺東縣家庭教育中心

陸、執行單位：臺東縣家庭教育中心

柒、協辦單位：臺東縣外籍配偶協會、內政部入出國及移民署臺東縣服務站

捌、辦理時間：96年8月4日（星期六）8：30-16：30

玖、研習地點：臺東縣家庭教育中心三樓研習室（地址：臺東市中華路二段17號）

拾、研習對象：外籍配偶及其家人40名（活動進行中幼兒由本中心另開一班安排請專人說故事、帶活動）

拾壹、報名地點、方式：1.本中心索取報名表
　　　　　　　　　　　2.臺東縣外籍配偶協會
　　　　　　　　　　　3.內政部入出國及移民署臺東縣服務站

拾貳、活動方式：演講、討論、座談與分享。

拾叁、預期效益：

1. 協助外籍配偶早日融入在地生活，適應本縣地方文化及風俗民情。

2. 透過家庭共同學習成長機會，促進家庭和樂，增進夫妻、婆媳、妯娌關係，和諧相處。

3. 促進家庭成員間彼此文化認同，避免因文化差異造成家庭情感間之隔閡。

拾肆、講師介紹：

1. 傅濟功教授：國立臺東大學語文教育學系教授兼圖書館館長、臺東縣外籍配偶協會理事長。

2. 吳芳芳：Trinity University Canada心理諮商碩士，花蓮善牧中心創辦人、婚姻諮商、家族治療、兒童性侵害防治帶領人。

3. 胡玉鳳：95年教育部－教育部第一屆外籍配偶家庭教育楷模獎、東大通識教育講座（越南文化）教學講師、臺東縣外籍配偶協會－臺東縣外籍配偶家庭服務中心外語諮詢工作人員。

4. 胡玉鸞：臺東縣外籍配偶協會組長、臺東縣外籍配偶家庭服務中心外語諮詢工作人員。

5. 阮玉水：臺東縣外籍配偶協會組長、臺東縣外籍配偶家庭服務中心外語諮詢工作人員。

6. 何氏金慧：95年教育部－教育部第一屆外籍配偶終身學習獎、臺東縣外籍配偶協會組長。

拾伍、課程表：

時間	內容	主持人／講師
08：30~08：50	報到	本中心
08：50~09：00	始業式	邱殊勝主任
09：00~10：30	家人相處篇~婚姻中的調適及溝通	吳芳芳
10：30~12：00	自我成長篇～學習就在妳身邊	胡玉鳳 助理講師：胡玉鸞 何氏金慧 阮玉水
12：00~13：30	午餐休息	本中心
13：30~15：00	生活適應篇～快樂適應在地新生活	國立臺東大學語文教育學系 傅濟功教授
15：00~15：10	茶敘舒緩一下	本中心
15：10~16：00	文化適應篇～在地文化與節慶習俗	傅濟功教授
16：00~16：30	綜合座談 & 結業式	邱殊勝主任 傅濟功教授

拾陸、本計畫奉核後實施，修正時亦同。

四、臺東縣家庭教育中心96（2007）年度「新移民多元文化家庭教育推展」種子教師研習

壹、依據：臺東縣家庭教育中心辦理96年度專案計畫辦理。

貳、緣起目標：

一、緣起

臺灣這塊土地上住著不同的族群，有漢人、閩南人、客家人、原住民、新住民等，各自擁有獨特的文化習俗，形成多元家庭文化。希望藉由種子教師設計跨領域及縱向的相關課程連結，讓學生能有更活潑多元的學習，更具體了解世界上存在不同種族與文化，尊重多元民族，培養和平共榮的情懷。藉由體驗異國文化，讓學生認識繽紛的多元文化，學習到尊重多元文化的基本態度，進而能關懷包容文化間的差異，共同促進族群間的和諧。

二、目標

提供新移民志工及種子師資、包括擔任外籍配偶生活適應、語文識字、家庭親子教育、生活技能教育之師資，針對多元文化與家庭議題的研討，分享彼此因應「多元家庭文化」之教育方案規畫思維與策略實務，激盪出建構新移民家庭教育的可行藍圖，在臺灣面臨新移民家庭趨勢的議題上，增進了解並凝聚面對挑戰的共識，以創造臺灣家庭教育研究與實務工作的新契機，達到促進家庭發展與社會祥和的目標。

參、指導單位：教育部、臺東縣政府教育局

肆、主辦單位：臺東縣家庭教育中心

伍、辦理時間：96年10月20日（星期六）08：30-12：10

陸、研習地點：臺東縣家庭教育中心三樓研習室

柒、研習人數：50人，對象包括：

    1. 協助本中心辦理新移民親子共讀學校教師。

    2. 推廣新移民相關業務社團承辦人及志工。

    3. 對新移民家庭教育具高度熱忱者

捌、活動方式：演講、方案設計及討論、座談與分享。

玖、報名方式：1. 教師研習中心網路報名（全程參與之公教人員可
               核發4小時研習時數並獲頒研習證書）

            2. 本中心索取報名表（不受理電話報名）

拾、預期效益：透過新移民種子師資的培訓，開發及培育在地人力
資源，協助相關社團及社教單位推動新移民教育方案與生活適
應輔導計畫，落實政府對新移民的關懷照顧政策，讓相關種子
師資能具備多元文化視、更貼近新移民生活及認識其真正需
求，藉由種子師資的專業知能來協助新移民，達成社會互助互
愛、祥和共榮的目的。

拾壹、講師介紹：

        呂美枝教授：國立臺南大學教育學系助理教授、輔導中
心主任，專長為多元（跨）文化諮商、家庭與社區諮商、團
體輔導等。

拾貳、本計畫奉核後實施，修正時亦同。

拾叁、本計畫經奉核實施後，請准予相關工作人員敘獎。

拾肆、課程表：

時間	內容	主持人／講師
08：10~08：30	報到	本中心
08：30~08：40	始業式	邱殊勝主任
08：40~10：20	東南亞家庭文化與家庭教育推展	國立臺南大學輔導中心主任 呂美枝教授

10：20~10：30	中場休息	本中心
10：30~12：10	東南亞家庭文化與學校教育配合	國立臺南大學輔導中心主任 呂美枝教授

「新移民多元文化家庭教育推展」種子教師研習報名表

姓名	
服務單位	
聯絡電話	
E-mail	
午餐	□葷　□素

報名表填妥後請回傳（傳真電話：352594）或E-mail至i168899@
yahoo.com.tw　江老師

五、臺東縣外籍配偶協會辦理外籍配偶家庭教育外籍配偶 讀書會——支持多元家庭女性

壹、依據：教育部96年5月2日臺社（二）字第0960067221號函核定 辦理。

貳、目標：

　　隨著臺灣跨國聯姻增加，跨國聯姻家庭教育是當前重要的新興 議題。加強外籍配偶及其子女之教育規畫、提供多元之終身學習機 會、落實跨國婚姻之家庭教育，是教育部現階段針對外籍配偶的重 點政策。本計畫以讀書會活動課程，進行外籍配偶語文、親職、夫 妻、家庭等教育，期能落實家庭教育法，加強外籍配偶及其子女教 育規畫，提供更多元的外籍配偶及其家人教育活動及研習。

參、指導單位：教育部、臺東縣政府

肆、主辦單位：臺東縣家庭教育中心

伍、承辦單位：臺東縣外籍配偶協會

陸、辦理時間：96年7月16日至8月29日，每週一、三19：30～21： 30，共12場次。（全程參與者將核予24小時研習時數） ※上課時數未達1/2者，將不予核發研習時數證明。

柒、研習地點：國立臺東大學附設實驗國民小學（臺東市博愛路 345號）

捌、研習對象：設籍臺東縣外籍配偶及其子女，以程度區分為媽媽 進階班30人、媽媽初階班30人、兒童班30人。

玖、活動方式：

　　1. 以成人兒童分班適性授課之進行方式，落實家庭教育、終身 學習之目的。

2. 成人班以讀書會方式指導學員閱讀不同主題之讀本，閱讀後進行主題討論、語文教學。

3. 兒童班以閱讀不同主題之繪本及兒童刊物，並穿插唱遊、勞作、角色扮演、文字塗寫等活動的方式進行。

拾、招生方式：

1. 寄發課程說明及報名表給臺東縣外籍配偶協會會員。

2. 發放說明及報名表給本期曾報名上課的學員。

3. 上網張貼課程說明訊息。

4. 公文寄送臺東各鄉鎮市公所及戶政單位宣導。

拾壹、預期效益：

1. 提升外籍配偶及其子女認識臺灣社會文化相關議題，擴大生活經驗，提升自我生活品質。

2. 促使外籍配偶家庭認識外籍配偶與臺灣多元文化，培養自我學習、多元思考的能力。

3. 籍由閱讀臺灣相關外籍配偶報導，了解臺灣社會與本身相關聯，進而自我認同並提升語文能力。

拾貳、講師介紹：

講師	現職	學歷	經歷
進階班 傅濟功 教授／	韓國均成館大學東洋哲學研究所哲學博士、國立臺東大學華語文學系教授	韓國均成館大學東洋哲學研究所哲學博士	外籍配偶語文班講師
蔡美瑛 老師	高職退休老師	國立臺灣師範大學教育研究所結業	曾任國中、高職數學教師，並兼任導師、教學組長、教務主任等職
初級班 黃秀雲 主任	東大附小教務主任	東大兒文所碩士	外籍配偶語文班授課講師

國小班 李潤安　老師	寶桑國小教師	東大兒文所碩士	國小教師
幼兒班 胡雪玲　老師 潘佳涵　老師 翁吟甄　老師 楊雯君　老師	臺東大學幼教所學生 臺東大學語教系學生	臺東大學幼教所（肄業） 臺東大學語教系學生	外籍配偶協會 幼兒班老師

拾叁、課程表：

場次	日期	媽媽進階班課程	媽媽初級班課程	兒童班課程
	7/16(一)	始業式 學習家庭說明日：課程說明、講師介紹、學員相見歡		
1	7/18(三)	讀本1：閱讀及分享 （含語文教學）	讀本1：閱讀及分享 （含語文教學）	多元文化介紹（1） 寫寫畫畫、遊戲
2	7/23(一)	讀本1：閱讀及分享 （含語文教學）	讀本1：閱讀及分享 （含語文教學）	繪本故事一 妳很特別
3	7/25(三)	讀本1：閱讀及分享 （含語文教學）	讀本1：閱讀及分享 （含語文教學）	多元文化介紹（2） 寫寫畫畫、遊戲
4	7/30(一)	讀本1：主題討論及 回饋活動	讀本1：主題討論及 回饋活動	繪本故事一 我的媽媽真麻煩
5	8/1(三)	讀本2：閱讀及分享 （含語文教學）	讀本2：閱讀及分享 （含語文教學）	多元文化介紹（3） 寫寫畫畫、遊戲
6	8/6(一)	讀本2：閱讀及分享 （含語文教學）	讀本2：閱讀及分享 （含語文教學）	繪本故事一 祝妳生日快樂
7	8/8(三)	讀本2：閱讀及分享 （含語文教學）	讀本2：閱讀及分享 （含語文教學）	多元文化介紹（4） 寫寫畫畫、遊戲
8	8/13(一)	讀本2：主題討論及 回饋活動	讀本2：主題討論及 回饋活動	繪本故事一 灰王子
9	8/15(三)	讀本3：閱讀及分享 （含語文教學）	讀本3：閱讀及分享 （含語文教學）	多元文化介紹（5） 寫寫畫畫、遊戲
10	8/20(一)	讀本3：閱讀及分享 （含語文教學）	讀本3：閱讀及分享 （含語文教學）	繪本故事一 鞋匠與精靈

11	8/22(三)	讀本3：閱讀及分享（含語文教學）	讀本3：閱讀及分享（含語文教學）	多元文化介紹（6）寫寫畫畫、遊戲
12	8/27(一)	讀本3：主題討論及回饋活動	讀本3：主題討論及回饋活動	繪本故事—彩虹魚的新朋友
	8/29(三)	結業式		

拾伍、本計畫奉核後實施，修正時亦同。

六、臺東縣家庭教育中心96(2007)年度東南亞文化師資 研習──「文化、學習、動手做」

壹、依據:教育部96年5月2日臺社(二)字第0960067221號函核定 辦理。

貳、計畫緣起:配合教育部發展新移民文化計畫,加強辦理東南亞 文化(或多元文化)師資研習,以利進行多元文化教學及親師 溝通的橋樑,並由本中心培訓之外籍配偶種子教師授課,在互 動中讓參與學習者更了解外籍配偶母國文化、服飾、飲食及音 樂藝術等各項特色,以加強國人對東南亞文化的認知,提供多 元文化交流,強化族群和諧。

參、指導單位:教育部、臺東縣政府

肆、主辦單位:臺東縣家庭教育中心

伍、辦理時間:96年12月22日(星期六)8:00~12:30

陸、研習地點:臺東縣家庭教育中心三樓研習室

柒、研習對象:學校教師、外籍配偶業務承辦人員、本中心志工計 30人

捌、活動方式:講座、實作

玖、報名方式:學校教師請上研習中心網站報名(全程參與核予研 習時數4小時)。

拾、預期效益:(一)妥善運用參與本中心外籍偶家庭教育種子教 師培訓人員協助推展多元文化。

(二)藉由技藝學習等管道,並引導國人友善、欣 賞外籍配偶原生國文化,共同激盪屬於臺灣 的新文化。

拾壹、講師介紹：

1. 傅濟功教授：國立臺東大學華語文學系教授兼圖書館館
　　長、臺東縣外籍配偶協會理事長
2. 胡玉鳳：95年教育部－教育部第一屆外籍配偶家庭教育楷
　　模獎、臺東縣外籍配偶多元文化講師、臺東縣外籍配偶家
　　庭服務中心外語諮詢工作人員
3. 胡玉鶯：臺東縣外籍配偶協會組長、臺東縣外籍配偶協會
　　多元文化講師、臺東縣第一屆模範婆媳、臺東縣外籍配偶
　　家庭服務中心外語諮詢工作人員
4. 阮玉水：95年教育部－教育部第一屆外籍配偶家庭教楷模
　　獎、臺東縣外籍配偶協會多元文化講師、臺東縣外配偶協
　　會組長、臺東縣外籍配偶家庭服務中心外語諮詢工作人員
5. 何氏金慧：95年教育部第一屆外籍配偶終身學習獎、臺東
　　縣外籍配偶協會多元文化講師、臺東縣外籍配偶協會組長
6. 阮氏垂玲：95年教育部第一屆外籍配偶終身學習獎、臺東
　　縣第二屆模範婆媳、臺東縣外籍配偶協會多元文化講師、
　　臺東縣外籍配偶協會組長

拾貳、活動課程表：

時間	內容	主持人／講師
08：00~08：30	報到	本中心
08：30~08：40	始業式	邱殊勝主任
08：40~09：10	牽手學習在臺灣文化交流一家親 越南傳統藝術表演~ 湄公河畔的詩與歌 乳牙掉了怎麼辦 （三）越南故事欣賞	胡玉鳳 胡玉鶯 何氏金慧 阮玉水 阮氏垂玲
09：20~10：10	多元文化課程設計	講師：傅濟功教授

		講師：胡玉鳳
10：10~12：10	東南亞傳統藝術品實作~ 越南人偶彩繪	胡玉鸞 何氏金慧 阮玉水 阮氏垂玲
12：10~12：30	結業式、心得分享	

國家圖書館出版品預行編目

越南新移民跨文化語言學習策略研究 / 江芷玲
著. -- 一版. -- 臺北市：秀威資訊科技，
2008.08
　面；　　公分. --(社會科學類；AF0090)
BOD 版
參考書目：面
ISBN 978-986-221-062-8 (平裝)

1. 語言學習　2. 學習策略　3. 個案研究

800.3　　　　　　　　　　　97015614

社會科學類　　AF0090

東大學術 1：
越南新移民跨文化語言學習策略研究

作　　者 / 江芷玲
發 行 人 / 宋政坤
執行編輯 / 詹靚秋
圖文排版 / 黃莉珊
封面設計 / 蔣緒慧
數位轉譯 / 徐真玉　沈裕閔
圖書銷售 / 林怡君
法律顧問 / 毛國樑　律師
出版印製 / 秀威資訊科技股份有限公司
　　　　　　台北市內湖區瑞光路 583 巷 25 號 1 樓
　　　　　　電話：02-2657-9211　　　傳真：02-2657-9106
　　　　　　E-mail：service@showwe.com.tw
經 銷 商 / 紅螞蟻圖書有限公司
　　　　　　台北市內湖區舊宗路二段 121 巷 28、32 號 4 樓
　　　　　　電話：02-2795-3656　　　傳真：02-2795-4100
　　　　　　http://www.e-redant.com

2008 年 8 月 BOD 一版
定價：330 元

讀 者 回 函 卡

感謝您購買本書，為提升服務品質，煩請填寫以下問卷，收到您的寶貴意見後，我們會仔細收藏記錄並回贈紀念品，謝謝！

1. 您購買的書名：_____

2. 您從何得知本書的消息？

　　□網路書店　　□部落格　　□資料庫搜尋　　□書訊　　□電子報　　□書店

　　□平面媒體　　□ 朋友推薦　　□網站推薦　　□其他_____

3. 您對本書的評價：(請填代號　1.非常滿意 2.滿意 3.尚可 4.再改進)

　　封面設計____　版面編排____　內容____　文/譯筆____　價格____

4. 讀完書後您覺得：

　　□很有收獲　　□有收獲　　□收獲不多　　□沒收獲

5. 您會推薦本書給朋友嗎？

　　□會　　□不會，為什麼？_____

6. 其他寶貴的意見：_____

　　_____

　　_____

　　_____

讀者基本資料

姓名：_____　　年齡：_____　　性別：□女 □男

聯絡電話：_____　　E-mail：_____

地址：_____

學歷：□高中(含)以下　　□高中　　□專科學校　　□大學

　　　□研究所(含)以上 □其他_____

職業：□製造業 □金融業 □資訊業 □軍警 □傳播業 □自由業

　　　□服務業 □公務員 □教職　　□學生 □其他_____

To：114

台北市內湖區瑞光路 583 巷 25 號 1 樓

秀威資訊科技股份有限公司　　　收

寄件人姓名：

寄件人地址：□□□

(請沿線對摺寄回,謝謝!)

秀威與 BOD

BOD（Books On Demand）是數位出版的大趨勢,秀威資訊率先運用 POD 數位印刷設備來生產書籍,並提供作者全程數位出版服務,致使書籍產銷零庫存,知識傳承不絕版,目前已開闢以下書系:

一、BOD 學術著作—專業論述的閱讀延伸
二、BOD 個人著作—分享生命的心路歷程
三、BOD 旅遊著作—個人深度旅遊文學創作
四、BOD 大陸學者—大陸專業學者學術出版
五、POD 獨家經銷—數位產製的代發行書籍

BOD 秀威網路書店：www.showwe.com.tw
政府出版品網路書店：www.govbooks.com.tw

　　永不絕版的故事・自己寫・永不休止的音符・自己唱